Alfred Kyrer (Hsg.)

Politische Kultur in Salzburg

oder:

Der Mozartkugel fressende goldene Eier legende Woll-Milch-Stier, der keinen Mist macht!

Interregio Verlag
Salzburg 2005

Umschlaggestaltung:
Grafik: Rudolf Harringer, Lienz

Druck und Bindung:
LVDM Landesverlag-Denkmayr Druck und Medien GmbH & Co KG, Linz
Printed in Austria

1. Auflage Juni 2005

ISBN 3-85198001-8

Inhaltsverzeichnis

14 Monate Leben und Überleben in Salzburg - mit einer kurzen Einführung für ahnungslose Gebietsfremde sowie schmackhaften Rezepten für lernfähige Politiker

Über das „Stier"-Projekt...

Von Alfred Kyrer

Die Idee, sich kritisch mit der politischen Szene in Salzburg auseinanderzusetzen, liegt in der Tat weit zurück. Eine kleine Runde von kritischen Zeitgenossen, denen Salzburg am Herzen lag, traf sich Anfang der 90er Jahre gelegentlich in der Pizzeria *Camino* („da Lauro") im Nonntal. Dazu zählte u.a. Kurt Luger, Peter A. Bruck, Eric-Jan Kaak, Volker Rothschädel, Erwin Bendl. Ich suchte damals gerade als Rektor nach einer geeigneten *Plattform für einen breiteren Dialog* der Universität mit einer interessierten Öffentlichkeit. Wir machten *Umfragen* über das Image der Universität Salzburg, organisierten *Veranstaltungen* und luden regelmässig zu einem *„jour fix" mit Politikern und den Medien*, um die Salzburger Universität wieder stärker mit ihrem Umfeld zu vernetzen.

Democracy oder Adhocracy?

Wir hatten damals den Eindruck gewonnen, dass in der Salzburger Politik vieles unkoordiniert ablief, die Ansprüche der Interessengruppen laufend stiegen und man nahe daran war, die Politik und ihre Repräsentanten zu überfordern. Es wurde nicht – wie es guter Politik entsprechen würde – vorausschauend gestaltend gehandelt, sondern eher „ad hoc" nach dem Nestroy'schen Sager: Solang' nix passiert, g'schiecht nix! Und so planten wir eine satirische Publikation, die die *Schwächen der Salzburger Regionalpolitik* dokumentieren sollte. Der Arbeitstitel des Projektes lautete *„Ein Salzburger Jahr oder: Der Eier legende Woll-Milch-Stier*".

Warum hat sich die Veröffentlichung des „Stier"-Projektes so sehr verzögert? Der eine Grund war, dass mir ein *prominenter ÖVP-Politiker* von einer Publikation abgeraten hatte. Und bin seinem Rat gefolgt. Heute - im Rückblick - muss ich sagen: *leider*. Und der andere Umstand war, dass mein Freund *Peter A. Bruck* persönlich schlechte Erfahrungen mit seinem Dialog über *Politik und Medien* in der Öffentlichkeit gemacht hatte. Auch die Schwierigkeiten, die man der *Universität Salzburg* im Zusammenhang mit dem Toskanatrakt der Salzburger Residenz machte („Fux ante portas"), waren nicht gerade dazu angetan, verstärkt mit Publikationen an die Öffentlichkeit zu treten.

Wir leben in einer schnelllebigen Zeit mit *kurzem historischen Gedächtnis*, obwohl die Existenz von Hochleistungscomputern eigentlich das Gegenteil hätte vermuten lassen. Als ich 1992 versuchte, die historisches Eckpunkte („Milestones“) der Wiedererrichtung dcr Paris Lodron Universität Salzburg nach 1945 zusammenzustellen, musste ich zu meiner Überraschung feststellen, dass wesentliche historische Daten vom Computer nicht *unmittelbar* abrufbar waren. Wir unternahmen damals gerade einen neuen Anlauf zur Errichtung einer *Medizinischen Fakultät* in Salzburg. Es bedurfte umfangreicher Recherchen, um die Vorarbeiten für die Errichtung einer solchen Fakultät im Zeitraum 1962 – 1992 ausreichend zu dokumentieren. In diesem Zusammenhang haben Beamte des Amtes der Salzburger Landesregierung und vor allem auch *Altlandeshauptmann Dr. Hanns Lechner* massgeblich unterstützt. Letzterer war es auch, der mich in meinem Büro in der alten Residenz immer wieder besuchte, um mir – aus seiner persönlichen Erinnerung – Einzelheiten im Kontext mit der Wiedererrichtung der Salzburger Universität mitzuteilen.

Das berühmte „Salzburger Klima“ ...

Ich bin nicht so sicher, ob wir in zehn Jahren überhaupt noch wissen werden, was eigentlich jenes berühmte *„Salzburger Klima“* in den 90er Jahren ausmachte, vor allem wodurch sich dieses vom politischen Klima in den anderen Bundesländern unterschied. Dazu tragen die PR-Agenturen der Parteien in nicht geringem Masse bei. Sie versuchen ständig, die Parteien einem „face lifting“ zu unterziehen, unangenehme Ereignisse umzudeuten und viele Entwicklungen schönzureden.

Politik entwickelt sich – über weite Strecken – immer mehr zu einer *permanenten PR-Kampagne*. Dass die *politische* Kultur unter diesem Trend leidet, liegt auf der Hand. Die Grenzen zwischen *realer und virtueller politischer Cyberwelt* verschwimmen immer mehr...

Da derzeit historische *„Zeitreisen“* sehr beliebt sind, habe ich mich im Oktober 2004 entschlossen, einige Essays des alten „Stier“-Projektes, die sich mit der Politikqualität in Stadt und Land Salzburg in den 90er Jahren befasst haben, quasi als *historische Dokumentation* zu veröffentlichen.

Was ist eigentlich ein „Woll-Milch-Stier“?

Der Salzburger *„Woll-Milch-Stier“* ist ein *politisches Fabeltier*, das immer wieder in politischen Debatten auftaucht und von folgenden Illusionen genährt wird:

Illusion 1: Die wirtschaftlichen Ressourcen, über die Politiker laufend Entscheidungen treffen, sind unbeschränkt verfügbar, also nicht knapp.
Illusion 2: Da die wirtschaftlichen Ressourcen nicht knapp sind, ist auch kein Denken in Alternativen notwendig.

Illusion 3: Menschen können in der Politik tätig sein, ohne das politische Handwerk von Grund auf gelernt zu haben, etwa in einer *School of Governance.*
Illusion 4: Die Wirtschaft ist für die Politik eine Melkkuh, in Salzburg werden - etwa in den Parkzonen - sogar schon Stiere gemolken.
Illusion 5: Die für die Wirtschaft wichtigen gesamtwirtschaftlichen Rahmenbedingungen (Neue Verfassung, Neuer Finanzausgleich, New Public Management etc) brauchen nicht geändert zu werden.
Illusion 6: Mit den politischen Entscheidungen sind keine unerwünschten Nebenwirkungen verbunden.
Illusion 7: Sollten doch unerwünschte Nebenwirkungen auftreten, so werden diese von den Bürgern sowieso nur teilweise oder überhaupt nicht wahrgenommen.

Das Gegenteil ist leider der Fall. *Ressourcen* sind nun einmal knapp, ihr Einsatz muss ständig in *Alternativen* gegenseitig abgewogen werden und *Politik als Beruf* ist eine ungemein anspruchsvolle Aufgabe, deren *Komplexität* noch immer seitens der in diesem Bereich Tätigen unterschätzt wird. Die Wirtschaft und der Standort Salzburg leiden unter dem Steuerdruck, brauchen neue *Rahmenbedingungen* (eine neue Bundesverfassung, einen neuen besseren Finanzausgleich, eine echte *Steuerreform* etc.) und es treten leider auch jede Menge unerwünschte Nebenwirkungen (z.B. Folgekosten und Folgelasten von politischen Entscheidungen) auf und irgendwann merken auch die Bürger, was gespielt wird und dass in der Politik viel "Mist" gebaut wird.

Regionale Wirtschaftspolitik ist immer eine *Technik der Konfliktlösung,* mit jeder Entscheidung werden knappe wirtschaftliche Ressourcen in Anspruch genommen und umverteilt. Da aber die Ressourcen in der Region Salzburg immer knapper werden, wächst der Druck bei regionalpolitischen Entscheidungen ständig und erfordert eine *sorgfältige Projektauswahl und Projektüberprüfung*. Sich *Olympische Winterspiele* vom regionalen Christkind zu wünschen, mag zwar politisch – im Hinblick auf Wählerstimmenpotentiale - vernünftig sein, ist aber problematisch, wenn diese derzeit infolge einer angespannten finanziellen Situation von Stadt und Land Salzburg nicht finanzierbar sind.

Statt der erhöhten Komplexität mit *verbesserten Analysemethoden und innovativen Lösungsansätzen* zu begegnen, hat man in der Regionalpolitik schon Mitte der 90er Jahre "das Handtuch geworfen" und flüchtet in einen *Pragmatismus*, der sich durch punktuelle, kurzfristige und kurzsichtige Massnahmen auszeichnet. Es wird nicht mehr agiert, sondern nur mehr reagiert, wenn akuter Handlungsbedarf in einem bestimmten Problembereich besteht, etwa wenn der *Druck in den Medien* zu gross wird. Und, was noch schlimmer ist: Die Salzburger Regionalpolitik entpuppt sich - bei näherer Analyse - als eine Summe von *Insellösungen*. Die zwischen den einzelnen regionalen Politikfelder bestehenden *gegenseitigen Abhängigkeiten* werden ignoriert bzw. stark vernachlässigt.

Zum Aufbau der einzelnen Monate ...

Jedes Monat beginnt mit einem kurzen Stimmungsbild, gefolgt von einer satirischen Skizze des jeweiligen Ausgangslage. In der Folge werden Vorschläge ("politische Kochrezepte") gemacht, wodurch die politische Kultur in Stadt und Land Salzburg im jeweiligen Politikfeld verbessert werden könnte. Schliesslich wird noch auf wichtige Publikationen, Gutachten, etc. hingewiesen. Der Begriff des *„Masterplanes"*, der in den einzelnen Beiträgen immer wieder auftaucht, steht quasi als *Metapher für verantwortungsvolle zukunftsorientierte Politik.*

Alle Beiträge – mit Ausnahme jener von Wolfgang Pichler, Hans Helmut Stoiber und Ulrich Müller - sind im Zeitraum 1994 – 2003 entstanden und beziehen sich auf *Ereignisse und Zustände,* die der *11. und 12. Legislaturperiode des Salzburger Landtages bzw. den Amtsperioden des Gemeinderates der Stadt Salzburg* zugeordnet werden können.

Als Innovation haben wir uns erlaubt, dem Jahreszyklus einen 13. und 14. Monat hinzuzufügen, schließlich gibt es ja in Österreich auch einen 13. und 14. Monatsgehalt.

Über die Bedeutung von Humor und Satire...

Wir erleben derzeit einen Boom an Büchern satirischen Inhalts, die Printmedien sind voll mit Cartoons und das Kabarett blüht wieder auf. Sogar ein Cartoon-Museum, in Krems, konnte sich etablieren. Dies alles ist kein Zufall. Es signalisiert den wachsenden Frust der Basis über die schlechte Politik, die in Österreich derzeit gemacht wird, und zwar auf allen politischen Ebenen. Es sind Symptome der Ohnmacht. Sowohl der Bund als auch die Bundesländer sind unfähig, sich endlich - nach Schweizer Vorbild - neue Rahmenbedingungen zu geben. Nach 18 Monaten Arbeit steht der Österreich-Konvent, der Österreich eine neue Verfassung hätte bescheren sollen, vor dem Scheitern. Die Leidtragenden sind die österreichischen Städte und Gemeinden - Wien ausgenommen! "Wien ist anders" lautet bekanntlich ein Slogan der Wiener Fremdenverkehrswerbung.

Als "gelernter" Österreicher glaube ich, dass man mit *Humor* mehr bewirken kann als mit Panikmache und unangemessener Erregtheit. Mit Humor kann man Gedanken verdichten, sie auf den wesentlichen Punkt bringen. Humor schafft auch *„Distanz zu politischen Wiederholungszwängen"*

(Wolfgang Pichler) und erweitert damit die innere und äussere Handlungsfreiheit. *Sigmund Freud* [1] hat einmal bemerkt, dass *Humor* ein wichtiges Merkmal für die Reife einer Gesellschaft ist. In Kontinental-Europa ist die humorvolle Behandlung ernster Themen eher selten. Ganz im Gegenteil zur anglo-amerikanischen Literatur, wo es zum guten Ton gehört, sich ironisch und humorvoll über Zustände und Personen zu äussern. *Christian Wallner* hat allerdings kürzlich festgestellt, dass die *Humorfähigkeit* Salzburgs stark zugenommen hat. Hoffentliche hat er recht.

Ich möchte an dieser Stelle allen, die an dem "Stier"-Projekt mitgewirkt haben, für ihre Geduld sehr herzlich danken. Vor allem dafür, dass sie ihren - mittlerweile „historischen" *Beitrag* in des Wortes doppelter Bedeutung – nicht zurückgezogen haben, also „im Boot" geblieben sind. Einige Autoren haben dies damit begründet, dass die Beiträge *nach wie vor hochaktuell* sind, sieht man von den vereinzelten Schilling-Angaben einmal ab. Das Schöne an Salzburg ist halt, dass sich - auch nach einem Jahrzehnt-so gut wie nichts geändert hat...

Ich widme dieses Buch Dkfm. Otto Kasseroller, dem *homo politicus salisburgensis*, dem die *politische Erneuerung Salzburgs* immer am Herzen lag und all jenen Salzburgern und Salzburgerinnen, die in Amtsstuben leiden und sich in ihrer Freizeit von diesen erholen ...

Anif, 25. Mai 2005
in der Lounge des Hotel Friesacher

[1] Sigmund Freud, Studienausgabe, Bd. IV, Frankfurt a.M. 1982, S. 275 ff

Eine kurze Einführung für ahnungslose Gebietsfremde oder: Politisches Leben und Überleben in Salzburg

Von Volker Rothschädl

Salzburg war früher ein stark *agrarisch geprägter Raum, ein reichsunmittelbares kirchliches Fürstentum*, das vom Domkapitel und seinen jeweiligen Fürst-Erzbischöfen regiert wurde. *Die Bürger und Landstände hatten wenig bis gar nichts zu reden.* Nach dem Anschluss (der an Österreich ist hier gemeint!) und dem damit verbundenen Verlust der Eigenständigkeit wurde das Land lange Zeit von Linz aus regiert. Als später eigenes Kronland hatte es einen machtvollen Statthalter aus der k.u.k. Reichs- und Residenzstadt und erst nach dem Ersten Weltkrieg war so etwas wie eine *Selbstverwaltung* überhaupt erst möglich. Dies funktionierte - wenn man damit Teilhabe an der Gestaltung durch die Bevölkerung meint - allerdings insofern sehr eingeschränkt, da äusserst dominante Persönlichkeiten, man denke an Landeshauptmann *Rehrl*, das Geschehen - im wahrsten Sinn des Wortes - diktierten.

Und wenn Wünsche oder Sorgen der Bevölkerung im Fürstentum bei der Landes-Obrigkeit nicht Gehör fanden, dann wurde man nicht selbst aktiv, sondern es gab einen anderen Nothelfer, welcher mit dem Spruch „Der Katschthaler wird´s schon richten“ verbunden war. Dabei handelte es sich nicht um den späteren Landeshauptmann, sondern um einen damaligen (immer noch: Fürst-) Erzbischof.

Dieses *Delegieren von Entscheidungen* an irgendwelche „Obere“ wurde auch in den folgenden Jahrzehnten (des Reichsgaues Salzburg und der Besatzungszeit) derart sozialisiert, dass es nahezu selbstverständlich erschien, dass ab Beginn der hiesigen eigentlichen Demokratie („Österreich ist frei“) dominante Persönlichkeiten das Geschehen steuerten. Anfangs kamen die Frontmänner aus Berufen wie Beamter, Rechtsanwalt, Lehrer oder Bankdirektor. Natürlich war im Land zu allen Zeiten auch ein Bauer (Landwirtschaftskammer) an prominenter Stelle zu finden. Bald rückten aber auch Spitzenleute aus Arbeiterkammer, Gewerkschaft und (damals:) Handelskammer nach.

Heute sind es überwiegend die *Kammern mit ihren Funktionären*, die Politik und Kultur bestimmen. Sie sind geheime *"Nebenregierungen"*, welche - auch dank ihres Informationsvorsprungs - den formalen Regierungen vorgelagert und real oft übergeordnet sind. Das *Handwerk des Packelns* - auch *„sozialpartnerschaftlicher Konsens“* genannt - lobbyistische Techniken beherrschen die politische Szene über weite Strecken. Gefragt ist nicht das Wissen, wie man das Gemeinwohl der Bürger vergrössern könnte, sondern vielmehr jenes Wissen, wie man eigenen Zielen zum Erfolg verhilft und jene des Gegners verhindert: Dies alles haben Kammer- und Gewerkschafts-Funktionäre dank ihrer Berufslaufbahn und Ausbildung bestens im Griff. Noch besser funktioniert der Einfluss dieser Institutionen dann, wenn beispielsweise sowohl Bürgermeister als auch Vizebürgermeister oder Stadtrat direkt aus den Kammerreihen kommen. Wir haben es offensichtlich mit Resten von Ständestaat-Denken zu tun.

Korporationen und Stände (Wirtschafts- und Arbeiterkammer und Gewerkschaftsbund) geben immer vor, „den vorhandenen Kuchen gerecht verteilen“ zu wollen. Um dies zu können, müssen sie sich zuvor die Verfügung über den Kuchen sichern, was mittlerweile durch die geschilderte direkte und indirekte Beherrschung geschehen ist. Wenn aber das jeweilige „gerechte“ Verteilungsziel meistens lautet: So viel wie möglich an sich selbst, bzw. die eigene Gruppierung, dann kommen die eingelernten Fähigkeiten zwar bestens zur Geltung, man ist aber von Herkunft und Ausbildung her einfach nicht in der Lage, eine Kommune bzw. ein Land im Interesse des Allgemeinwohls wirksam zu führen.

Die Dominanz der Kammern und der Gewerkschaften und deren oft spürbare Aufteilung der Machtbereiche ist weder von einer Verfassung abzuleiten, noch eindeutig als demokratisch zu bezeichnen. Angesichts der Strukturen innerhalb der Amtsbürokratie und dem Mangel an relevantem Fachwissen, Qualifikation-.und Lösungskompetenz der meisten gewählten Mandatare stellt der Einfluß der “Sozialpartner” von außen trotzdem einen positiven Beitrag zum politischen Geschehen dar. Wir haben es hier mit einem typischen Beispiel von “second best” - Lösung zu tun. Im Grunde sind es politische *“Nullsummenspiele”*, die hier ablaufen: je schwächer einerseits die jeweilige Landesregierung agiert, deso stärker ist andererseits der Einfluß der Interessengruppen und der Medien.

Es fehlt weiters an politischem Ernst und an Erneuerungswillen. Man genügt sich in - oft frecher - Ankündigungspolitik, Verhinderungspolitik und praktiziert das, was die Politologen “optische Politik” nennen: Man versucht den Eindruck zu erwecken, dass ohnedies regiert wird. Man taumelt von Fall zu Fall, ein Projekt nach dem anderen wird „angedacht“ oder „andiskutiert“ und ... fallengelassen. Man will großmannsüchtig mit internationalen Plätzen mithalten, ja sogar Welt-Events nach Salzburg bringen, erfüllt aber weder finanziell noch - was das Know-how anbelangt - die Voraussetzungen hiezu. Was in Salzburg zumeist bleibt, ist bloße Anlasspolitik. Wie hat doch Nestroy so schön formuliert: „Solang nix passiert, g’schicht nix!“

Im *Verkehrsbereich* beschränkt man sich nicht selten auf das Umdrehen von Einbahnen. Über *20 Verkehrskonzepte* für die Stadt Salzburg wurden in Auftrag gegeben, bezahlt und - *nicht umgesetzt.* In der Mozartstadt übt man sich weiterhin in unüberlegten großspurigen Ankündigungen von urbanen Projekten, welche nicht ausreichend auf ihre Machbarkeit überprüft wurden und daher kurz nach der Präsentation in den Medien wieder schubladisiert werden. Beispiele sind u.a. der Tunnel durch den Kapuzinerberg, ein künftiges öffentliches Bad, Museum im Berg, eine U-Bahn, die den Hauptbahnhof mit dem Süden der Stadt verbinden sollte. Diese Projekte sind noch allen Salzburgern in bester Erinnerung. Verwirklichte Projekte, wie Museum „am" Berg, Bahnhof-Vorplatz, Fußballstadion, Festspielhaus-Umbau, Toscana -Trakt, SMCA in der Residenz oder Kongresshaus stellen mit ihren technischen, terminlichen, kostenmäßigen, visuellen, rechtlichen Problemen überall der hiesigen *Umsetzungskompetenz ein vernichtendes Zeugnis* aus. *Professionelle Politikvorbereitung und Gestaltung* sehen anders aus. Vielfach herrscht die Meinung, dass es für Salzburg genügt, Mozart und die schöne Stadt zu vermarkten. Echte Reformen und die Umsetzung von Konzepten unterbleiben. Dies gilt für auch für Bauen und Wohnen, man dilletiert bei der Raumordnung, kultiviert einerseits den Status quo und andrerseits ist nahezu jedes Projekt willkommen, wenn es nur der Bund, das Land, die EU oder ein privater Sponsor finanzieren.

Was fehlt sind eigene *Visionen und längerfristige Perspektiven für die Stadt* und die Region. Die Stadt entwickelt sich immer mehr zu einer Stadt ohne Eigenkultur, ohne eigene geistige Auseinandersetzung mit den Herausforderungen der Gegenwart, gar nicht zu reden von der Zukunft. Ohne vorher ein Pflichtenheft vorzulegen, lässt man sich von externen und natürlich „unabhängigen" Experten quasi *Speisekarten* vorlegen, aus denen man dann - bar jeder Vorstellung, was man eigentlich haben und sich leisten will und auch oft bar jeden Sachverstandes - auswählt, entscheidet, ankündigt oder aber auch streitet, um schließlich die Angelegenheit wieder in die Versenkung verschwinden zu lassen.

Die politische Landschaft ist geprägt von *Grabenkämpfen* innerhalb der jeweils eigenen Partei und zwischen den Parteien, von wechselnden (und immer öfter: Verhinderungs-) Koalitionen. Man beteuert zwar immer wieder, dass man am „gleichen Strang" ziehen wolle, zieht aber doch immer wieder am „besagten Strick".

Es gibt keine *Partizipation der Bürger* - auch nicht von Wählern an der Meinungsfindung „ihrer" Partei. Selbst die „Bürgerliste" kann der Logik des politischen Tausches nicht entrinnen. Vom *„Salzburger Klima"* abweichender Bürgerwille wurde in der Bürgerliste "domestiziert". Missstände werden geduldig hingenommen, immer öfters erfolgen Politgeschäfte zu Lasten

Dritter und dies sind meist die Bürger, die einerseits fehlinformiert werden, andererseits politisch unzureichend organisiert sind und - selbst wenn sie sich artikulieren wollen - in den Medien *kein Sprachrohr* finden.

Wenn politische Kultur daran gemessen werden kann, ob es *Orte des öffentlichen Dialoges* gibt, dann ist *Salzburg* auch in dieser Hinsicht eine politisch *kulturlose Stadt.*

Jänner

Die „regio salisburgensis“ oder: „Statt-Planung“ in Salzburg”[1]

von Peter Weichhart*

Es war ein ungemütlicher, nasskalter Jänner Abend. Wir saßen nach getaner Arbeit in einer gemütlichen Gaststube und erfreuten uns an einem wärmenden Getränk. Draußen hasteten die Passanten vorbei, den Unannehmlichkeiten der Witterung ausgesetzt, eilig auf dem Weg zum Bahnhof. Damals konnte man den Bahnhof noch unbehindert durch jene ominöse Baustelle erreichen, die man später als ein Symbol für die „Statt-Planung“ in unserem Lande ansah. Damals musste man sich noch nicht darüber Gedanken machen, ob man im nächsten Jänner die Höhendifferenz zwischen Lokalbahnhof und Hauptbahnhof per Lastenaufzug oder mit Hilfe der Technik des Stabhochsprungs bewältigen werde. Wir aber saßen im Warmen und hatten Muße zu philosophieren.

Mein Freund hatte nämlich ernste Sorgen, sozusagen grundsätzlicher Art. Als hochrangiger und verantwortungsbefrachteter Landesbeamter, in einer Position, die es ihm erlaubt, weit hinter die Kulissen der ehrwürdigen Landespolitik zu blicken, war er immer wieder mit Ereignissen und Phänomenen konfrontiert, die ihn an seinem Realitätssinn und seiner Vernunft zweifeln ließen. Er konnte einfach die Logik der politischen Geschehnisse in unserem Lande nicht mehr verstehen. Und da er – wie jeder Mensch – gerne in Einklang und Übereinstimmung mit seiner sozialen Umwelt leben wollte, sah er sich genötigt, seine Theorie der zwei Wirklichkeiten zu entwickeln. Er erklärte sie mir so:

„Du musst eben zwischen der ‚Wirklichkeit‘ und der ‚wirklichen Wirklichkeit‘ unterscheiden. Die Wirklichkeit, das ist der äußere Schein. Das sind zum Beispiel die Gesetze, Verordnungen, Erlässe und Verfahren, mit deren Hilfe die anstehenden landespolitischen Probleme gelöst und bewältigt werden sollen. Diese Gesetze werden dazu gemacht, Sachfragen zu behandeln und zu regulieren. Sie sollen den Menschen in unserem Lande Gerechtigkeit und Sicherheit gewährleisten.

Die wirkliche Wirklichkeit aber ist das, was eigentlich dahinter steht, sozusagen die Tiefenstruktur der Verordnungen und Gesetze. Was du dort findest, sind die Motivationslagen der Entscheidungsträger, ihre ‚wahren‘ Interessen: Nicht die Lösung von Sachfragen, sondern die Erhaltung und Festigung ihrer Macht und ihres Einflusses, nicht Gerechtigkeit für alle, sondern die Befriedigung der Interessen des eigenen Klientels oder die Schadensminimierung für assoziierte Grup-

pen, wahltaktische und parteipolitische Überlegungen, der Versuch, dem politischen Gegner zu schaden, ihn zu behindern, ihm Unannehmlichkeiten zu bereiten. Das sind die eigentlichen Hintergründe für vordergründige Sachentscheidungen. Argumentativ bewegt man sich aber – zumindest in der Öffentlichkeit – durchaus auf der Sachebene. Die ‚wahren' Motivlagen werden damit verdeckt, und die Sachdiskussion hat vielfach den Charakter der Scheinargumentation, wirkt unecht, bleibt Theaterdonner. Es werden Begründungen vorgeschoben, denen man anmerkt, dass sie nur Pseudorationalitäten darstellen."

Was meinen Freund aber besonders beunruhigte, ihm Sorgen machte und ihn arg verstörte, das war die Frage, ob sie, die politischen Entscheidungsträger, eigentlich noch in der Lage und Willens sind, diese zwei Ebenen der Wirklichkeit auseinander zu halten. (Tatsächlich fand unser oben geschildertes Gespräch während einer Fachtagung im sommerlichen Südtirol statt, und wir tranken kein Heißgetränk, sondern eisgekühlten Campari. Aber der Herausgeber hat den Autor eben in den Jänner geschickt. So musste die Geschichte ein bisschen umgedichtet werden. An der Pointe ändert sich dadurch nicht das Geringste.)

Man muss es eigentlich mit Erstaunen und Verwunderung registrieren: Das Land Salzburg hatte in Bezug auf die gesetzlichen Grundlagen der Raumordnung innerhalb Österreichs immer eine Vorreiterposition inne. Mit dem „Gesetz vom 13. April 1956 über die Raumordnung (Raumordnungsgesetz – ROG)[2] verfügte Salzburg als erstes österreichisches Bundesland über ein modernes Regulativ zur „... koordinierende(n) Vorsorge für eine geordnete, den Gegebenheiten der Natur und den zusammengefassten öffentlichen Interessen im Lande entsprechende(n) Flächennutzung ..." (§ 1). Auch hinsichtlich des konzeptuellen Entwicklungstandes und der Instrumentarien des Planungsprozesses braucht Salzburg den Vergleich mit anderen Bundesländern nicht zu scheuen (vgl. C. BRAUMANN, 1993). Das neue Salzburger Raumordnungsgesetz (ROG 92)[3], das neue Salzburger Landesentwicklungsprogramm[4] sowie das Sachprogramm „Siedlungsentwicklung und Betriebsstandorte im Salzburger Zentralraum"[5] gelten unter Planungsexperten in vielen Aspekten als zukunftsweisende und besonders gelungene Vorgaben für eine gedeihliche und problemadäquate Raumplanung. Der Großteil der beamteten Landes- und Stadtplaner sowie der am Planungsprozess beteiligten Ziviltechniker hat auch international einen guten oder gar hervorragenden Ruf. Die Salzburger Vertreter dieser Berufsgruppen gelten als hoch qualifizierte Fachleute, die ihre Arbeit professionell und mit großem persönlichen Engagement verrichten.

Woran kann es dann – so muss man sich fragen – um Himmels Willen liegen, dass der Zustand der Raumstruktur in unserem Land alles andere als erfreulich ist und wir mit zahlreichen ungelösten Problemen und Defiziten konfrontiert sind: Überhitzte Suburbanisierung, exzessive Zersiedelung, eine extreme Form der neuen Wohnungsnot, eine infrastrukturelle Unterversorgung weiter Landesteile und ein vorprogrammiertes Verkehrschaos vor allem im Salzburger Zentralraum dokumentieren in drastischer Form das weit gehende faktische Versagen der so ambitioniert angegangenen Raumordnung.

Sucht man nach den Ursachen und Hintergründen für diese eigenartige Diskrepanz zwischen Anspruch und Realität, dann lassen sich (zumindest) fünf Faktorenbündel identifizieren, die eine effiziente Raumplanung generell erschweren und die in Salzburg aus verschiedenen Gründen besonders markant zum Tragen kommen:

- **In der Öffentlichkeit und vor allem im politischen Diskurs wird das Projekt der Raumplanung unter anderem mit weltanschaulich verbrämten Pseudoargumenten immer wieder desavouiert und grundsätzlich suspekt gemacht. Die Raumplanung besitzt in der Öffentlichkeit ein eher negatives Image und gilt als bloße Verhinderungsinstitution", deren Sinnhaftigkeit und Notwendigkeit oft nicht eingesehen wird (siehe auch Punkt 3).**

Raumplanung wird von vielen Menschen als Institution angesehen, deren Nutzen nicht so recht klar ist und die anscheinend primär dazu dient, den freien Bürger bei der Verwirklichung seiner legitimen Interessen zu behindern. Die Raumplaner, das sind jene Bösewichte, die schuld daran sind, dass man auf seinem eigenen Grund und Boden nicht so bauen darf, wie man will, die hinterlistigerweise verhindern wollen, dass sich ein Vermögen durch ein paar Striche im Flächenwidmungsplan plötzlich um den Faktor 20 bis 40 vermehrt oder dass ein Unternehmen eine betriebswirtschaftlich optimale Standortpolitik realisieren kann.

In der öffentlichen Diskussion lässt sich immer wieder eine völlig abstruse Fehldeutung beobachten: Es wird ernsthaft die Meinung vertreten, dass Raum*planung* so etwas wie eine spezifische Form der *Planwirtschaft* sei – und das wäre doch ein längst überwundenes Konzept, welches in unserer freien Marktwirtschaft keinen Platz hätte. In der Raumplanung kämen obrigkeitliche Anmaßung, zentralistisches Eingreifen in die Autonomie der Wirtschaft und der Gemeinden sowie eine unzeitgemäße Bevormundung des Staatsbürgers zum Ausdruck. Die Raumplanung wird damit in die Nähe einer vielleicht gar marxistisch orientierten, jedenfalls aber diktatorischen Funktionärspolitik gerückt und somit für unser Gesellschaftssystem wirkungsvoll disqualifiziert. Erstaunlicherweise wird dieses „Argument" gar nicht so selten von hochrangigen Vertretern der Wirtschaft vorgebracht. Nun weiß aber jeder erstsemestrige Student der Wirtschaftswissenschaften hinreichend darüber Bescheid, dass der Unterschied zwischen den verschiedenen Varianten der Marktwirtschaft und jenen der „zentralen Planwirtschaft“ natürlich *nicht im Planen*, sondern in den Eigentumsverhältnissen und in der Zuordnung der Planungs- und Entscheidungs*kompetenzen*[6] liegt. Gerade in der Marktwirtschaft ist eine vorausschauende, zielorientierte, ressourcen- und nutzenoptimierende Planung eine unabdingbare Voraussetzung für jede erfolgreiche Betriebsführung. Man kann sich daher des Eindrucks nicht erwehren, dass in den oben angesprochenen Meinungsäußerungen oft nicht nur schlichte Unwissenheit zum Ausdruck kommt, sondern dass damit eine gezielte Pseudoargumentation, eine bewusste Verdrehung und Umdeutung realer Gegebenheiten versucht wird, die man zum Zweck einer absichtsvollen Diffamierung unternimmt. Warum wohl?

- **Im System politischer Macht- und Einflussfaktoren kommt der Raumplanung nur ein sehr bescheidener Stellenwert zu.**

Das Raumordnungsressort zählt *nicht* zu den wichtigen oder einflussreichen Politikbereichen. In Salzburg wurde dieses Ressort traditionellerweise dem politischen „Juniorpartner“ zugeschoben. Die sollen sich damit abplagen. Vor dem Hintergrund der Salzburger Landesverfassung bedeutet dies, dass alle Aktivitäten auch innerhalb dieses Ressorts automatisch durch die Brille partei- und oppositionstaktischer Reflexionen gesehen werden. Die Sachpolitik gerät damit automatisch unter die Räder einer systemimmanenten Opportunitätslogik, die nicht an sachlich begründeten Ziel-Mittel-Relationen, sondern daran orientiert ist, was dem jeweils eigenen politischen Lager und Klientel nützt und dem anderen schadet. Dass gerade dem Raumordnungsressort eine besonders wichtige Koordinationsaufgabe zukommen könnte, wenn man sie problemangemessen als Querschnittsmaterie auffasst, bei der die Vernetzung zwischen praktisch allen Politikbereichen zu operationalisieren ist, wurde von den Vertretern des politischen Systems offensichtlich noch nicht als hochrangige Profilierungschance erkannt.

- **In der politischen wie in der medialen Diskussion wird die räumliche Dimension von Sachproblemen nicht oder nur unzureichend erkannt. Der regionale Kontext alltäglicher sozioökonomischer Handlungszusammenhänge und die Funktionalität von Standort-Interaktionssystemen bleibt bei der Wahrnehmung von Sachproblemen, der Identifikation ihrer Ursachen und auch bei Versuchen zu ihrer Lösung daher meist außer Betracht.**

Das Faktum, dass fast alle unsere lebensweltlichen Probleme auch eine sehr bedeutsame *räumliche* Dimension besitzen, wird in der öffentlichen Diskussion kaum je ernsthaft berücksichtigt. Lebensweltliche und politisch relevante Problemlagen werden von uns primär als *Sachprobleme* wahrgenommen: Wohnungsnot, wirtschaftliche Schwierigkeiten, Infrastrukturdefizite, Zuwanderungsdruck etc. Von Laien werden solche Gegebenheiten je nach persönlicher Betroffenheit sehr selektiv, verkürzt, ego- oder gruppenzentriert und vor allem eben als rein *sachliche* Schwierigkeiten wahrgenommen. Die *raumstrukturellen* Aspekte der Gegebenheiten werden dabei in der Regel nicht bewusst und bleiben verdeckt. Wir übersehen einfach, dass Probleme oft nur dadurch entstehen, *weil die räumliche Verteilung dieser Sachverhalte nicht optimiert ist, die Lagerelationen nicht stimmen.* Dass bestimmte Probleme im Salzburger Zentralraum (wie die Wohnungsnot oder das Verkehrsproblem) etwas mit Lage- und Distanzrelationen zu tun haben, dass sie mit der räumlichen Verteilung von Bevölkerung und Infrastruktureinrichtungen zusammenhängen, wird nicht hinreichend erkannt – auch nicht von wichtigen Entscheidungsträgern.

Genau hier setzt die Problemlösungskompetenz von Raumplanung an. Aus der Fachperspektive der Raumplaner und Regionalforscher stehen gerade die raumstrukturellen Manifestationen der Probleme im Vordergrund der Betrachtung. Aus dieser Perspektive wird klar, dass viele der regionalen Probleme durch eine ungünstige, nicht optimale räumliche Anordnung der materiellen Strukturen entstanden sind. Die Raumordnung versucht, die bestehenden Probleme durch Vorschläge für eine Verbesserung der Lagerelationen zu lösen. Das grundlegende Manko der Raumplanung besteht also darin, dass gerade jene Sachzusammenhänge, aus denen sich ihre Kompetenz und die Notwendigkeit ihrer Verwirklichung ableitet, nicht zum durchschnittlichen Alltagswissen der Bevölkerung und vieler Entscheidungsträger zählt.

Zu den gravierendsten Wissensdefiziten zählt dabei die völlig unzureichende Wahrnehmung des raumstrukturellen Systemcharakters von Ballungsräumen. Der Salzburger Zentralraum ist eine so genannte „Nodalregion". Darunter versteht man eine Region, die durch intensive Binnenverflechtungen von Standort-Interaktionssystemen gekennzeichnet ist und die eine funktionale Ausrichtung auf städtische Zentren (die so genannten „Kernstädte") aufweist. Die „administrativen Kernstädte" sind allerdings in den letzten Jahrzehnten gewachsen. Dieses Wachstum fand auf dem Territorium der unmittelbaren Umlandgemeinden statt. Dadurch wuchsen die administrativen und ihre hoch suburbanisierten Umlandgemeinden zu „funktionalen Kernstädten" zusammen. Zwischen den Bewohnern und Betrieben der funktionalen Kernstadt und der Bevölkerung sowie den Betrieben des Umlandes bestehen vielfältige Wechselwirkungen und Interaktionen. Die Wirtschaft der gesamten Region ist überwiegend auf die funktionale Kernstadt zentriert, die gleichzeitig als wichtiger Standort von Versorgungs-, Bildungs- und Infrastruktureinrichtungen von der Bevölkerung des Umlandes häufig und regelmäßig aufgesucht wird. Andererseits erfüllt das Umland wichtige Standortfunktionen für die Wirtschaft und die Bevölkerung der funktionalen Kernstadt, enthält Zielpunkte des Freizeit- und Konsumverhaltens. Die funktionale Kernstadt ist ein dominierendes Einpendlerzentrum für die Arbeitsbevölkerung des Umlandes. Umgekehrt haben aber auch viele Stadtbewohner ihren Arbeitsplatz in einer Umlandgemeinde. Augenscheinlicher Ausdruck dieser wechselseitigen Verflechtungen sind die intensiven tagesrhythmischen Verkehrsbeziehungen innerhalb der Nodalregion. Der Prozess, der zur verstärkten Ausbildung derartiger Zentralräume führt, ist die so genannte „Suburbanisierung“. Darunter versteht man die Auslagerung städtischer Funktionen in das Umland der Städte.

Durch diesen Prozess entwickelte sich ein völlig neuartiges Siedlungssystem, das räumlich weit über die bestehenden kommunalen Grenzen ausgreift. Das neue Siedlungsgefüge lässt sich nur mehr auf der regionalen Maßstabsebene sinnvoll beschreiben. Die gesamte Region hat sich zu einem vielfältig vernetzten Raumsystem entwickelt, vergleichbar einer komplizierten Maschine, bei der ein Rädchen ins andere greift und die nur als Ganzheit funktionstüchtig bleibt. Jede Maßnahme in einer Umlandgemeinde strahlt auf die Kernstadt zurück, jede Strukturveränderung in der Kernstadt wirkt sich massiv bis an die Grenzen des betreffenden Zentralraumes aus. Dieser siedlungsfunktionale Gesamtzusammenhang und seine vielfältigen Konsequenzen werden von der Bevölkerung und den Entscheidungsträgern, deren Problemwahrnehmung überwiegend auf die Ebene der Einzelgemeinde zentriert ist, nicht mit ausreichender Klarheit erkannt. Daher sieht man auch nicht so recht ein, dass planerische Steuerungsmaßnahmen notwendigerweise auf dieser übergeordneten Ebene des regionalen Gesamtsystems ansetzen müssen.

- **Ein beachtlicher Teil der aktuellen Problemlagen hat seine Wurzeln in nicht wieder gutzumachenden Fehlern oder Versäumnissen der Vergangenheit.**

Einmal etablierte Raumstrukturen besitzen eine hohe zeitliche Persistenz. Baulichkeiten, Verkehrslinien und materielle Infrastrukturen sind schließlich aufwändige Langfristinvestitionen, die man nicht einfach wieder rückgängig machen kann und die ihrerseits Folgewirkungen nach sich ziehen. Planerische Fehlentscheidungen schaffen daher Fakten, die sich als schwerwiegende Hypotheken für die Zukunft auswirken können. Richtige Entscheidungen, die zu treffen man verabsäumt hat, können später oft nicht mehr nachgeholt werden. Denn durch die ungesteuerte Weiterentwicklung der Landnutzungssysteme und den oft suboptimalen Verbrauch ehemaliger Dispositionsflächen sind manche Chancen und positive Optionen zu einem späteren Zeitpunkt unwiderruflich vertan.

Eine gesetzliche Rahmenbedingung, die zu raumordnerischen Fehlentscheidungen offensichtlich geradezu herausgefordert hat, war der berüchtigte „Ausnahmeparagraph“ (§ 19/3) des Raumordnungsgesetzes aus 1977, welcher bis Februar 1993 die spezielle Behandlung von einzelnen

Sonderfällen vorsah. Mit dieser Bestimmung wurde die Möglichkeit von Einzelbewilligungen als eigenes Rechtsinstitut zur Flexibilisierung der Flächenwidmungspläne geschaffen. Primär stand dahinter die Absicht des Gesetzgebers, für weichende Bauernkinder die Errichtung von Wohnbauten im hofnahen Grünland zu ermöglichen. Weiters sollte damit die Voraussetzung für eine Genehmigung von Um- oder Zubauten im Bestand jener Baulichkeiten gegeben werden, die im Grünland zugelassen waren. Die Einzelbewilligung bewirkte einen bescheidmäßig abgesicherten Dispens für ein Vorhaben, das mit der bestehenden Flächenwidmung „Grünland" nicht in Einklang stand. Ihre Genehmigung war eine Entscheidung der Gemeinde, obwohl eine aufsichtsbehördliche Genehmigung durch die Salzburger Landesregierung zwingend vorgeschrieben war.

Dieses von der Grundidee her durchaus vernünftige Korrektiv mutierte in der Praxis aber gleichsam zum Hauptinstrument der örtlichen Raumplanung und wurde dadurch sinnentfremdend missbraucht (vgl. G. JURITSCH und H. K. WYTRZENS, 1990, C. DOUBEK et al., 1993, sowie P. WEICHHART, 1994). Zwischen 1977 und 1988 wurden im gesamten Bundesland fast 7.000 Einzelbewilligungen der Aufsichtsbehörde zur Prüfung vorgelegt. 92% der Fälle – also beinahe alle – erhielten eine Genehmigung. Auf die eigentliche Zielgruppe, die weichenden Bauern- kinder, entfielen dabei aber nur knapp mehr als ein Sechstel der Bescheide. Der § 19/3 wurde vielmehr zum Standardinstrument für die Bewilligung von Wohn- und Gewerbebauten im Grünland umfunktioniert.

Das quantitative Ausmaß der Bauflächen außerhalb des gewidmeten Baulandes wird deutlich, wenn man die davon betroffenen Flächen dem gesamten Bauland gegenüberstellt. Die über Ausnahmeregelungen bebauten Grundstücke stellen etwa im Flachgau insgesamt immerhin 42% der gesamten Siedlungsfläche dar. Anders formuliert: Nur knapp mehr als die Hälfte der realen Siedlungsfläche ist gewidmetes Bauland, fast die Hälfte der Gebäude steht widmungswidrig im Grünland! Wenn man die Protokolle der Gemeinderatssitzungen aus den Monaten Jänner und Februar 1993 durchsieht, dann muss man feststellen, dass es kaum eine Gemeinde im Land Salzburg gibt, die in diesen beiden letzten Monaten der Gültigkeit des Ausnahmeparagraphen nicht noch rasch einen ganzen Stapel von Ausnahmebewilligungen durchgepeitscht hat. Damit ist die Praxis der Anwendung dieses Paragraphen wesentlich für die extreme Zersiedelung weiter Landesteile mitverantwortlich.

Ein weiterer bedeutsamer Hintergrund für das schwere Erbe, das den Salzburger Raumplanern durch die Fehler der Vergangenheit aufgebürdet wurde, ist die weitgehende Ineffizienz der nur schwach ausgebildeten Planung auf der regionalen Maßstabsebene.
Das Wirkungsfeld der Salzburger Raumplanung war in den letzten Jahrzehnten primär auf die örtliche Planung konzentriert und fand auf der Maßstabsebene und vor dem Problemhintergrund

der Einzelgemeinden statt. Die Ebene der Landesplanung, die sich mit der Globalbetrachtung des gesamten Bundeslandes beschäftigt, war zwar immer voll und in manchen Aspekten durchaus innovativ entwickelt, verblieb vielfach aber im Bereich allgemeiner, wenig operationalisierbarer und oft nur vage formulierter Absichtserklärungen. Was weitgehend fehlte, war die besonders wichtige mittlere Ebene der *Regionalplanung*, auf der etwa die spezifischen Probleme des Zentralraumes hätten artikuliert werden können. Der alte Entwicklungsplan für die Stadt Salzburg und ihr Umland (A. MOSER, W. LENDL und O. ERNEGG, 1971), der inhaltlich in verschiedenen Einzelaspekten gar nicht schlecht war, hatte keine effektive Steuerungswirkung. Somit bestand über Jahrzehnte ein Defizit bei der aktiven und vorausschauenden planerischen Gestaltung *regionaler Strukturen*. Damit verblieb auch jener funktionalräumliche Zusammenhang, den wir mit dem Begriff „Salzburger Zentralraum" umschreiben, weitgehend außerhalb des Einflussbereiches einer als aktive *regionale Entwicklungsplanung* konzipierten, zukunftsorientierten Raumordnung. Die im ROG 1992 eingeführte verbindliche Vorgabe der Konstituierung von Regionalverbänden (eine ausdrückliche Innovation!) wurde mit der Regierungsübereinkunft zwischen ÖVP und SPÖ und der nächsten Novellierung des ROG wieder zurückgenommen.

- **Zahlreiche raumstrukturelle Probleme haben ihre Ursachen in globalen Entwicklungstendenzen der Weltwirtschaft und des Gesellschaftssystems. Da Salzburg (speziell der Salzburger Zentralraum) nicht zuletzt aufgrund der Lagegunst innerhalb Österreichs und Europas zu den sehr dynamischen Wachstumsregionen zählt, in denen eben diese Steuerungselemente unmittelbar und markant wirksam sind, werden die Konsequenzen dieser Entwicklung bei uns besonders deutlich sichtbar.**

Das Wirtschafts- und Gesellschaftssystem der Spätmoderne ist durch eine forcierte Globalisierung gekennzeichnet. Durch das hohe Ausmaß der weltweiten Vernetzungen ist vieles von dem, was in unserem Lande geschieht, in erheblichem Maße fremdbestimmt und von außen gesteuert. Für die Wirtschaft besteht praktisch keine Möglichkeit, sich diesen Zwängen zu entziehen. In unserem Kontext sind hier vor allem die Notwendigkeit einer reaktionsschnellen Standortoptimierung sowie die Nutzung betriebswirtschaftlicher Vorteile von Konzentrationsprozessen anzuführen. Vor dem Hintergrund der massiven Bevölkerungssuburbanisierung[7], die einerseits durch den Wachstumsdruck der Bevölkerungs- und Haushaltsentwicklung und andererseits durch die Dynamik der Bodenpreise und mangelnde Flächenverfügbarkeit in der Kernstadt in Gang gehalten wird, führen derartige Konzentrationsprozesse und Standortoptimierungen in Verbindung mit der dispersen Bevölkerungsverteilung im Umland zu einer Unterversorgung mit Diensten der unteren Zentralitätsstufen. Daraus ergibt sich ein *strukturell bedingter Mobilitätszwang*, der eine Minderung der regionalen Lebensqualität und schwerwiegende Verkehrsprobleme nach sich zieht. Vor dem Hintergrund dieser Rahmenbedingungen und Wirkfaktoren lässt sich zur Statusbeschreibung der Raumordnung im Lande Salzburg (und leider auch in den anderen österreichischen Bundesländern) zusammenfassend folgende Diagnose stellen:

- Raumordnung als zukunftsgerichtete Gestaltungsaufgabe mit einer mittel- bis langfristigen Zeitperspektive ist ein ungeliebtes Stiefkind der politischen Handlungspraxis. Engagement in diesem Arbeitsbereich bietet anscheinend nur wenig Möglichkeiten, im tagespolitischen Wettstreit zu punkten. Entscheidungsträger lassen sich daher nicht selten dazu verleiten, übergeordnete Gestaltungsziele zugunsten einer kurzsichtig-populistischen Minimierung vermeintlicher Nachteile zu verwässern oder gar aufzugeben. Dies geschieht auch deshalb, weil die komplexen raumstrukturellen Kausalzusammenhänge, die hinter den Problemlagen stehen, oft nicht unmittelbar einsichtig sind.

- Raumordnung ist – nicht nur in Salzburg – meist durch ein „Anpassungs- oder Auffangs-Handeln“ mit allzu langen Reaktionszeiten charakterisiert. Ehe endlich auf negative raumstrukturelle Tendenzen (und dann oft nur halbherzig) reagiert wird, sind die Schäden oft nicht mehr reparierbar. Was fehlt, ist der Mut zu einer aktiv-gestaltenden Entwicklungsplanung, die negative Trends unterläuft und Visionen zulässt.

- Es gibt keine konfliktfreie Raumordnung. Jede raumordnungspolitische Maßnahme hat Verlierer und Gewinner. Die Kunst der Raumplanung besteht darin, eine im Konsens aller gesellschaftlichen Gruppen als erstrebenswert angesehene Raumstruktur herzustellen und zu erhalten. Dabei ist ein möglichst hoher Nutzen für die Allgemeinheit anzustreben. Wenn man die Raumordnungspraxis in Salzburg beobachtet, dann sieht es so aus, als ob nicht die Optimierung des Nutzens bei gleichzeitiger Minimierung des Schadens als handlungsleitende Maxime im Vordergrund steht, sondern eher eine möglichst „verdünnte“ und damit aber flächenhafte Verteilung des Schadens auf alle. Nicht selten kommt es dabei zu einer Maximierung des Nutzens für Einzelne, die sich´s richten können.
- Der unvoreingenommene Beobachter kann sich gelegentlich des Eindrucks nicht erwehren, dass der Politikbereich „Raumordnung“ in Salzburg den Status eines bloßen „Papiertigers“ hat. Das nominale wie das funktionale Raumplanungsrecht bietet Optionen, die nicht immer voll ausgeschöpft und vielfach nur halbherzig genutzt werden. **Daher lautet die Therapie: Mehr Planung und weniger „Statt“-Planung.**

Bausteine für einen Salzburger Masterplan

In jedem Kochbuch gibt es vor den eigentlichen Rezepturen einen allgemeinen Teil, in dem die Adepten nützliche Ratschläge erhalten, wie man mit den Werkzeugen der Küche umzugehen hat, wie sie zu pflegen und zu warten sind. Man erfährt, wie die Zutaten auszuwählen, zu lagern und zu parieren sind, man hört von der Kunst des Würzens, man lernt, wie ein meisterlicher Koch die Speisen anzurichten und aufzutragen hat. Ganz in diesem Sinne seien der im folgenden Menü zusammengestellten kleinen Auswahl konkreter „Kochrezepte" für eine geschmackvolle, bekömmliche und nahrhafte Raumplanung im Lande Salzburg in aller Bescheidenheit einige generelle Ratschläge in Form kurzer Merksätze vorangestellt.

Eine erfolgreiche Raumordnung basiert auf der Voraussetzung, dass unsere Politiker endlich die Chance wahrnehmen, welche die Raumordnungspolitik als Querschnittsmaterie bietet: die Möglichkeit einer regional differenzierbaren und im realen Kontext lebensräumlicher Interaktionszusammenhänge umsetzbaren *Vernetzung der verschiedenen „Sachpolitiken"*.

Dabei sollte nicht der Buchstabe, sondern der Sinn des Raumordnungsrechts als allgemeine Handlungsmaxime wirksam werden. Anstelle juristischer Spitzfindigkeit und Sophistereien8 sollte als primäre Beurteilungs- und Entscheidungsgrundlage raumordnerischen Handelns die Sachlogik der raumstrukturellen Auswirkungen sozioökonomischer Prozesse und vor allem eine konsequente und widerspruchsfreie Verfolgung klar definierter landesplanerischer Zielvorstellungen herangezogen werden.

Eine besonders bedeutsame Funktion der Raumordnung ist in der Produktion von Rechtssicherheit für Belange der Landnutzung zu sehen. Nach einer zynischen Definition besteht Rechtssicherheit darin, dass die Mächtigen mit Sicherheit davon ausgehen können, dass sie recht behalten werden. Das politisch-administrative System täte gut daran, jederzeit nachzuweisen zu können, dass dieses Diktum für Salzburg selbstverständlich *nicht* gilt.

Raumordnung steht und fällt mit ihrer Akzeptanz. Aber: Die Menschen sind nicht so dumm, wie sie von vielen Medien und wohl auch von manchen Politikern gehalten werden. Die Erfolge einer „Planung von unten" zeigen, dass auch unpopuläre, schmerzhafte und kostenintensive Maßnahmen akzeptiert werden, wenn die Beplanten ihren Sinn und ihre Notwendigkeit verstehen. *Moderne Raumplanung besteht zu einem erheblichen Teil aus Aufklärung, Information, Mediation und Marketing.*

Das letztlich dringendste Desiderat wäre aber der Mut zu regional- und landespolitischen Visionen anstelle eines ängstlich-populistischen Reagierens auf die vermeintlichen Erfordernisse tagespolitischer Querelen. Nicht kurzfristiges Taktieren und Lavieren zwischen den Interessengruppen, sondern ein klares Bekenntnis zur Optimierung der Lebensqualität für die Bevölkerung und der Wettbewerbsfähigkeit für die Wirtschaft des Landes sollte die Maxime der Entscheidungsträger sein. Dass dies nur gelingen kann, wenn die Wirtschaft floriert *und* die natürlichen Grundlagen unseres Lebens geschont und nachhaltig genutzt werden, sollte heute eigentlich ein Allgemeinplatz politischer Bildung sein.

Ein Jänner-Menü

Amuse Gueule

Das Raumplanungsressort wird in einer feierlichen Parteienübereinkunft zu einer weisungsfreien Serviceeinrichtung für die Umsetzung der im Konsens aller politischen Kräfte beschlossenen Vision einer zukunftsorientierten sozial- und umweltverträglichen Landesentwicklung umstrukturiert.

Vorgericht

Die Konstituierung von Regionalverbänden mit klar definierten Aufgaben wird verbindlich vorgeschrieben. Sie tragen die Regionalplanung und koordinieren eine intensive interkommunale Kooperation. Sie nehmen unverzüglich ihre Aufgaben wahr: die Lösung gemeindeübergreifender Probleme, die Vernetzung von Raumstrukturen und die Entwicklung einer regionalen Identität durch eine aktive Regionalplanung.9

Die Suppe

Es werden geeignete Maßnahmen zur Mobilisierung von Bauland ergriffen.

Der erste Hauptgang

Für den Salzburger Zentralraum wird auf der Grundlage privatrechtlicher Verträge ein regionales Einzelhandelskonzept erstellt, mit dem unter Bezug auf die regionale Kaufkraft eine Limitierung der Einzelhandelsflächen und eine Festlegung auf eine begrenzte Zahl von Standorten für den großflächigen Einzelhandel erreicht wird.

Zur Erfrischung zwischendurch

Probleme der Raumordnung werden in einer professionell geführten Informationskampagne planungsdidaktisch aufbereitet und mit intensiver Medienunterstützung einer interessierten Öffentlichkeit zur Kenntnis gebracht.

Der zweite Hauptgang

Die EuRegio „Salzburg – Berchtesgadener Land / Traunstein“ wird als tragfähiges Medium für ein integrales und grenzüberschreitendes Raumordnungskonzept instrumentalisiert. Unter Einbeziehung aller kreativen Ressourcen wird ein fundiertes Konzept der qualitativen Regionalentwicklung erarbeit. Zur Umsetzung werden alle Anstrengungen unternommen, durch ein komplexes Regionalmarketing eine erfolgreiche Positionierung der EuRegio im Wettbewerb der europäischen Regionen sicherzustellen.

Dessert

Die Empfehlungen der Österreichischen Raumordnungskonferenz (ÖROK) werden ernsthaft zur Kenntnis genommen.

Veröffentlichungen und (zum Teil unveröffentlichte) Gutachten zum Thema „Raumordnung im Bundesland Salzburg", die man lesen sollte[10].

BRAUMANN, C., 1993, Entwicklung der Raumplanung seit 1945. Beispiel Land Salzburg. – Wien.

DOLLINGER, F. und C. SALLETMAIER, 1995, Landesplanung zwischen Sachaufgaben und politischen Zwängen. – In: SIR-Mitteilungen und Berichte, 1/4 1995, S. 7–24.

DOUBEK, C. et al., 1993, Grundlagen für das Sachprogramm „Wohn- und Betriebsstandorte im Salzburger Zentralraum". – Salzburg, (= SIR-Schriftenreihe, Bd. 13).

JURITSCH, G. und H. K. WYTRZENS, 1990, Die Einzelbewilligung als Flächenwidmungskorrektiv. Analyse eines spezifischen Salzburgischen Raumordnungsinstruments. – In: SIR-Mitteilungen und Berichte, 1990, 1–4, S. 37–53.

KIEFER, A., 1995, Euregios – bürgernahe grenzüberschreitende Zusammenarbeit. Konkrete Beispiele aus dem deutsch-niederländisch-belgischen Grenzraum und das Euregio-Projekt an Saalach und Salzach. – In: SIR-Mitteilungen und Berichte, 1/4, 1995, S. 25–38.

MOSER, A., W. LENDL und O. ERNEGG, 1971, Entwicklungsplan: Die Stadt Salzburg und ihr Umland. – Salzburg.

PLANUNGSBERICHT zum Sachprogramm „Siedlungsentwicklung und Betriebsstandorte im Salzburger Zentralraum". – Salzburg, 1995, (= Planungsberichte zur Salzburger Landesplanung, Heft 2).

SACHPROGRAMM „Siedlungsentwicklung und Betriebsstandorte im Salzburger Zentralraum". – Salzburg, (= Materialien zur Entwicklungsplanung, Heft 12).

SALZBURGER LANDESENTWICKLUNGSPROGRAMM. – Salzburg, 1994, (= Materialien zur Entwicklungsplanung, Heft 11).

WEICHHART, P., 1994, Raumordnung und Klima. Kriterien einer „klimaverträglichen" Raumordnung, dargestellt am Beispiel des Salzburger Zentralraums. – In: Greenpeace Spezial: Klima. – Salzburg, S. 51–74.

WEICHHART, P., 1994/95, Zentrale Orte im Bundesland Salzburg. Grundlagenstudie zum Sachprogramm „Infrastruktureinrichtungen". Teil 1: Neueichung des Katalogs und Bestimmung der Zentralen Orte (1991). 199 Seiten; Teil 2: Einzugsgebiete und Bereichsabgrenzung der Zentralen Orte des Bundeslandes Salzburg. 769 Seiten. – Salzburg.

WEICHHART, P., 1995, Überlegungen zum Standort einer AHS–Langform im Flachgau. Eine Stellungnahme aus der Sicht der Raumordnung. Verfaßt im Auftrag der Marktgemeinde Neumarkt am Wallersee. – Neumarkt a. Wallersee.

WEICHHART, P., 2000, Regionalentwicklung im Salzburger Zentralraum. Handlungsstrategien der Stadt Salzburg. Versuch einer regionalwissenschaftlichen und planungstheoretischen Begründung. Endbericht. – Salzburg, Unveröffentlichtes Gutachten im Auftrag der Magistratsabteilung 9, Stadtplanung und Verkehr. – Salzburg, 184 S., Anhang, 18 Abb., 5 Tab.

WEICHHART, P., 2001, Die Nutzung der Kernstadt Salzburg durch die Bevölkerung ihres Umlandes. Die Entwicklungsdynamik seit dem EU-Beitritt. Verfasst im Auftrag der Stadt Salzburg, Magistratsabteilung 9. – Wien, 68 S., 4 Tab., 26 Abb. und 3 Karten, 2 Tab. im Anhang.

WEICHHART, P. und H. FASSMANN, 2005, Zentralität und Raumentwicklung. Mit Beiträgen von W. HESINA, W. LOIBL, B. ÖMER-RIEDER und T. TÖTZER. – Wien, (= ÖROK-Schriftenreihe Nr. 167).

* Univ.-Prof. Dr. Peter Weichhart, Institut für Geographie und Regionalforschung der Universität Wien; E-Mail: peter.weichhart@univie.ac.at; Homepage: http://homepage.univie.ac.at/peter.weichhart/

[1] **Nota bene:** Der vorliegende Text wurde vor einem Jahrzehnt im Jahr 1995 geschrieben. Zu dieser Zeit war der Autor als Gutachter, Berater, SIR-Vorstandsvorsitzender und interessierter wie engagierter Beobachter der politischen und administrativen Praxis in aktuelle Tagesfragen und Diskurse der Salzburger Raumordnung eingebunden. Ich war damals einerseits begeistert von den innovativen Leistungen des Salzburger Raumordnungssystems, das diesbezüglich immer „Musterschüler" im Vergleich mit den anderen Bundesländern war, andererseits aber höchst irritiert und verwundert über die Resistenz, Ignoranz und Verweigerungshaltung des politischen Systems hinsichtlich der konkreten Umsetzung von Innovationen. Mit großer Ungeduld habe ich damals erwartet, dass die politischen Akteure zum Wohle der Bevölkerung und der Wirtschaft des Landes tatkräftig die neuen Planungsrezepturen (wie Stärkung der Regionalplanung, Regionalmanagement, Clusterentwicklung, Regionalmarketing, grenzüberschreitende interkommunale Kooperation etc.) verwirklichen. In der Zwischenzeit (und aus einer neuen Perspektive am Standort Wien) habe ich resignierend zur Kenntnis genommen, dass das Politiksystem anscheinend zu den Modernisierungs- und Globalisierungsverlierern zählt, weil es offensichtlich nicht wirklich bereit ist, sich den Herausforderungen der Gegenwart zu stellen. Das vorprogrammierte Scheitern des Österreich-Konvents und das ungenügende Nutzen der aus dem hier ablaufenden Diskurs denkbaren Gestaltungs- und Erneuerungsoptionen ist dafür ein deprimierender Beleg. Die kritische Diagnose, die ich im vorliegenden Text vor zehn Jahren formuliert habe, kann ich aus heutiger Sicht leider nicht revidieren. Die Dinge sind eher noch schlimmer geworden. Ohne fundamentale Änderung der Rahmenbedingungen (z. B. die bundesweite Einführung einer verbindlichen grenzüberschreitenden Regionalplanung oder die Umgestaltung von Funktionalregionen zu Programmregionen, die als eigenständige politische Subjekte agieren können) wird sich auch in Zukunft nichts zum Besseren wenden.

Ich habe darauf verzichtet, die im Text angeführten Beispiele (und Verweise auf Gesetze und Planungsdokumente) zu aktualisieren. Jeder Kenner der Materie kann hier problemlos selbst die (durchaus lehrbuchverdächtigen) Highlights der neuesten Fehlentwicklungen einfügen. Nachgeführt wurden nur einige Hinweise zur Literatur und zu aktuellen Gutachten.

[2] LGBl. Nr. 19/1956.

[3] LGBl. Nr. 98/1992.

[4] 80. Verordnung der Salzburger Landesregierung vom 4. Juli 1994 zur Verbindlichkeitserklärung des Landesentwicklungsprogramms.

[5] Sachprogramm „Siedlungsentwicklung und Betriebsstandorte im Salzburger Zentralraum". – Salzburg, (= Materialien zur Entwicklungsplanung, Heft 12)

[6] In der zentralen Planwirtschaft bestimmt der Staat (in den Personen der Funktionäre) die Antworten auf die „wirtschaftlichen Grundfragen" („Wer produziert wann, was, in welcher Menge, zu welchem Preis, für wen"); in der Marktwirtschaft werden die Antworten auf diese Fragen im Rahmen der Angebot-Nachfrage-Interaktion von den Produzenten/Anbietern und den Konsumenten/Nachfragern gemeinsam entschieden.

[7] Wie bereits erwähnt, versteht man unter „Suburbanisierung" die Auslagerung städtischer Funktionen in das Umland von Städten. Sie betrifft nicht nur die Wohnfunktion, sondern auch den Bereich der Produktion und der Dienstleistungen. Als Motor der Suburbanisierung gelten einerseits die Dynamik der Bodenpreise in den Kernstädten und andererseits die steigenden betrieblichen Flächenansprüche (auch für den ruhenden Verkehr). Als Rahmenbedingungen und Voraussetzungen für diesen Prozess der Standortverlagerung sind die Dominanz und praktische Ubiquität des motorisierten Individualverkehrs, die Möglichkeiten der Telekommunikation sowie technologische Entwicklungen im Bereich von Produktion und Lagerhaltung anzusehen. Problematisch wird die Suburbanisierung dann, wenn sie – wie im Salzburger Zentralraum – forciert und ungesteuert abläuft.

[8] Wer will, mag hier etwa an die „Lex Preimesberger" oder die „Weißflächentheorie" in der Causa „Brennhoflehen" denken.

[9] Salzburger Landesentwicklungsprogramm, 1994, S. 27.

[10] Gleichzeitig Literaturverzeichnis für den Beitrag „Die ‚regio salisburgensis' ...".

Februar

Wirtschaft in der Stadt Salzburg oder: Wie ein lästiges Kind die Selbstzufriedenheit der Bürokraten stört[1]

von Heinz Lovcik †

„You can fool everybody some time, and somebody every time, but you cannot fool everybody every time !“

Februar in Salzburg, es ist kalt, grau und unwirtlich. Die Intensität dieser Eigenschaften wechselt von Jahr zu Jahr, einmal ist es mehr kalt, ein andermal mehr nass und wolkenverhangen. Nur in echten Ausnahmefällen lässt dieser Monat hierzulande mit einigen ersten Frühlingsboten eine Art von Hoffnung aufkeimen, Hoffnung auf ein neue Erwachen nach dem winterlichen Scheintod, der die Natur und alles Leben nun schon seit über drei Monaten gefangen hält. Meist überschüttet er diese Hoffnungsträger dann aber gleich wieder mit Unmengen von Schnee und erstickt sie in Grabeskälte.

Februar in Salzburg, es ist still auf den Strassen und Gassen der Stadt, oft wie ausgestorben. Jetzt gehört Salzburg den Salzburgern und das ist traurig, sehr traurig sogar, objektiv betrachtet. Es passt zur Natur, die jetzt nur mehr in latent lebensfähigen Keimen im Winterschlaf unter der Schneedecke wartet, dass sie von aussen durch Sonne und Wärme wachgeküsst wird.

Überall ist nun die Zeit des Faschings, des Karnevals, mit übersprudelndem Frohsinn wird gefeiert und die alte überlieferte Freude auf den jährlichen Neubeginn des Vegetations- und Lebensrades bricht auch in neuen, modernen Kleid durch. Alte Bräuche und moderner Trubel einer hektischen, ausgelassenen Zeit prägen diese Jahreszeit. Überall? Auch in Salzburg? Wer Salzburg kennt schüttelt den Kopf. Fasching in Salzburg? Man ist geneigt eine Anleihe beim tiefen Kenner der österreichischen Seele, bei Helmut Qualtinger mit seinem Travnicek zu nehmen: Fasching in Salzburg? Gibt's den ? - - A matte Sache! - - ....Wann mi des Reisebüro net vermittelt hät !

Und jetzt, bei diesen Zitaten, springt der Assoziationsfunke leicht und locker auf unser Thema: Wirtschaft in Salzburg ? Gibt's des ? - - A matte Sache ! - - ..Wann mi des Reisebüro net vermittelt hät ! So ein Statement klingt natürlich frivol für jemanden, der in der Sommersaison durch die Stadt wandelt, wenn er Glück hat, sogar bei schönem Wetter und hier ein buntes, oft überquellendes Treiben auf den Strassen der Altstadt beobachtet. Prächtige Auslagen bieten alle Herrlichkeiten der Welt zum Kauf an, ein internationales Angebot für ein internationales Publikum, dem man zumindest rund um die Festspiele Wohlhabenheit anmerkt. Es sieht so aus, als sei es mit der Konjunktur und somit auch mit der Wirtschaft zum Besten bestellt. Zumindest der Handel floriert offensichtlich, und das wäre doch ein deutliches Zeichen für ein prosperierendes Wirtschaftsleben!?

Wenn man manchen Wortspenden zuständiger oder besser: "anwesender" Politiker glauben darf, so ist dies ein Verdienst einer klugen, weitsichtig planenden Strukturpolitik, der ausschliesslich das Wohl der Bevölkerung ein Anliegen ist. Ein aufmerksamer Beobachter der Salzburger Wirtschaftsszene sieht das komischerweise doch anders, sogar ganz anders, genau entgegengesetzt! Und diese Meinung entspringt nicht dem gerade moderne Zeitgeist, "dem Geist der stets verneint", nein, es ist der nüchterne Blick hinter die Kulissen eines vermeintlichen Wohlstands und seiner Verankerung.

Man kann es gleich vorweg kurz fassen: Wenn es einigen kleinen Bereichen des Wirschaftslebens noch relativ gut geht, so nicht, weil Politik, Medien und Zeitgeist die Basis dafür geschaffen haben oder für die Zukunft daran arbeiten, sondern ausdrücklich: trotz deren unseligen Aktivitäten. Der letzte Rest von freier Marktwirtschaft, den es in unserem total verbürokratisierten und verbeamteten Land noch gibt, hat eben ein zähes Leben. Eine - leider immer kleiner werdende - Anzahl von hoch motivierten, kreativen und dynamischen Unternehmern hat den Kampf noch nicht aufgegeben, ist noch nicht in die bequeme, möglichst pragmatitisierte, abhängige aber vermeintlich sichere Erwerbstätigkeit geflüchtet und schafft es, echte Wirtschaftsleistungen zu erbringen, Mehrwert zu erarbeiten !!

Dafür ist ihnen der Neid, die Missgunst und sogar die aktive Gegnerschaft der Bürokratie sicher! Mit Brief und Siegel! Und unter einer ganzen Flut von Vorwänden! Die Politik versteckt sich hinter markigen, gut klingenden und dabei völlig nichtssagenden Wortspenden, betreibt in seltener parteiübergreifender Einhelligkeit die Eigenvorsorge und überlässt Aktivitäten der allgegenwärtigen Bürokratie und den Medien. Nun, man braucht kein gelernter Österreicher oder gar Salzburger zu sein, um zu erraten, was dann dabei herauskommt.

Es gibt eine Gruppe von Politikern, die sehen Wirtschaft und Bevölkerung als Antagonisten, sie konstruieren gegensätzliche Interessenslagen und was ganz besonders tragisch ist, sie glauben das aus ihrer Ideologie heraus wirklich.

Wie kommt es zu solcher Perversität ?

Erstens natürlich aus einer ganz eigenen Perspektive, aus der Perspektive des Pfründners, der unabhängig von einer tatsächlichen Arbeit, oder auch nur "Tätigkeit", seinen finanziellen Lebensunterhalt gesichert weiss. Woher dieser Geldsegen kommt, das weiss er nicht und es ist ihm auch völlig egal.

Zweitens, aus der absoluten Unkenntnis darüber, wo wirklich Geld erarbeitet wird und wo auch der Staat und oder die Gemeinde sich mit ihren formal legalen Abschöpfungsraubzügen finanzieren.
Drittens, nützen sie den derzeit grassierenden Zeitgeist einer Wohlstandsgesellschaft, die den grenzenlosen überzogenen Egoismus zur obersten Maxime erhoben hat beinhart zur eigenen Profilierung, um bei der nächsten Wahl die eigene Pfründe wieder vom "Souverän" (= amtliche Umschreibung für blödes Stimmvieh) bestätigt zu erhalten.

Es gibt praktisch keine Aktivität von auch nur kleinster wirtschaftlichen Relevanz, gegen die sich nicht mehr oder weniger "spontan" eine Aktionsgemeinschaft der Verhinderer bildet... Und an deren Spitze sich nicht sofort ein Politiker drängt. Diese unseligen Gruppierungen von Verhinderern setzen sich meist aus ganz wenigen echt Betroffenen (wenn überhaupt) und aus einer überwiegenden Menge von Querulanten, frustrierten, unausgelasteten Frühpensionisten mit einem psychologischen Manko an potentieller Machtausübung, aus verhetzten "Zurück zur Natur - Aposteln" und einer Reihe von fadisierten Adabeis zusammen. An dieser mangels anderer Probleme oft fanatisierten Gruppe von "Wählern" kann doch kein Politiker vorbeigehen (!) Was waren das noch für Zeiten, als es auch in der Politik den Grundsatz gab : Gemeinwohl geht vor Einzelinteresse!

Die grundlegenden Bedürfnisse der Bevölkerung werden prinzipiell ignoriert oder nur in Lippenbekenntissen gestreift. Getan wird natürlich nichts, denn wer etwas unternimmt, könnte ja angegriffen werden und es geht bei der nächsten Wahl um jede Stimme ! Es wählen ohnedies immer weniger Bürger (!). Ei, ei, warum wohl ? Wo doch der Herr/Frau Politiker dem Wahlvolk genau nach dem Maul redet! Sogar durch Umfragen des parteieigenen Instituts genau abgesichert, sich dem Zeitgeist prostituierend und mit der Presse vorsichtig abgestimmt. Vielleicht erwartet der Bürger doch etwas anderes vom Politiker, der und das weiss inzwischen jeder, aus Steuergeldern gar nicht so schlecht bezahlt wird – oft sogar 2- und 3-fach - für eine Tätigkeit für die Bevölkerung. Ausweitung von Macht und Einflusssphären von Parteien und eine Ansammlung von Pfründen durch Einzelpersonen entsprechen sicher nicht der Interessenslage der Bevölkerung. Auch wenn die Politik in der Fiktion lebt, dass das biedere Wahlvolk das Spiel der Mächtigen nicht durchschaut und durch "Wortspenden" zufrieden gestellt werden kann.

Die stetig sinkende Wahlbeteiligung spricht eine andere Sprache. Irgendeinmal ist die Legitimation unserer politischen Struktur als "Volksvertretung" die Salzach hinuntergeschwommen und es werden sich alternativ andere Strukturen anbieten! Ob die aber demokratisch sein werden, ist eher zu bezweifeln ! Die Totengräber unserer Demokratie sitzen aber sicher nicht als mehr oder weniger erklärte Neonazis, oder sonstige Verrückte, in irgendwelchen konspirativen Cirkeln, sondern als Protagonisten der herrschenden Parteien an den Hebeln der Macht, dort wo nichts geschieht, weil aus Angst vor den Medien vorgeblich unpopuläre Massnahmen nicht politisch durchgesetzt werden können.

Wer sagt eigentlich, dass Politik unbedingt nur opportunistisch sein muss ?

Zurück zu den missachteten Bedürfnissen der Bevölkerung:Der russische Psychologe Maslov hat die grundlegenden menschlichen Bedürfnisse nach vorrangiger Wertigkeit sortiert und in einer Pyramide dargestellt.

Stufe 1 bilden die biologischen, vitalen Bedürfnisse, wie : Gesundheit, essen, trinken, wohnen, sexuelle Befriedigung.

Stufe 2 ist die der Sicherheit, es besteht ein starkes Bedürfnis, nach der Sicherheit die Bedürfnisse der Stufe 1 auch morgen und in Zukunft abgesichert zu haben.

Die Basisbedürfnisse der Menschen, in Stufe 1 und 2, werden in unserer Gesellschaftsordnung im Wesentlichen durch Geld abgedeckt. Und Geld kommt nun einmal aus einer gesicherten Beschäftigung mit einem sicheren Einkommen. Wenn auch die öffentliche Hand einigen Privilegierten dies bietet, so ist es letzthin ausschliesslich eine gesunde Wirtschaft, die direkt oder im Umweg über ihre Steuerleistung, den Menschen ihre grundlegenden Bedürfnisse sichert.

Erst auf dieser Basis (Maslov 1 und 2) entwickelt der Mensch weitere Bedürfnisse (in Stichworten):

Stufe 3: Gesellschaftliche und soziale Einbindung und Geborgenheit
Stufe 4: Bedürfnis zur Machtausübung
Stufe 5: Selbstverwirklichung

Maslov hat in seinen Forschungen festgestellt, dass ein Bedarf in der untersten Bedürfnisstufe alle höher angesiedelten Bedürfnisse verdrängt und verschwinden lässt. Wer wirklich hungert, hat keinen Bedarf nach gesellschaftlicher Funktion und Anerkennung oder nach Selbstverwirklichung, er will etwas zu essen und das schnell !

In vollständiger Unkenntnis dieser gesicherten Erkenntnisse und in Ignoranz der menschlichen Bedürfnisse versuchen nun einige politische Abenteurer, den Menschen eine Art Selbstverwirklichung auf Kosten der ökonomischen Sicherheit vorzugaukeln. Umweltschutz heisst das ideologische Vehikel, mit dem ein Klassenkampf der nicht arbeitenden gegen die arbeitende Bevölkerung angezettelt und betrieben wird. Keine Frage und keine Diskussion, dass ein Schutz der Natur und Umwelt vor jeder Art der Beeinträchtigung notwendig ist. Aber nur mit einer gesunden, Gewinn abwerfenden Wirtschaft kann sich eine Gesellschaft den Umweltschutz erst leisten. Arme Gesellschaften sind zur extrem rücksichtslosen Ausbeutung aller Ressourcen gezwungen! Ein Blick auf die Situation in vielen Entwicklungsländern und auf das Umweltfiasko in den Staaten der ehemaligen Sowjetunion sollte auch unsere ideologieverbohrten Politiker zum Denken anregen. Aber man muss wohl in diesen Fällen eine sehr eingeschränkte Lernfähigkeit diagnostizieren. Wie sagte schon der Dichter: dass nicht sein kann, was nicht sein darf.

Und damit hat sich's, und wir sägen mit Eifer an dem Ast, auf dem wir sitzen. Es könnte natürlich schon sein, dass so mancher glaubt, er sitze am Nebenast und nur irgendwelche Andere, z.B. böse Kapitalisten sitzen am angesägten Ast! Nun, der Krug geht so lange zum Brunnen bis er bricht, und das Volk lässt sich nicht pausenlos an der Nase herumführen ! Die Amerikaner haben dazu eine tiefschürfend Aussage: You can fool everybody some time and somebody every time, but you cannot fool everybody every time !!

Den Festspielen zum Trotz ist Salzburg eine typische Beamtenstadt. Schon zu Zeiten des selbständigen Erzbistums blühte hier eine umfangreiche klerikale Hofhaltung und Verwaltung. Natürlich waren damals, wie überall in Europa, im Zeichen des Gottesgnadentums das Ansehen (und auch die Einkünfte) der Staatsdiener unangemessen hoch. Handwerk, Bergbau, Landwirtschaft und andere Bereiche der primären Wertschöpfung wurden zur Leistung gepresst und der Gewinn abgeschöpft. Trotzdem wurde die Erlaubnis in einem definierten Wirtschaftszweig überhaupt - selbständig - arbeiten zu dürfen, amtlich als "Privileg" gehandhabt und fast als "Pfründe" mit garantiertem Einkommen angesehen. Eine Ansicht, die sich bei uns in manchen Gremien, wie z.B. der Wirtschaftkammer, teilweise noch bis in die heutige Zeit gehalten hat. Die bürokratische Vergabe von Gewerbeberechtigungen entspicht einer Mischung von genussvoller Machtausübung, mittelalterlichem Zunft- und Privilegiendenken sowie einer zutiefst antiliberalen Einstellung.

Wo kommen wir denn hin, wenn zum Beispiel jeder Würsteln verkaufen könnt' ????.....ohne Lehrzeit, Prüfungen, Stempelmarken, Bedarfsnachweis, Entsorgungskonzept, wasserrechtlicher und feuerpolizeilicher Genehmigung, Leumundszeugnis, Mitgliedschaft bei einer Partei, Empfehlung durch einen Politiker, zweckdienliche Zuwendungen und einem Verfahren mit Parteienstellung aller Unbeteiligten und Interventionsmöglichkeit! **Ja wo kommat ma da hin !!!**

Aber trotz EU, dürfte sich da nicht allzu viel ändern, Erleichterungen kommen höchstens Ausländern - insbesonders grossen Konzernen - zu gute, im Inland werden sorgfältig aufgebaute Machtpositionen eisern verteidigt (siehe Maslov 4). Also "Wirtschaft", das ist für einen Bürokraten etwas ganz Minderwertiges, da gibt es doch glatt Leute (minderes Volk ist das), die arbeiten um bares Geld, die nehmen von anderen, so genannten Kunden bares Geld in die Hand, kassieren für eine Ware mehr als sie dafür bezahlt haben (!) i-git-i-git ! Oder sie verlangen für Dienstleistungen so viel, daß man sich kaum mehr Dienstboten leisten kann, außer fallweise Ausländer, schwarz natürlich, die sind wenigstens dankbar für ein par Netsch. Irgendwo steckt da bei vielen Zeitgenossen noch ein Wurm in ihrem mentalen Verhältnis zu Arbeit, Leistung und der damit verbundenen Rangordnung der volkswirtschaftlichen Wertigkeit.

Im Bereich der Wirtschaft hat es die Stadt selbst verstanden, eine alte Tradition, die aus der Vergessenheit und Armseligkeit des vorigen Jahrhunderts kam, sorgfältig weiter zu pflegen. Es ist dies der echte Mangel an mittleren und grösseren Gewerbe- oder Industriebetrieben, die imstande sind, relativ krisensichere, weil produktive Arbeitplätze, bereitzustellen. Man hat das früher auch als echtes Manko, als Problem erkannt, aber, wie der Fuchs, dem die Trauben zu sauer waren, versuchte die Politik daraus eine Tugend zu machen. Salzburg setzt auf "umweltverträgliche" Arbeitsplätze, so heisst das jetzt publicity-wirksam, und alle sind zufrieden. Natürlich, ein Bürokrat, der am Schreibtisch maximal Papier und Bleistift verbraucht, dessen Output im nächsten Büro endet, der ist wirklich umweltschonend! Wer aber erarbeitet das Geld, das selbiger - beispielsweise Magistrats- oder Staatsdiener (es gibt auch in Grossfirmen vergleichbare Bürokratien) - monatlich pünktlich überwiesen erhält ? Von den Kosten aller "wohlerworbenen Rechte" ganz abgesehen. Wer erarbeitet den "Mehrwert" den die öffentliche (Nehmer-) Hand dann grosszügig und beinhart sanktionsgestützt abschöpft ?

Also, die verstaatlichte Wirtschaft ist es nicht, das hat in Österreich nun schon fast jeder begriffen. Die Monopolbetriebe gehen nun auch schön langsam als Pfründereservoir verloren und alles in allem kostet es immer wieder nur jede Menge Geld, wenn die öffentliche Hand in bestimmten Wirtschaftsbereichen herum-dilettiert. Ob es Verkehr oder Kommunikation oder was immer sei, überall wo ein Privatunternehmer (besteuerbare) Gewinne erwirtschaftet, gelingt es öffentlichen Stellen, gewaltige Verluste einzufahren. Im Gegensatz zur Privatwirtschaft ist dafür aber nie irgendwer verantwortlich, und das Ärgste, das einem erwiesenermassen unfähigen Staatsmanager passieren kann, ist, dass er mit fürstlicher Zusatzpension vorzeitig in die Rente geschickt wird, der Arme !

Bleibt für Salzburg, Gott sei Dank, beispielsweise noch der Handel, als umweltverträglicher, privater Wirtschaftszweig. Auch er folgt einer alten Tradition, die in der verkehrsgünstigen Lage der Stadt am Kreuzungspunkt mehrerer europäischen Verkehrswege begründet war. Doch Halt !!!!...Verkehr wollen wir natürlich keinen ! Den müssen wir in Salzburg verhindern, abwürgen, stauen, umleiten und erschweren, ausser er findet in geordnet. d.h. beamtetem Rahmen statt, unattraktiv bis unbrauchbar, aber dafür defizitär. Wie sich's gehört, fest in die Einflusssphäre der Politik eingebunden. So ein öffentlicher Verkehr ist natürlich eine Freude. Denn wo "kommerten wir denn da hin", wenn jeder Salzburger und vielleicht noch einige Auswärtige (die doch nicht einmal wählen dürfen) mit dem eigenen (hoch besteuerten) Fahrzeug dort hinfahren könnten, wo sie selbst wollten ?? Vielleicht gar nach Salzburg einkaufen?? Nein das darf nicht sein.

Was sagen Sie ? Das Auto ist ein Arbeitsgerät???, Ist doch ein Blödsinn, auf meinem Schreibtisch komme ich absolut ohne Auto aus! Und wenn, dann haben wir bei Bedarf einen Wagen mit Chauffeur, der ist ökonomischer (für mich).Und übrigens, ...arbeiten, das ist überhaupt suspekt, das erzeugt entweder Lärm, Staub, Emissionen, Verkehr usw. und belästigt außerdem die vielen Frühpensionisten und Nichtstuer und die regen sich mit Recht auf ! Deren Stimmen sind äußerst wichtig, denn das sind Wechselwähler !

So ungefähr dürften die entscheidungsrelevanten gehirninternen Synapsen mancherorts programmiert sein,.... wenn man vom Output rückschließt!

Dazu ein Beispiel aus der Medizin: Das Verkehrssystem in einer gesunden Stadt entspricht dem Blutsystem in einem Organismus. Es transportiert Energie, Informationen, Nahrungsstoffe, Arbeitskräfte und vieles mehr zum Ort des Bedarfs. Alles funktioniert optimal, der Organismus regelt sich selbst, sogar bei Störungen. Wenn aber die Blutbahnen durch äussere Einflüsse, Krankheit usw. verengt oder unterbrochen werden, so kommt es zum Infarkt, zum Absterben einzelner Teile und in weiterer Folge zu Dauerschäden oder Tod des Gesamtorganismus.
In Salzburg wird die Krankheit der Wirtschaftsfeindlichkeit zum System erhoben, ideologisch begründet und das auf der Basis einer absoluten Unkenntnis dessen, was die Bevölkerung will und

braucht: Gesicherte Arbeitplätze und ein Umfeld, im dem wertschöpfende Arbeit noch Spass macht und anerkannt wird. Denn nur sie ist die Basis für unser aller Wohlergehen, von der sozialen Absicherung bis zur persönlichen Freiheit und einem relativen oder absoluten Wohlstand ! Beispielsweise gibt es derzeit kaum einen grösseren Betrieb, der nicht liebend gerne aus der Stadt absiedeln möchte, in eine Nachbargemeinde, oder gleich weit weg. Irgendwo hin, wo nicht nur die Bevölkerung, sondern auch die Politiker und Bürokraten sich über einen florierenden Betrieb freuen und ihn fördern, statt ihm, so wie in Salzburg, alle nur möglichen Schwierigkeiten zu bereiten !!

Noch ein Pferdefuss ist in der "Salzburger Wirtschaft" eingebaut, Salzburg setzt aus Tradition ausschliesslich auf die krisenanfälligsten Wirtschaftszweige, die man sich denken kann: Kulturbetrieb, Fremdenverkehr, Handel und Gastronomie. Die florieren bestens, wenn es den Konsumenten gut geht. Jedoch bei echten Problemen oder auch schon bei kleineren Krisen (die schon durch eine Medienkampagne ausgelöst werden können) spart der Kunde zuerst in diesen Bereichen und das Salzburger Wirtschaftskartenhaus stürzt, mit Dominoeffekt! Irgendwann würde das sogar pragmatisierte Bürokraten und Politiker kratzen, wenn auch vielleicht erst zu spät.

Möge uns das Geschick vor solchen Problemen bewahren !

14 Bausteine für einen Masterplan oder: was sollte und könnte man tun?

1. Nehmen wir doch die Marktwirtschaft ernst, überlassen wir die wirtschaftliche Entwicklung den harten aber effektiven Mechanismen von Angebot und Nachfrage!

2. Eine florierende Wirtschaft ist die Basis für das Wohlergehen aller Bürger. Niemand kann sich davon abkoppeln und auf Kosten anderer der "Selbstverwirklichung" fröhnen. Erst eine stabile, gesunde Wirtschaft sichert das notwendige individuelle Einkommen und das erforderliche Steueraufkommen, um Sozialleistungen und echte Staatsaufgaben erbringen zu können. Auch den Umweltschutz muss sich eine Gemeinschaft erst leisten können, man kann die Kuh, die man melken möchte, nicht vorher schlachten!

3. Es gibt nur ganz wenige echte staatliche Aufgaben für den Bund, die Länder und die Gemeinden. Konzentrieren wir uns darauf.

4. Öffentliche Gelder sind ein heiliges Gut, sie wurden hart arbeitenden Menschen brutal abgenommen. Jede Verschwendung oder verantwortungslose Ausgaben sind Verbrechen an den arbeitenden Menschen in diesem Land. Jede persönliche Bereicherung oder Freunderlwirtschaft ist ein Kapitalverbrechen und sollte auch als solches geahndet werden.

5. Reduktion der Bürokratie, weniger ist mehr! Jede Organisation - ab einer gewissen Grösse - neigt dazu, sich hauptsächlich mit sich selbst zu beschäftigen. Einen konkreten Output gibt es nicht mehr, er würde nur die sorgsam gepflegten internen Kommunikationsbeziehungen stören. Leanmanagement ist angesagt, aber ehrliches!

6. Gesetze sind kein heiligen Kühe, wenn sie nicht mehr den Erfordernissen von Wirtschaft und Gesellschaft entsprechen, dann gehören sie geändert oder besser: abgeschafft. Dieses Ziel sollte Hauptaufgabe der Gesetz gebenden Gremien in Bund, Land und Gemeinden sein, nicht immer neue Vorschriften und die Freiheit einschränkenden Regulierungen zu erfinden, für deren Realisierung ohnedies kein Geld vorhanden ist.

7. Ein Gesetz sollte überhaupt nur dann beschlossen werden, wenn es ein altes Gesetz ersetzt und zusätzlich kürzer und leichter verständlich abgefasst ist. (Das müsste in die Verfassung aufgenommen werden!)

8. Gebt dem gesunden Menschenverstand wieder seinen Stellenwert! Derzeit ist das trefflichste aller Gegenargumente in einer Diskussion die Frage: Wo steht denn des ?? Und wenn „es" nirgendwo „steht", dann gilt es nicht! Weit haben wir es gebracht: Lesen statt logisch denken. Auch die juridische Regulationssucht muss Grenzen haben, es gibt genügend Beispiele, wie grosse staatliche Organisationen (im Ausland) mit viel weniger Vorschriften (gut) auskommen.

9. Weisen wir die politischen Parteien in ihre Schranken ! Aufbau eines Netzwerks der Macht und Einflussnahme auf alle Bereiche des menschlichen Lebens sind nicht im Sinne der Bevölkerung, auch für die derzeitigen Mitspieler nicht, siehe Zauberlehrling: Die Geister die ich rief...Eine Freunderl- und Pfründewirtschaft mit Steuergeld ist erst recht nicht akzeptabel.

10. Die (notwendige) Bürokratie muss sich als Helfer der Bürger verstehen, insbesondere auch in Fragen wirtschaftlicher Aktivität, nicht als "Obrigkeit" die den unterwürfigen Bittsteller bestenfalls Gnadensakte zukommen lässt, wie derzeit üblich.

11. Egoismus und Querulantentum sollte im Sinne des Allgemeinwohls in enge Schranken gewiesen werden. Hier ist der Einsatz des Machtmonopols des Staates angebracht.

12. Schaffung einer echten Verantwortung von Politikern und Beamten z.B. im Sinne des bestehenden Rechts für Geschäftsführer einer Ges.m.b.H. Niemand sollte verantwortungslos entscheiden dürfen.

13 Zuletzt: Bitte nicht immer an dem Ast sägen, auf dem wir sitzen oder unsere Kinder morgen sitzen müssen!! Auch wenn es "modern" ist und dem Zeitgeist entspricht. Persönlich könnte man sich besser profilieren, wenn man z.B. als Politiker eigenes Rückgrat zeigt, als immer nur dem Trend hinterher zulaufen und auf die Gnade der Medien zu hoffen!

14. Die Verwaltung muss personell „durchlässig" werden, ein periodischer Wechsel von Beamten in die Wirtschaft und umgekehrt sollte zur Regel werden, wenigstens ab einem gewissen Verantwortungsniveau. Wer sich davon ausschliesst, dürfte keinerlei Karrierechancen erhalten. Überhaupt sollte nur jemand in die Verwaltung aufgenommen werden, der vorher einen Beruf erlernt hat und einige Jahre in der wertschöpfenden Wirtschaft praktisch gearbeitet hat.

Post Scriptum:

Der vorliegende Beitrag wurde bereits im Sommer 1994 konzipiert, also

- **vor** den detaillierten Sparpaketen,
- **vor** dem Husch-Pfusch-Gesetz über die Werkverträge,
- **vor** den „tiefschürfend" begonnenen und seicht endenden Überlegungen zu Politikergehältern, Spesen, Parteisteuern usw.
- **vor** dem Verkauf weiterer potenter österreichischer Unternehmen an ausländische Konzerne,
- **vor** der anhaltenden Groteske über die Privatisierung der CA,
- **vor** der statistischen Bestätigung des Einbruchs im Tourismus (zur Erklärung: Salzburg hatte

noch vor wenigen Jahren durch restriktive Verkehrsbeschränkungen den Städtetourismus fanatisch bekämpft),
- **vor** der steigenden Arbeitslosigkeit (zusätzliche staatliche Belastungen muss die Wirtschaft durch Rationalisierung kompensieren).

Kurzum: Kein Wort der zynischen „Würdigung" der Salzburger oder Österreichischen Wirtschaftspolitik musste geändert oder ergänzt werden! Die triste Februar-Stimmung, morbid und „no-future", ist geblieben und was ist passiert? Weiterhin gibt es grossartige Wortspenden, nur die mutigen Taten blieben aus. Und was ist passiert: Höchstens dümmlich opportunistische oder extrem dilettantische Massnahmen, siehe Gewerbegebiet Kuchl, Deponie in Grossarl, Bahnhofsvorplatz, Steinbruch Fuschl, Streiterei um die Erweiterung des Messegeländes (es wäre gelacht, wenn wir diesen für Salzburg wichtigen Betrieb nicht zum Abwandern bringen könnten!) Und der Beispiele weitere gibt's genügend.

Quo Vadis, Heimatland?

Soll man seinen Pass zurückgeben? Auswandern? Selbstmord begehen? Gewalttätiger Revolutionär werden? Oder Weiterwurschteln, sich's nicht verdriessen lassen, in die politische Wüste rufen und auf ein Echo warten?

Ein Blick in die nähere und weitere Umgebung zeigt: Probleme gibt es überall. Vielleicht können unsere Politiker an positiven und negativen Beispielen lernen, wenigstens aus eigenem persönlichen Interesse, damit ihre Pfründe gesichert sind und es uns allen wohl ergehe auf Erden.

Amen.

Literaturhinweise

Bundeskanzleramt, Was kostet ein Gesetz? Ein Arbeitsbehelf zur Berechnung der finanziellen Auswirkungen von Rechtsvorschriften, Wien 1992

Weiss, J, Controlling Handbuch: Arbeitsbehelf für die Anwendung von Controlling in der öffentlichen Verwaltung, Wien 1994

Kronlechner, H., Verwaltungsreform in Innsbruck. Der Weg zur „schlanken“ Verwaltung, in: VerwaltungHeute 1994

Steger, U., Lean Administration. Die Krise der öffentlichen Verwaltung als Chance, Frankfurt am Main 1994

Klages, H., Wie sieht die Verwaltung der Zukunft aus? In: Verwaltungsrundschau 1995

Kyrer, A., Das Titanic-Syndrom. Über das Schnüren von „Sparpaketen“ in Österreich, in Deutschland und in der Schweiz oder. Wasch’ mir den Pelz, aber mach’ mich nicht naß! Wien 1995

[1] Der Beitrag ist im Sommer 1994 entstanden und wurde im September 1995 noch um einige Seiten ergänzt. A.K.

März

Bauen und Wohnen bis 2005 oder: Wie der Schwanz mit dem Hund wedeln will - ohne dass der Hund es merkt.

Von Volker Rothschädl*

(Stadt : Salzburg) Magistrat
Amt für Stadtplanung
R E K Räumliches
Entwicklungskonzept
Entwurf vom 1. März 1995
(Beschlussexemplar)

Unter oben zitierter Titelseite wurde im März 1995 die beschlussreife Version eines Räumlichen Entwicklungskonzeptes (es wird in der Folge mit REK bezeichnet) für die Stadt Salzburg vorgelegt[1].

Zeitablauf:

Das REK zeichnet sich durch terminliche Besonderheit aus: Anfang 1994 wurde mit den Vorarbeiten begonnen, schon ab April 1994 leistete man laufend Öffentlichkeitsarbeit, bereits im Juni 1994 stand das Grobkonzept, gemäss Planungsausschuss-Beschluss vom 18.10.1994 wurde das Konzept überarbeitet, und nur drei Wochen später, am 7.November 1994 erfolgte die öffentliche Vorstellung aller Teilkonzepte in den Grundzügen[2].

Diese Atem beraubende Geschwindigkeit ist deshalb so bemerkenswert, weil im Gegensatz dazu die Fristen des Salzburger Bebauungsgrundlagengesetzes 1968 hinsichtlich der Anpassung alter Bebauungspläne sowie Erlassung von Bebauungsplänen für das gesamte Bauland seitens der städtischen Planung "bis heute nicht eingehalten" werden konnte[3].

Einerseits hat man in einem Vierteljahrhundert keine gesetzeskonformen Bebauungspläne zustande gebracht, andrerseits wird das zwei Stufen höher stehende und wesentlich komplexere REK in einem halben Jahr (plus minus ein paar Monate) aus dem Ärmel geschüttelt. Oder: Hingeschludert?

Als besonderes Gusto-Stückerl darf man nun aufgrund des REK die angekündigte gesamtstädtische Flächenwidmungsplan-Überarbeitung erwarten[4]. Seit 18.6.1991 liegt für die Landeshauptstadt Salzburg nämlich endlich ein komplett überarbeiteter Flächenwidmungsplan vor[5].

Dieser erst vier Jahre alte und somit - nach Bebauungsplan-Terminkriterien - nigelnagelneue Flächenwidmungsplan wird also in Kürze wieder "überarbeitet" werden. Hier soll offensichtlich eine planerisch als dringlich erachtete Krampfadern-oder Kropf-Transplantation[6] erfolgen.

Kindesweglegung

Weiters dürfte es sich - zumindest in Teilbereichen des REK - um einen klassischen Fall von Kindesweglegung handeln.

Viele Strukturdaten entstammen laut REK den Erkenntnissen der Freien Planungsgruppe Berlin, so auch die Fixierung bauhistorisch- und stadtbildbedeutsamer Quartiere, städtebaulicher Besonderheiten, stadtbildprägender Landschaftsräume und Grünflächen, Raum bildender Alleen, "Perspektivräume"[7]. Für das Freiraumentwicklungsmodell werden die Ziele vom Institut für Landschaftsplanung und Gartenkunst der TU Wien vorgegeben[8]. Als ob solche Festlegungen nicht besser von - ortskundigen und vor allem demokratisch legitimierten - Einheimischen getroffen werden sollten. Ganz ohne Hilfe der lokalen Planer dürfte es nicht abgegangen sein: Woher sonst sollen die externen Planer ihre kleinräumig detaillierten Kenntnisse hernehmen? Wie sollten sie Kenntnis über ein schützenswertes Samer Mösl oder Nissenwäldchen haben? Alle diese - und viele andere - exakten Festlegungen dürften in Wahrheit und Wirklichkeit den Berlinern oder Wienern von den örtlichen Planern vorgeschlagen worden und von ersteren auftragsgemäß in Erhebung und Ziele eingearbeitet worden sein. Nachher kann man hier dann immer behaupten, die Ergebnisse würden von externen und unabhängigen Experten stammen. Dass dabei immerhin denkbare Einzelinteressen besonders gut abgesichert erscheinen, sei reiner Zufall[9].

Eine Durcharbeitung des REK zeigt, dass dieses in der jetzt vorliegenden Fassung vom Gemeinderat der Stadt Salzburg nicht einmal als Grundlage für eine Beschlussfassung aktzeptiert werden sollte. Im REK wurden die Entwicklungs-Ziele und - Maßnahmen an den Anfang gestellt, um den Blick von Lesern und auch Anwendern auf das Wesentliche nicht zu unterbrechen[10]. Offensichtlich haben dabei die Verfasser des REKs den Blick auf das ROG mitunter gänzlich verloren.

1) Das REK berücksichtigt mehrere wichtige Gesetzesvorschriften des ROG 1992 überhaupt nicht[11].

2) Das REK legt sich oft dort, wo es vom ROG 1992 vorgeschrieben wird, kaum oder nur sehr nebulos fest[12].

3) Das REK trifft andererseits vielfach scharfe Festlegungen, wo solche vom ROG 1992 gar nicht vorgesehen sind oder nur eine grundsätzliche Festlegung, welche späterer Ausarbeitung (zB in Flächenwidmungsplänen) Freiräume geben soll, geboten ist[13].

4) Die Analysen des Ist-Zustandes (Strukturuntersuchung) sind oft nicht nachvollziehbar[14], sie sind mitunter nachweislich falsch[15] und/oder widersprüchlich. Daraus ergibt sich, dass die Ergebnisse der Ableitungen (Problemanalyse, Ziele, Massnahmen) mit hoher Wahrscheinlichkeit ebenso falsch und/oder widersprüchlich sind.

5) Das REK neigt in unhaltbarer Vorgangsweise dazu, (finale) Maßnahmen als Ziele - oder umgekehrt - zu postulieren[16]. Damit wird - im Widerspruch zum ROG 1992 - eine nachvollziehbare Kontrolle hinsichtlich der Zielerreichung unmöglich gemacht.

6) Es wird einerseits versucht, Festlegungen für die Zukunft im REK94 festzuschreiben, welche mit der Materie wenig oder gar nichts zu tun haben und vor allem jeder demokratischen Meinungsfindung entbehren. Zwei Beispiele von vielen: "Neuerrichtung des Kongresshauses am bestehenden Standort"[17], damit entfiele ein - mittlerweile schon wieder beschlossener - Umbau oder auch Standortwechsel. "Erschliessung des Gaisberges durch ein Schienen gebundenes öffentliches Verkehrsmittel"[18], damit sollen wohl alle anderen Massnahmen, wie Shuttle, Maut, Seilbahn oder auch Gar-nichts-Tun, von vorneherein denkunmöglich gemacht werden.

7) Andrerseits sollen sang- und klanglos sehr wohl relevante Beschlüsse des Gemeinderates aufgehoben werden, ohne dass dies klar zum Ausdruck gebracht und dem Gemeinderat bewusst wird[19].
8) Dem REK fehlen wichtige Informationen, welche für die Beschlussfassung der Gemeinde von Ausschlag gebender Bedeutung sind, weil dadurch in Zukunft gravierende Finanzbelastungen ausgelöst werden oder das REK94 unvollziehbar sein wird[20].

9) Abgesehen von sachlichen Kritikpunkten ist festzustellen, dass das REK allein schon hinsichtlich der Art der Inhaltsfestlegung, Materienvielfalt und des Umfangs - und in Zusammenhalt mit den Zeitvorgaben - für den beratend-beschließenden Ausschuss, Senat und Gemeinderat eine Zumutung ist. “Überfahren” scheint noch eine milde Begriffsbezeichnung zu sein.

Es ist somit evident, dass das REK in unzähligen Punkten

1) nicht gesetzeskonform,
2) sachlich bedenklich,
3) demokratiepolitisch mehr als fragwürdig

ist. Zwischen 1), 2) und 3) ist jeweils “und/oder” einzufügen.

Wenden wir uns einem Kernbereich des REKs zu:

Bauland für Wohnungen

Bisher genannte Daten sind nicht einheitlich: 10.000 Wohnungen[21] oder 7.900 Wohnungen[22]. Was ist richtig, wie kommt man zu den Zahlen? Das REK gibt ab Seite 63 Auskunft.

Es stellt sich heraus, dass die Amts-Prognostiker nur Daten bis 1991 - und diese zT “ausgewählt” - für die Darstellung des “Ist-Zustandes” heranziehen. Weiter hat’s (wegen der Eile? Siehe oben) nicht gereicht. Daher wird, obwohl der Bedarf “für die nächsten 10 Jahre” ab 1995 geschätzt werden soll, **das Geschehen der 4 dazwischen liegenden Jahre ausgeblendet.**

Einwohner mit Nebenwohnsitz (und deren Wohnungen) werden gänzlich ignoriert

Absolute Bevölkerungszahlen bleiben ungenannt, dafür wird Scheingenauigkeit mit Hundertstel-Prozent-Angaben vorgetäuscht[23]. Eine Aussage über die Einwohnerzahl im Jahr 2.005 oder wenigstens das städtische Ziel für die angestrebte Bevölkerungs-Entwicklung fehlt. Frühere Planer trauten sich da schon mehr zu: 1970 wurde bei 123.085 Einwohnern (1968) für 1985 ein Bestand von 155.000, eine maximale Einwohnerzahl von 220.686 geplant[24].

Irreführende Begriffe werden verwendet. Als Beispiel diene "Wohnungszuwachsraten" (gemeint sind die im betreffenden Jahr fertiggestellten Wohnungen[25], anstatt "tatsächlich zusätzlich verfügbare Wohnungen"![26].

Aufklärungsbedürftige Datenlagen werden einfach **ignoriert**. Etwa wurden 1989 nur 785 Wohnungen fertig gestellt, aber die Wohnungszahl beim ausgewiesenen Wohnungsbestand nahm um 1.040 zu. 255 Wohnungen zusätzlich "aus dem Nichts"? Im Jahr davor kamen dieserart 190 Wohnungen zum Bestand dazu[27]. Der 10-Jahres-Baulandbedarf wird methodisch von verschiedenen Seiten aus angegangen.

Der Wohnungs-Neubedarf "von innen"

stützt sich gemäss Stadtplanung ausschliesslich auf "Haushalte", wobei im ganzen REK allerdings nirgends eine konkrete Anzahl der Haushalte (für Vergangenheit, Gegenwart oder Zukunft) in der Stadt preisgegeben wird.

Bemerkenswert ist, dass die Stadtplanung sich auf keine stadtplanungs- oder stadteigenen Haushaltsdaten stützt: Es gibt sie nicht oder man verwendet sie nicht[28].

Dabei ist die "Haushalts"-Definition grundsätzlich problematisch: Die Statistik versteht darunter Personen gleichen Namens, welche unter der gleichen Adresse wohnen[29]. Ein Haushalt mit zwei Personen unterschiedlichen Namens (neuerdings auch für Verheiratete möglich, da Herr Meier mit Frau Meier-Huber verheiratet sein und einen Haushalt bilden kann oder aber auch nicht, jedenfalls unterschiedliche Namen geführt werden) ist demnach "zwei Haushalte"?

Dass die Einwohnerzahl auch - und zwar vor der Haushaltsgrösse - maßgeblich sein könnte, entging den Planern weitestgehend oder sie hielten diesen Faktor als entbehrlich oder störend für ihre Berechnungen.

Jedenfalls wird dann aus einer Landes-10-Jahres-Haushalts-"von 16% bis 28% Zunahme"-Prognose und der "würde halben Zuwachs haben"-Annahme ein Mittelwert von 11% "zugrunde" gelegt, der 6.800 Wohnungen ergeben soll.

Dass die **Stadtplanung** bei der sich selbst gestellten einfachen Rechnung "11% von 70.744[30]" 6.800 herausbekommt[31], sich also gleich um 1.000 Wohnungen verhaut (als Resultat - bezogen auf den Wohnungsbestand - wäre 7.781 korrekt, rechnet man richtigerweise von den Haushalten ausgehend, dann kommen noch rund 3-400 Wohnungen dazu![32], scheint symptomatisch zu sein.

Von diesen zusätzlichen 6.800 Wohnungen zieht die Planung dann den darin angeblich enthaltenen Bedarf von 800 Wohnungen für Zuwanderer ab (siehe nächsten Abschnitt), um auf einen (Neu-) "Bedarf von innen" in Höhe von 6.000 Wohnungen zu gelangen.

Anders beim "Wohnungsbedarf von aussen"

Für den so genannten "**Neubedarf von aussen**", er soll Wanderungen berücksichtigen, "erfolgt eine linerare Trendfortschreibung"[33]. Aufgrund von "jeweils Halbierung des positiven Wanderungssaldos" von der Periode 1971-81 auf 1981-91 wird eine weitere Halbierung für "die nächsten 10 Jahre", also von 1995 bis 2005 angenommen. Was heißt "jeweils" Halbierung, wenn der Vergleich von nur einer Dekade auf die nächste verwendet wird?

Das Planungsergebnis "Dies bedeutet, dass in diesem Fall der Wanderungsgewinn ca. 2.200 Personen beträgt" (für 10 Jahre insgesamt!) ist alles andere als plausibel.

Wie immer: Die Stadtplaner errechnen in diesem Abschnitt "Neubedarf von aussen" aus "ihrer" Personenzunahme die Haushaltsanzahl und daraus die Wohnungszunahme. Man erinnere sich: Bei der Gesamtnachfrage wurde direkt mit Haushalten operiert.

Und weil – laut Stadtplanung - "die durchschnittliche Haushaltsgröße der zugewanderten Personen höher liegt als der Durchschnittswert der Stadt" (kennt man also doch konkret alle Haushaltsgrößen, alte, neue, von Ansässigen und Zugewanderten, teilt man uns diese Daten nur nicht mit?), wird der Zukunfts-Durchschnittswert des Bezirkes Salzburg-Umgebung (das ist der Flachgau, wieder keine Stadt-Daten vorhanden?) mit 2,8 "eingesetzt" . Warum wird nicht der Durchschnittswert der in die Stadt zugewanderten Haushalte "eingesetzt"? Als Endergebnis entstehen im REK somit (2200:2,8) 800 Wohnungen für den "Neubedarf von aussen" in den nächsten 10 Jahren.

Der "**Nachholbedarf**" soll in den nächsten 10 Jahren **1.000 Wohnungen** betragen. Laut REK gibt die Landesstatistik für die Stadt um 2.000 Haushalte mehr als Wohnungen an, wovon 50% nachfragewirksam werden sollen. Merkwürdig: Warum verwendet man keine stadteigenen Daten[34]? Warum beträgt die Differenz im REK nur gut die Hälfte der städtischen Angabe für 1989?

Beim “**Ersatz für Substandardwohnungen**” wird wieder ein Wert (%-Anteil der sogenannten “echten” Substandardwohnungen) des Landes ohne Begründung auf die Stadt umgelegt[35] und mit **2.100** beziffert. Keine Stadtplanungsdaten vorhanden?
Keinen Bedarf verursachen laut REK die “**überbelegten Wohnungen**”, weil sie laut Planern in den Substandardwohnungen enthalten sind. Andere als Substandard-Wohnungen sind demnach nie überbelegt?
Die neue Garconniere (also keine Substandard-Wohnung), bewohnt von Ehepaar mit Kind, ist laut Meinung der Stadtplanung nicht überbelegt.

Der “**steigende Flächenbedarf je Bewohner**” wird seitens der Planungsabteilung ausdrücklich nicht berücksichtigt.

Als Begründung wird angegeben, dass es in der Stadt wesentlich mehr unter- als überbelegte Wohnungen gäbe und der Ausgleich selbstverständlich am [sic!] Markt stattfände[36].

Was die REK-Bemerkung vom “selbstverständlichen Ausgleich am Markt” anbelangt, so kann man nur rätseln, was damit gemeint sein soll: Im mietergeschützten und auch sonst mit Quasi-Eigentum (“Eintrittsrecht”) versehenen Mietwohnungsbereich? Verkaufen oder tauschen schrumpfende Haushalte ihr Eigenheim? Werden Eigentumswohnungen bei Wegfall einer “Bewohn-Person” - allenfalls unter Rückzahlung von erhaltenen Förderungsmitteln - auf den Markt geworfen, um mittels des erzielten Überpreises eine neue und kleinere, dafür aber frei finanzierte (mehrmals wird der gleiche Antragsteller - wenn es mit rechten Dingen zugeht - kaum gefördert) Eigentumswohnung zu erstehen? Gibt die legendäre Hofratswitwe ihre ebenso legendäre Reitschule auf? Nichts dergleichen.
Allein die Tatsache, dass seit Jahrzehnten immer weniger Personen pro Wohnung festzustellen sind (die vorhandenen Wohnungen werden ja in der Regel nicht kleiner!), zeigt, dass eine Interdependenz zwischen Flächen-Inanspruchnahme je Person und Wohnungsgesamtzahl vorliegen muss[37]. Nebenbei: Es ist zwischen dem Flächen-Bedarf und der tatsächlichen Flächen-Inanspruchnahme zu unterscheiden[38].

Bei “Überbelag”, “Substandard” und “steigendem Flächenbedarf” hat man im REK noch - wenn auch zum Teil unhaltbar, so doch irgendwie - zu argumentieren versucht.

Anders beim “**Wohnungsverlust durch Umwidmung**”: Es wird in der Planungsamts-Berechnung **kein zusätzlicher Bedarf** eingesetzt. Punktum.

Offensichtlich wird perfekt verdrängt, dass jede Menge Magistrats-Abteilungen (in der Faber- und Franz-Josefs-Strasse oder in der Schrannen- und Hubert-Sattler-Gasse) in Häusern, welche früher Wohnungen enthielten, residieren. Die Planer müßten dies wissen: Sie "wohnen" selbst in so einem Haus.

Was soll also das Dekret, dass generell keine umwidmungsbedingten Wohnungsverluste entstehen? Sollen lästige Fragen - zB nach wohnungsmäßigen Auswirkungen der magistratlichen Faberviertel-Okkupation – leer laufen?

Für die **gesamte Wohnbautätigkeit der nächsten 10 Jahre** kommen die REK-Verfasser somit auf

Neubedarf von innen 6.000
Neubedarf von aussen 800
Nachholbedarf 1.000
Ersatzbedarf 2.100, zusammen 9.900 Wohneinheiten,

welche in den nächsten 10 Jahren benötigt würden.

Davon sollen der Ersatzbedarf (2.100) zur Gänze, vom Rest die Hälfte (3.900) in bestehender Bausubstanz oder auf unbebautem Bauland realisiert werden.

Es verbliebe daher ein Baulandbedarf für 3.900 Wohneinheiten.

Merkwürdig: Im März 95[39] waren bereits 5.232 Wohnungs-Neubauten - in unterschiedlichem Planungs-/Bau-/Fertigstellungs-Zustand - im Abtlg9-Computer erfasst. Ist jetzt schon, bevor das REK überhaupt beschlossene Sache ist, der Grossteil der Wohnbautätigkeit der nächsten zehn Jahre amtsseitig bereits erledigt?

In der Folge lässt das REK die Durchschnittsgrösse der Wohnungen von 77,5 m^2 (für im Jahre 1992 fertiggestellte Wohnungen) auf 70 m^2 für den vor uns liegenden 10-Jahres-Zeitraum schrumpfen[40]. Auf die Netto-Wohnfläche rechnet die Fachabteilung einen Zuschlag von 15%, um auf die Bruttogeschossfläche zu kommen. Als Durchschnitts-Geschossflächenzahl wird 0,6 angenommen.

Dergestalt errechnet die Fachabteilung für die 3.900 Wohnungen einen Baulandbedarf von (*70*1.15/0.6=52,42) rund 53 Hektar[41].

Wie liegen die Dinge wahrscheinlich wirklich?

Hauptwohnsitz-Einwohner

Für die Einwohner "mit Hauptwohnsitz" wird im REK ein Vergleich der Zunahme von 1971 auf 81 und 1981 auf 91, also der letzten beiden Jahrzehnte angestellt. 71 auf 81 sei eine Zunahme von 7,3%, 81 auf 91 von 3,3% erfolgt, wobei letzteres im Widerspruch zu den Prognosen aus den 80er-Jahren, welche eine Abnahme erwartet hätten, gestanden sei.

Offensichtlich macht die Tatsache, dass die eigene Hoch-Hochrechnung aus 1970 (155.000 für 1985, 220.000 maximales Ziel) und die Tief-Hochrechnung aus den 80-er-Jahren (Abnahme) nicht zutrafen, die Stadtplaner so unsicher, dass sie in den 90-er-Jahren auf eine Prognose gänzlich verzichten. Nicht einmal ein Ziel wird vorgegeben, wo man gerade auf diesem Gebiet doch sonst nicht zu Zurückhaltung neigt[42].

Prognosen sind immer unsicher, besonders wenn sie die Zukunft betreffen.

Trotzdem kann auf sie nicht verzichtet werden. Dabei betritt man in den seltensten Fällen absolutes Neuland, man ist also praktisch nie losgelöst von Fakten und Erfahrungen vergangener Perioden. Gestützt auf diese historischen Daten, verknüpft mit vernünftig argumentierten Zukunftserwartungen, kann eine einigermaßen treffsichere Prognose erstellt werden.

Eine längerfristige Darstellung der Hauptwohnsitze in der Stadt Salzburg zeigt, dass diese zwischen 1975 und 1989 sich im Bereich von 136.000 (+/- 2.000) bewegten, seit 1989 bis 1991 auf 144.000 gestiegen sind[43].

Von 1978 auf 1991 stieg die Zahl der **Einwohner mit Hauptwohnsitz** von 136.054 auf 143.975, also um 7.924 oder nur um rund 5,8 %, wobei sich fast die gesamte Steigerung erst seit 1989 ergab.

Nebenwohnsitz-Einwohner

Das **REK** der Stadtplanung **ignoriert** bei seiner Schätzung des Wohnungsbedarfs die Erfordernisse der bestehenden und zukünftigen **Nebenwohnsitze total**. Das Ignorieren der Zweitwohnungen erfolgt, obwohl kein vernünftiger Mensch daran zweifeln wird, dass Nebenwohnsitze in aller Regel Wohnraum, zumeist ganze Wohnungen, beanspruchen. Es sei denn, man unterstellt gründerzeitliches Bettgeher-(Un)Wesen.

1991 waren 29.450 "Einwohner mit Nebenwohnsitz" (nach Ausländeranteil, Altersgruppen und Geschlecht), davon Inländer: 23.454 Ausländer: 5.997 darunter Gastarbeiter: 2.384[44], verzeichnet.

Die Zahl der **Einwohner mit Nebenwohnsitz** ist von 1978 auf 1991 von 20.679 auf 29.450, also **um 8.771 oder um 42 % gestiegen**.

Die Nebenwohnsitz-Einwohner sind Realität. Weder REK noch sonstige Gesetzgebung wird eine Erleichterung bringen. Selbst für von Rückabwicklung bedrohte Zweitwohner wird es sinnvoll sein, hier den Hauptwohnsitz zu begründen und den bisherigen auswärtigen Hauptwohnsitz zum Zweitwohnsitz zu deklarieren. Dies gilt für deutsche Tennisprofis oder Industriemagnaten wie für nach Salzburg wochenpendelnde Berufstätige oder semesterpendelnde Studierende, welche beispielsweise Steiermark, Oberösterreich oder Burgenland zur Heimat haben[45]. Sie werden ihre hiesige Zweitwohnung zum Hauptwohnsitz "befördern" und in Hinkunft daheim nur mehr zweitwohnen. Die neuen Hauptwohnsitze werden daheim zwar nicht mehr wählen gehen dürfen, eventuell Entfernungszulage, ein erhöhtes Stipendium und die Heimfahrtbeihilfe verlieren, dafür aber eine Salzburger Parkberechtigung bekommen können und - falls sie deutsche Tennisprofis sind - hier weniger Steuern zahlen müssen.

Unter Berücksichtigung der vorliegenden Daten über "Nebenwohnsitze" hat sich die Gesamteinwohnerzahl demnach in den letzten Jahren wie folgt verändert.

	Einwohner mit					
	Haupt-	Neben-	alle	Verändg.zu Vorperiode		
Jahr	Wohnsitz	Wohnsitz	Einwohner	Anzahl	%	% p.a.
1978	136054	20659	156713	für die ersten 6 Jahre:		
1984	134846	23930	158776	2063	1,30	0,22
1985	135107	25018	160125	für die letzten 6 Jahre		
1991	143505	29450	172955	12830	7,42	1,29
1978 bis 1991(13 Jahre)				16242	10,36	0,76

Einwohnerschätzung für das Jahr 2005 auf				
Basis Volkszählung 1991			172955	
mit Veränderungsraten				
78..84	1,0022	p.anno	^14 =	178358,86
85..91	1,0129	p.anno	^14 =	206949,85
78..91	1,0076	p.anno	^14 =	192294,71

Wohnungs-Bedarfs-Schätzung

Auf Basis nur der Einwohnerzahl:
Bei 70.744 Wohnungen als Bestand für 1991 ergibt eine Fortschreibung nur auf Basis der Bevölkerungsveränderung[46] als wahrscheinlichen Bedarf für die Zeit von 1991 bis 2005 (mittlere Schätzung:) 7.909 bis (hohe Schätzung:) 13.908 als Zusatzbedarf für “von innen” und “von aussen”.

Anders stellt sich das Bild dar, wenn man den Wohnungsbelag (Personen je Wohnung) mit einbezieht. In der Vergangenheit war folgende Entwicklung festzustellen:

Jahr	Einwohner mit Haupt-Wohnsitz	Neben-Wohnsitz	alle Einwohner	Bestand Wohngen	Einw.je Wohng.	Differz Einw.	Differz Wohng	zusätzl.Ew je zus.Whg
1978	136054	20659	156713	61835	2,534			
1979	135601	22231	157832	62653	2,519	1119	818	1,37
1980	135398	21778	157176	63283	2,484	-656	630	-1,04
1981	136795	21325	158120	63700	2,482	944	417	2,26
1982	134894	21740	156634	64470	2,430	-1486	770	-1,93
1983	134442	22767	157209	65169	2,412	575	699	0,82
1984	134846	23930	158776	66065	2,403	1567	896	1,75
1985	135107	25018	160125	66627	2,403	1349	562	2,40
1986	135750	25589	161339	67295	2,397	1214	668	1,82
1987	135876	26737	162613	67795	2,399	1274	500	2,55
1988	136608	27839	164447	68565	2,398	1834	770	2,38
1989	138268	28904	167172	69605	2,402	2725	1040	2,62
1990	141872	28755	170627	70267	2,428	3455	662	5,22
1991	143505	29450	172955	70744	2,445	2328	477	4,88
letzte Daten (tel.)								
1994	146663	30474	177137			4182		

letzte Daten:
1994 146.663 30.474 177.137 4.182

Ingesamt war **anfangs** (von 1978 bis 1984 war ein kontinuierliches **Absinken** der Anzahl der Bewohner je Wohnung (von 2,53 auf 2,40), **dann** ein **Stagnieren** bis 1989 (zwischen 2,397 und 2,403), **zuletzt** ein leichter **Anstieg** (auf etwa 2,45) zu verzeichnen.

Auffällig ist, dass auf 90 - 91 der Wohnungsbestand derart gering zugenommen hatte, dass 5,2 - 4,9 zusätzliche Einwohner auf eine zusätzliche Wohnung kamen.

Geht man davon aus, dass die bis 1986 vorhandenen Einwohner ihren damaligen Belag von 2,397 Pers/Whg. weiter senkten und weiterhin senken werden, jedoch nur halb so rasch wie in den vorangegangenen Jahren, so müssten sie bis 2005 auf 2,242 [48] Pers/Whg. gekommen sein[49].

Die 1986 vorhandenen Einwohner werden jährlich um etwa die Sterbefälle (1987-91 im Mittel ca 1.500 p.a.) weniger, sodass sich folgende Schätzung ergibt:

		Einwohner	Pers/Whg		Wohngen
Einwohner 1986		161339	2,397489		67295
1991:					
Sterbefälle 86-91pa	1500	-7500			
1991 verbliebene Einwohner aus 1986		153839	2,355		65324
GesEinwohner 1991		172955			70744
neu hinzugekommen 86..91		19116		neue/freie Whgen:	5420
somit rechnerisch für bis ´91 neu Hinzugekommene			3,527208		
1995:					
Sterbefälle 86-95 pa	1500	-13500			
1995 verbliebene Einwohner aus 1986		147839	2,322		63669
GesEinwohner 1995		177137	2,412	Sollbestand	73435
neu hinzugekommen 86..91		29298		neue/freie Whgen:	9766
Annahme für bis ´95 neu Hinzugekommene			3,000		
2005:					
Sterbefälle 86-2005 pa	1500	-28500			
1995 verbliebene Einwohner aus 1986		132839	2,242		59250
GesEinwohner 1995		192295	2,389	Sollbestand	80485
neu hinzugekommen 86..91		59456		neue/freie Whgen:	21234
Annahme für bis 2005 neu Hinzugekommene			2,800		

Dieser Schätzung zufolge müssten zwischen 1991 und 2005 (80.484-70.744) **9.740** Wohnungen als Neubedarf errichtet werden. Davon ist die tatsächliche Anzahl der in den Jahren 1992 bis 1994 errichteten Wohnungen (1.500? 2.000?) abzuziehen, sodass sich dieser Schätzung nach ein Neubedarf von (7.740-8.240) rund **8.000 Wohnungen** (für "von innen" und "von aussen") ergibt.

Und zwar **nur dann, wenn** die verbliebenen Bewohner aus 1986 ihre durchschnittliche Wohnungsbelegung nur geringfügig senken und die bis 2005 **neu hinzukommenden Einwohner mit 2,8 Pers/Whg das Auslangen finden.**

Bei 2,5 Pers/Whg. für die neu Zugewanderten erhöht sich der Bedarf für die Zeit von 95-2005 auf ca. **10.500**. Sollte sich für die Zugewanderten eine Belegung von 2,4 ergeben (das ist etwa der derzeitige Durchschnittswert), so werden es **rund 11.500 Wohnungen** als Neubedarf zwischen 1995 und 2005 sein.

Gegenüber der REK-Zahl von 6.800 ergibt jede Rechenvariante eine höhere Wohnungsanzahl als Neubedarf für "von innen" und "von aussen".
Je nach Variante: +1.200 (bei 2,8 Bew/Whg d.Zuzügler), ca.+3.700 (2,5 Bew/Whg d.Zuzügler) bis +4.700 (2,4 Bew/Whg f.Zuzügler).

Die untere Schätzung wird die seit Jahrzehnten bestehende "Wohnungsnot" (der Begriff wurde aus der Kriegs-und Nachkriegszeit - trotz der massiven objektiven Situations-Verbesserung -unreflektiert übernommen) weiter aufrecht erhalten. Die obere Schätzung dürfte zu einem Abbau des Fehlbestandes und zur Entstehung eines Nachfrager-Marktes führen. Wohnungsamt und Vergabeausschuss müßten mit reduziertem Tätigkeitsumfang rechnen.

Ebenso wird sich das Preisniveau - nicht nur der neu gebauten Wohnungen - reziprok zur gebauten Wohnungszahl verhalten. Wenige Wohnungen = hoher Nachfragedruck = teure Wohnungen. Und umgekehrt. Eben reziprok.

Wanderungssalden

Diese sind in den obigen Ermittlungen bereits enthalten. Da die Stadtplanung für die kommenden 10 Jahre - wegen "der tendenziellen Abnahme" - nur 2.200 Einwohner als Wanderungsgewinn annimmt, soll auf dieses Thema eingegangen werden.

Die tatsächlichen Wanderungs-Salden für Hauptwohnsitz-Einwohner in der Stadt Salzburg stellen sich wie folgt dar:[50]

1983	1984	1985	1986	1987	1988	1989	1990	1991
-61	696	469	773	291	604	1409	3677	1585
3-Jahres-Durchschnitt :								
	368			556			2223,667	
Summe 83 .. 91		9443 :9 x 10=		10492,222 pro Dekade				

Erstens: Von einer tendenziellen Abnahme kann überhaupt keine Rede sein, es sei denn die Planer betrachten nur wenige Jahre vor 1984. Seit damals ergeben die Einzeljahre und - vor allem - die Drei-Jahres-Durchschnitte eine deutliche Steigerungstendenz.

Zweitens: Die Stadt hatte in den vergangenen Jahren Geburtendefizite. Der laufend positive Hauptwohnsitz-Bevölkerungssaldo (von den Nebenwohnsitzen gar nicht zu reden!) kann daher nur aus Wanderungsgewinnen entstanden sein. In den drei Jahren 1989 bis 1991 betrug er 6.671 Einwohner.

Drittens: Die ÖROK hat einen jährlichen Saldo - allein aus internationaler Wanderung - für das Land Salzburg mit 2.500 Personen prognostiziert[51]. Wenn davon knapp die Hälfte auf die Stadt entfiele, so sind dies allein über 1.000 ausländische Personen pro Jahr. Dazu kommt noch der innerösterreichische Wanderungsaldo.

Warum "die" Zuwanderer generell größere Haushalte[52] als bereits Ansässige haben sollen, ist nicht leicht einsehbar. Warum der aus dem Pinzgau zugewanderte Postbeamte, eine aus OÖ zugewanderte Lehrerin, eine zugewanderte Sekretärin aus Kärnten, ein zugewanderter Ingenieur aus Freilassing, ein zugewanderter Bürgermeister aus der Steiermark, ein zugewanderter Professor aus USA, usw.usf., größere Haushalte aufweisen sollen, muss von den Stadtplanern erst einmal erklärt werden.

Sollten die Stadtplaner mit verengtem Blick ausschliesslich die 6,9% Jugoslawen und 1,6% Türken[53] ihrem Schluss von den großen Haushalten zugrunde gelegt haben, dann sei daran erinnert, dass - sollten die 2,8 Ew/Haushalt stimmen und die zugewanderten Land-Salzburger, Kärntner, Oberösterreicher, etc. "normal" große Haushalte[54] aufweisen, die Haushaltsgröße der Einwohner aus Jugoslawien und der Türkei durchschnittlich 6,7 Personen betragen müsste, um den Gesamt-Durchschnitt von 2,8 für alle Zuwanderer zu ergeben.

Bezogen auf die REK-Aussage, dass die Wanderungsgewinne der nächsten 10 Jahre etwa 800 Haushalten (und damit Wohnungen, welche in die weiteren Planungsamts-Berechnungen eingingen) entsprächen, bedeuten die - wahrscheinlicheren - Werte, dass wir es mit einer **Amts-Unterschätzung** für den "**Bedarf von aussen**" um mindestens **750, wahrscheinlich** aber rund **3.600 Wohnungen** zu tun haben dürften.

Im Zuge der Recherche lernten wir ein **stadtplanerisches Rechen-Paradoxon:**
Laut REK ergeben 6.800 (falsche) Gesamtwohnungen - 800 (falsche) Zuwandererwohnungen 6.000 Wohnungen für den inneren Zusatzbedarf.
Der REK-Methode folgend, ergäbe sich aus Gesamtbedarf (7.800, nur den Rechenfehler korrigiert) abzüglich Zuwanderer-Bedarf (1.550, niedrigste Variante) ein Neubedarf "von innen" in Höhe von 6.250 Wohnungen.

Offensichtlich kann "zweimal stattplanerisches Verrechnen" (folgt man den REK-Ansätzen) ein "fast richtiges Ergebnis" (für den Teilbereich "innere Nachfrage") bedeuten.

Wohnungsgröße

Es ist unerfindlich, wie die Planungsabteilung auf 70 m^2 kommt.

Allein die Wohnbauförderung hat höhere Richtsätze, z.B. 80 m^2 für einen 3-Personen-Haushalt, den (bzw.2,8 Personen) die Stadtplanung ja schliesslich ihren Haushaltsgrößen-Überlegungen für die neuen Haushalte zugrunde legt. Wachsenden Familien stehen jedenfalls bis zu 100m^2 zu, auch wenn die Familie noch keine vier Köpfe zählt.

Die Brutto-und Nettowohnfläche pro Wohnung sei gemäss REK "nach jüngsten Statistiken" (klingt immer gut!) kontinuierlich zurückgegangen[55].

Da die Stadtplanung darauf verzichtet, seien hier die durchschnittlichen Wohnungsgrössen für 6 Jahre aufgelistet[56]:

	Wohnungsgrößen (Durchschnitt)						
Jahr	1987	1988	1989	1990	1991	1992	
m2	75,1	80,7	82,8	81,2	78,8	77,5	Mittel: 79,4
m2		79,5	81,6	80,9	79,2		<gleitd.3Jahresschnitt

In den betrachteten Jahren schwankte die durchschnittliche Grösse der jährlich fertiggestellten Wohnungen rund 4 % um das Mittel von 79,4 m^2. Im 3-Jahres-Schnitt liegen sie um die 80m^2. Gegenüber 1987 sind die 92-er-Wohnungen größer geworden. Es kommt auf die Perspektive an. Von einem deutlich kontinuierlichen Rückgang kann keine Rede sein.

Die neuen REK-Durchschnittswohnungen der nächsten 10 Jahre müßten um 12 % kleiner sein als die der vergangenen Jahre.

Aufschlag Wohnnutzfläche auf Geschoßfläche

Weiters rechnet die Stadtplanung nur mit einem 15%-igen Aufschlag auf die Wohn-Nutzflächen um die Bruttogeschoßflächen abzuschätzen. Dieser Aufschlag reicht gerade einmal für die Wände.

Wenn man, wie die Stadtplanung allerdings "ausgewählte" Bauvorhaben[57] heranzieht, kann man schon einmal auf eine Bruttogeschoßfläche von durchschnittlich 80 m^2 kommen. Korrekterweise müßte man aber auch die durchschnittliche Wohnnutzfläche der "ausgewählten" Bauvorhaben anführen (und damit auf einen höheren als 15-%-igen Aufschlag auf die willkürlich angenommenen 70 m^2 Wohnnutzfläche) gelangen.

Baulandbedarf je Wohnung

Pro Wohnung würden **laut REK nur 135 m^2** Bauland benötigt[58].
Rechnet man jedoch mit 80 m^2 Netto-Wohnfläche und einem realistischeren Zuschlag von 20%[59], so kommt man - bei GFZ 0,6 - auf einen **realistischeren Baulandbedarf von 160** m^2/Wohnung.

Ermittlung des zu widmenden Baulandes

Laut REK sei vom berechneten Neubedarf "entsprechend dem Aufteilungsfaktor"[60] 50%, das sind in der REK-Rechnung rund 53 ha, in bereits bebauten Flächen unterzubringen. Wie immer dieser "Faktor" zustande kam, es muss klar sein, dass er sich bei zusätzlichem Bedarf nicht erhöhen läßt, sondern abnehmen wird. Mindestens diese 53 ha, höchstens 50% der Gesamtfläche, werden auch für alle anderen Berechnungsvarianten "zur Nachverdichtung" zur Verfügung stehen.

Berücksichtigt man für den Wohn-Baulandbedarf im unbebauten Bauland den Mittelwert für die Nachverdichtung (zwischen 53ha und 50% vom Gesamtbedarf), dann ergibt sich folgendes:

Der **tatsächliche Bedarf** an unbebautem Bauland ist bereits nur **bei Korrektur der Rechenfehler** und der fälschlich zu niedrig angesetzten Werte (Wohnungs-m^2 und Aufschlag Nettofläche auf Geschossfläche) der **REK-Berechnung um 27 ha oder 52 % höher** (79ha, siehe Spalte 2, anstatt 53 ha, Sp.1) **als im "Beschlussexemplar"**.

	Einwohnerzahl 2005 (Hpt+Nebenwohnsitze) lt.d 78..91(+0,76%p.a.)					192295
				Neubedarf auf Basis		
				Haushaltsgröße Neuzuwanderer		
		ltREK S.69	lt.REKkorr	2,8	2,5	2,4
1	von innen	6000	6250			
2	von außen	800	1550			
3	ZwSumme Neubau	6800	7800	8000	10500	11500
4	Nachholbedarf lt.REK	1000	1000	1000	1000	1000
5	GesNeubau	7800	8800	9000	11500	12500
6	Nutzfl.je Wohnung	70	80	80	80	80
7	Zuschlag f.Geschoßflächen	0,15	0,20	0,20	0,20	0,20
8	Geschoßflächenzahl	0,6	0,6	0,6	0,6	0,6
9	m2 Baugrund je Wohnung	134	160	160	160	160
10	GesBauland (ha)	105	141	144	184	200
11	davon 50% i.bebautem Bauland	52	70	72	92	100
12	fix im bebauten Bauland	52	52	52	52	52
13	Wohnbauland Bedarf im unbebauten Bauland:					
		52	88	92	132	148
14	Wohnbauland Bedarf, wenn immer 50% i.bebautem Bauland gebaut werden:					
		52	70	72	92	100
15	Mittelwert 13/14	52	79	82	112	124
16	Bedarf gegenüber REK (=100%)	100	152	156	214	237

Die realistischeren Berechnungen nach Einwohnerzahl und Haushaltsgrößen ergeben für die niedrige Variante (Sp.3) einen Bedarf von 82 ha (30ha Mehrbedarf gegen REK-Aussage oder +56%), für die mittlere Variante (Sp.4) 112 ha (60ha Mehrbedarf = +114%), und für die hohe Variante (Sp.5) 124 ha (72ha Mehrbedarf = +137%).

Nimmt man die mittlere Variante als wahrscheinlich an, dann muss klar werden, dass das **REK** in der vorliegenden Fassung grob gesagt **die Hälfte des tatsächlichen Bedarfes** im bisher unbebauten Bauland **als Wohn-Bauland** widmen würde.

Exkurs Betriebs-Bauland:

Auf die Berechnungen im Wirtschaftsbereich wird nicht generell eingegangen, sondern nur an zwei Beispielen gezeigt, welche Vorgangsweise seitens der Planung gewählt wurde:

64,7 ha würden (bis 2001!, auf das Planungs-Endjahr 2005 wird nicht eingegangen) benötigt. Die 64,7ha wurden dann um die Flächen, welche sich im Wohngebiet realisieren lassen, reduziert, der Wirtschaftsbedarf um 24,7 auf 40 ha "korrigiert"[61]. Davon sei wieder ein guter Teil, nämlich 13 ha, im Wohngebiet, davon die Hälfte in bereits bebautem, zu realisieren[62].

Diese Rechnung ist nicht nachzuvollziehen, da im REK nicht erklärt wird, wie man von den anfänglichen 64,7ha Betriebsbedarf auf den um 38% reduzierten "korrigierten" Wert von 40 ha gelangt. Eine behauptete "eindrucksvolle" Bestätigung[63] wird nicht geliefert, sondern nur (sich selbst) ausgesprochen.

Es folgt dann der schon bekannte - aber immer noch nur behauptete - "Aufteilungsfaktor" 50:50 (Nachverdichten:"grüner Wiese"), sodass für betriebliche Zwecke 6,5 ha im Wohn-Bauland, 13,5 ha im Betriebs-Bauland realisiert werden und gleiche Flächen, zusammen 20 ha, neu zu widmen sein sollen.

Schaut man sich das Infrastrukturkonzept für Soziales u.ä. an, so sind dort als "wesentlichste Raumprobleme" eine **Ausstellungshalle**, das Zentrale **Musikschulwerk** und ein Geschichtliches **Museum** angeführt. Mindestens zwei **Ballspielhallen** und - wie man angesichts der Formulierung nur vermuten kann[64] - **ein Hallenbad**[65] werden verlangt. Das sind wohl einige Hektar Baulandbedarf.

Dann fehlen noch **Tagesheime für Behinderte**, **Krabbelstuben- und Kinderhorte**, sowie **Altenheime**, zusammen rund **1.500** Plätze. Reichen hiefür drei Hektar?

Dazu kommen jeweils **4-6 Fussballplätze und öffentliche Ballspielwiesen** (zusammen mindestens 8 ha). Für den **Schulbereich** wird lediglich eine Ist-Auflistung geliefert. Was bis 2005 nötig sein soll, **bleibt offen**.

Die Erweiterung des Uni-Angebotes durch eine **medizinische Fakultät** "wird seit langem betrieben"[66]. Da **keine Grundvorsorge** in's Auge gefasst wird, scheint das pure "Betreiben" weit in das nächste Jahrtausend hineinzureichen. Zumindest laut REK.

Dies gilt auch für **Ämter, Behörden, Sozialversicherungen und Kammern**, welche im REK - nicht nur als Flächenbedürftige - **keine Erwähnung** erfahren.

Jedenfalls steht fest, dass das REK zwar Sozial-, Bildungs- und Freizeiteinrichtungen mit über 100.000 m^2 Grundbedarf vorsieht, dafür aber im "korrigierten Bedarf" keine Vorsorge trifft. Dieser Bedarf wird (oder soll?) dann wohl in den gewidmeten Flächen für Wohnen oder Betriebe gedeckt werden müssen.

Wohn- und Betriebs-Bauland sind von den REK-Planern gegenüber dem wahrscheinlich tatsächlichen Bedarf viel zu niedrig ausgewiesen.

Generelle Auswirkungen

Gleich welchen "Fehlinterpretationen" das REK erlegen war oder wer letzterem noch erliegen wird, und wenn auch dereinst alles, eventuell noch ein wenig geändert, mit "einstimmigen Beschlüssen" von Senat, Planungs-, Bau-, Wohnungs-, Finanz- und weiss Gott noch welchem Ausschuss und schließlich noch vom Gemeinderat besiegelt wird (die haben dann halt die Hand gehoben), steht fest:

Einem Markt ein exaktes - aber inadäquates - Anbot vorzugeben, bedeutet nichts anderes, als dass die unabhängige Nachfrage zu Fehl-Allokationen und damit zu Ineffizienz führen muss. Entweder wird zu viel oder zu wenig gebaut. Wie sich auf Grund der Untersuchung ergibt: In einem REK-gesteuerten Baugeschehen eher zu wenig.

Dies bedeutet: Die gesellschaftlich verfügbaren Mittel (private und/oder öffentliche) werden in der Höhe der Fehlzuordnung falsch eingesetzt und führen daher zu geringerer sozialer Wohlfahrt, als diese es bei richtiger Verwendung sein könnte.

Da Ressourcen immer knapp sind (die Engländer, das Volk aus dem Adam Smith stammte, handeln verantwortungsbewusster: Sie verwenden nur ein "s" und sparen das zweite für andere Zwecke), ist im Fall der Fehl-Allokation immer irgend etwas "zu wenig".

Entweder entsteht gleich ein "zu wenig" an Wohnungen oder (falls davon zu viele gebaut werden) es bleibt gegenüber dem tatsächlichen Bedarf "zu wenig" übrig für Gesundheitswesen, Kulturangebot, Verkehrs- oder Kommunikations-Infrastruktur, Sicherheit, etc..

Da die Strukturanpassunw jeder behördlich verfügten - aber nicht bedarfsgerechten - Vorgabe nachhinkt, ja sogar nachhinken muss, (der Beschluss ist im Handaufheben gefasst, der Maurer und sein Baumeister gehen erst in 20 Jahren in Pension, das System der Bauämter oder Wohnbaufinanzierungsfonds läuft - allein der dort beschäftigten Personen wegen - noch Jahrzehnte) wird auch gleichzeitig immer zu billig oder zu teuer produziert, stimmen Angebot und Nachfrage nie überein und die entstehenden Preise sind nie im Gleichgewicht. Entweder verlieren Anbieter oder Nachfrager oder auf dem Umweg über die öffentlichen Hände alle (Steuerzahler). In jedem Fall wird Bund/Land/Gemeinde regulierend-reparierend eingreifen. Der öffentliche Ausgleich erfolgt über Steuerzahlungen und/oder Leistungsumschichtungen. In Schwierigkeiten geratene Bauunternehmen oder Wohnungswerber bedürfen gleichermaßen der Zuwendung von Gericht, Sozialversicherung, Arbeitsmarktverwaltung, Finanzamt, Wohnbau- und Beschäftigungspolitik. Und, und, und.

Bleiben wir exemplarisch bei der Beschäftigungspolitik. Konjunktur-Einbrüche oder -Überhitzungen sollen gebremst werden. Man bedient sich seit etwa 65 Jahren mit Vorliebe des Instruments der Bautätigkeiten. Der Anteil des Wohnbaus steigt, weil neuerdings fast alle anderen Projekte nur mit Hängen und Würgen in Gang zu bringen sind, jedoch Bauen "für unsere Wohnungssuchenden" in den allermeisten Fällen akzeptanzmässig "gut verkäuflich" bleibt.

Die Treffer-Quote der öffentlichen Wohnbaupolitik - was die adäquate Versorgung anbelangt - ist traditionsgemäss eine magere. Nicht nur theoretisch, sondern auch empirisch: Unbeschadet aller Konjunkturphasen, aller Perioden öffentlichen Reichtums, gleich ob niedrige oder hohe Staats-Verschuldung, Nachkriegszeit oder überhitzter Bauboom herrschten, unbeeinflusst von Bau- und Banken-Lobby, immer war und ist der Wohnungsfehlbestand, oft sogar als Wohnungsnot bezeichnet, ein bestimmendes Thema des urbanen gesellschaftlichen Daseins.

Ursprünglich gedacht für Mangel und Not (Wirtschaftskrisen, Weltkriege einschließlich Nachkriegsphase mit ihren Zerstörungen, Flüchtlingsmassen), pflanzte sich das beamtete Verwalten des Gutes "Wohnen" in die Zeiten des Aufschwungs und Wohlstands nicht nur ungebrochen fort, es vermehrte sich sogar beträchtlich.

Obwohl die echten Ausnahmesituationen vorbei sind, wurden die erlernten Fertigkeiten der Ämter (zentrale Planung, selektive Zuteilung der Produktionsmittel und Fertigprodukte, Kontrolle) ständig verfeinert und weiter gepflegt.

Das Ergebnis dieses quasi-pawlowschen[67] Hund-Verhaltens wurden weiter oben bereits unter "Fehlallokation und Ineffizienz" beschrieben, es bewirkt ausserdem, **dass jeder öffentlichen**

Wohnbau-Regulierung immer wieder eine öffentliche Wohnbau-Regulierung folgt (der time-lag drückt sich in Baukonjunktur-Zacken aus, deren Abstände entsprechen überraschend oft Legislaturperioden).

Wir haben es hier offensichtlich mit einer **perfekten Kreislaufwirtschaft, einem geschlossenen System** bürokratischer Schöpfung zu tun.

Motiv-Camouflage?

Die planungsamtlichen Festlegungen im REK zum Baulandbedarf dürften noch einen ganz anderen Hintergrund haben, ohne dass dies irgendwo angesprochen, geschweige denn darüber diskutiert oder das Ganze gar ausschüßlich, bzw. gemeinderätlich beschlossen worden wäre. Der "Kern der Sache", der "springende Punkt", "das Eingemachte" wird nicht beim Namen genannt.

Einerseits ist in Salzburg "Öffnung" das allgegenwärtige Schlüsselwort.
Die "alten" Festspiele öffnen sich - geht es nach dem Willen der angeblich Verantwortlichen - "neuen Publikumskreisen", was immer das bedeuten soll.
Die "neuen Festspiele", also Szene & Co. (Firma A.Winters Nachfg.), öffnen sich auch. Und suchen und finden nun in Holland, Belgien, Italien oder Kanada bald all die Tanz-Compagnien, die Ausrichter für Workshops jeder Art, die Percussionisten, und weiss Gott was oder wen noch.

Man öffnet sich, ist kosmopolitisch. Der ganz, ganz große Hauch der großen weiten Welt gelangt derart in das kleine und abgelegene Salzburg und macht es so zum kulturellen Mittelpunkt. Oder zumindest zum Mittelpunkt der Reise-Aktivitäten der hier engagierten Akteure, deren Adabeis und des p.t. neuen Publikums, sofern es nicht hier ansässig ist. Starke Öffnungstendenzen werden signalisiert und (wenn auch nicht immer) umgesetzt, wenn es um die polit-mediale - und für einen Teil der Wähler-Klientel populistisch sehr gefragte - Integration von Personen mit ethnisch-, geographisch-, heimatstaats-, vorstrafen-, religions-, randgruppen-, geschlechts-, alters-, vermögens-, einkommens-, sozial-, weltanschauungs-, uswusf.-[68] spezifischen Merkmalen geht.

Zusammengefasst also: "Wir müssen integrieren"[69].

Genau das Gegenteil von Öffnen und Integrieren bewirken die Bauland-Vorgaben des REK. Eine "mir-san-mir"- oder "die-sollen-bleiben-wo-sie-sind"- oder "Hauptsach-i-hab-mei-Wohnung"- oder "i-sitz-zwar-im-Grünland-aber-davor-baut-ma-kaner-her"-Einstellung wird im REK defacto und äusserst subtil umgesetzt. Wirtschaftliche Entwicklung, Strukturwandel, Zuzug und Erneuerung werden mit dem viel zu niedrigen Baulandanbot massivst gebremst, vielleicht gänzlich verhindert. Ob das dem Willen und der erklärten Absicht der Salzburger entspricht, bleibt ungewiss.

Was soll geschehen?

Als weitere Vorgangsweise kommt nur eine radikale Überarbeitung des vorliegenden REK94 in Betracht.

Salzburger und/bzw. ihre gewählten gesetzlichen Vertreter haben - bei vorheriger vollständiger, unverkürzter und ungefärbter Information und unter Offenlegung der wahren Absichten - ein Pflichtenheft mit Zielvorgaben, welche sich realitätsnah und vernünftig argumentieren lassen, einschließlich der Bandbreiten für die einzelnen Bereiche (jedoch keine detaillierten Maßnahmen!), zu beschliessen. Das Pflichtenheft ist der zuständigen Fachabteilung zuzuweisen und von dieser - unter Erfüllung der ROG-Bestimmungen - fachlich optimal in ein REK umzusetzen. In der Fachabteilung allfällig existierende persönliche Präferenzen, Wertvorstellungen oder Sehnsüchte sollten nicht (auch nicht versteckt) in das REK einfliessen.

Unerträglich wäre es, wenn man sich durch zensurierte einseitige Information das Deckmäntelchen der Demokratie umhängte, um sich von Halbinformierten nachträglich die bereits gefällten Entscheidungen bestätigen zu lassen. Das ist nicht Demokratisierung, sondern deren Perversion[70].

Macht und Herrschaft sollten demokratiepolitisch so organisiert sein, dass nicht der Schwanz mit dem Hund wedeln kann.

Nachtrag

Nach Abfassung vorliegender Untersuchung hat der Stadtsenat das REK beschlossen. “Der von externen Experten[71] ermittelte Baulandbedarf für die nächsten 10 Jahre - 70 Hektar für Wohungsbau[72] und Infrastruktur[73], 45 Hektar für den Wirtschaftsbedarf[74] - wäre damit sichergestellt.”[75]

Fußnoten

* Mitarbeiter am Institut für Wirtschaftswissenschaften an der PLUS, Freiberufler, NPI-Consult (wissenschaftliche Beratung von Non-Profit-Institutionen, v. a. aus volkswirtschaftlicher Betrachtungsweise). Schwerpunkte: Verkehr, Energie, Öffentliche Haushalte, Kosten-Nutzen-Analysen.

1) Rechtsgrundlage: Gesetz vom 21. Oktober 1992 über die Raumordnung im Lande Salzburg (LGBl. Nr.98/1992, in der jeweils geltenden Fassung). Dieses Salzburger Raumordnungsgesetz 1992 (ROG 1992) war seit 28.11.1991 in Behandlung von Landtag und Ausschuss.

2) REK S.15

3) ÖROK 7.RO-Bericht 1993, S.250

4) REK S.14

5) ÖROK 7.RO-Bericht 1993, S.250

6) vgl.alte Weisheit: "Des brauch ma so dringend wia an Kropf"

7) REK Plan C3

8) REK Plan B10

9) im REK wird zB nur auf den Seiten 25-28 rund ein Dutzend mal das Umfeld von Waldbereichen im und am Leopoldskroner Moor, von dortigen Grünkeilen und Grünverbindungen vernässt, freigehalten oder bestehende Siedlungen nicht ausgeweitet.

10) REK S.17

11) vgl. §13(1a,1d)ROG1992). Das ROG verlangt ua. insbesondere, dass ein REK grundsätzliche Aussagen über die angestrebte Bevölkerungsentwicklung zu enthalten hat . Es verlangt, dass zumindest die Hauptverkehrswege zu definieren sind. Die Planungsabteilung drückt sich um jede Aussage zu diesen Themen, das REK schweigt ganz einfach.

12) Das ROG1992 verlangt, die Hauptverkehrswege zu definieren, das REK sagt dazu nichts, jedoch zeigt der Plan D3 ("Strukturelle Entwicklungsziele,...) das Symbol für Hauptverkehrsstrassen. Man findet diesen durchgezogenen Strich jedoch im ganzen Salzburger Strassennetz nur einmal: Alpenstrasse ausserhalb Hellbrunnerbrücke. Ansonsten existiert nur ein "Vorbehaltsnetz". Dieser Begriff kommt im ROG92 nicht vor.

13) Das REK schreibt zB. für das Jahr 2004 ein Bedarf von 632 zusätzlichen Hortplätzen, davon zB 12 in der Innenstadt, vor. "Derzeit" seien es 348, 2005 aber 453 (S.148).

14) vgl.S134 Da die (Kfz-)Verkehrsentwicklung in den 80-er-Jahren nahezu ungebremst anhielt...mit S.133: Mot.Verkehrsanteil von 1982 auf 1992 von 44 auf 45% oder S.126: Pkw-Verkehr April 1990=100, PKW-Fahrten 1991/93 Zentrum: 94 bis 89, übrige Stadt 96 bis 104

15) vgl.S.91: Das REK behauptet 400.000 Autos, welche angeblich jährlich "die Gaisbergstrasse" befahren und viel vom Erholungspotential des Berges wegnähmen. Die Zahl selbst ist zurecht als überhöht anzuzweifeln, sie enthält jedenfalls alle Bewohner-, Berufs-, und Versorgungs-und Servicefahrten und alle Fahrten der Gäste der Beherbergungsbetriebe. Allein die Fahrten zu und von Schule und Gasthaus in Guggenthal (also keineswegs im Bereich des "Erholungspotentials") machen zigtausend Fahrten aus.

16) Verkehrsberuhigung, ein Lieblingsthema der Stadtplanung, wird unter A.3."Bevölkerung,Wohnungs-und Baulandbedarf" (S.19ff) als Massnahme A.3.19, in B.8.4 unter Erholung in der Landschaft als Ziel, im Verkehrskonzept S.43ff mehrfach sowohl als Ziel als auch als Massnahme angeführt. Sicherheitshalber ist Verkehrsberuhigung auch noch ein Ziel bei "Sport und Freizeit" (S.50 E.3.3), eine Massnahme bei "Sozialeinrichtungen" (S.51 E.4.9).

17) S.22: A.4.24

18) S.91: 2.3.3, im Abschnitt "Landschaftsnutzung" unter "Erholung in der Landschaft"

19) Beispielsweise werden die Modal-Split-Ziele des Verkehrspolitischen Ziel-und Massnahmenkonzepts 1986 im REK94 einfach neu festgelegt. S.126,129,133,136

20) nur als ein Beispiel: "Neubau Kongresshaus" lt.REK kostet mehr als Umbau, wenn Umbau beschlossen wird, dann REK-Beschluss obsolet - oder umgekehrt.

21)lt.Plakat Vzbgmstr.Padutsch

22) 10-Jahres-Bedarf, StR Mitterdorfer SN 1.8.95

23)Bei der Entwicklung der Bevölkerungszahlen werden nur Veränderungs-Prozente angeboten, dafür erfährt man zB, dass die Bevölkerung in den Stadtteilen Nord-West von 1981 auf 1991 um 0,58 % abgenommen hat.

24) Stadtentwicklungsplanung 1970, Verfasser G.Doblhammer, Kartenband

25) Am Beispiel 494 für 1991 (S.65) verifizierbar

26) Von den im Jahr fertiggestellten Wohnungen sind die in Wegfall gekommenen (Abbruch, Umwidmung, Zusammenlegung) abzuziehen, um den tatsächlichen Zuwachs zu erhalten.

27) vgl.StadtStat 1990/91 S.139 (Bestand) unter Berücksichtigung von S.147 (Fertigstellung)

28) vgl.REK S.66: ÖROK-Prognose 1988, Landesregierungsdaten 1993, neuere ÖROK-Daten aus 91/92 nur für Land,

29) vgl.SSTAT 88/89 S.98

30) das ist die - ausnahmsweise auch im REK genannte - Zahl des Wohnungsbestandes 1991, vgl.S.64 unten

31) vgl.S66

32) Es gibt immer mehr Hauhalte als Wohnungen. ZB 1989 69.605 Wohnungen, 73.180 - also um 3.575 mehr - Hauhalte, vgl.SSTAT 88/89 S.89/S.163

33) vgl.S.67

34) vgl.FN 21, für 1989 waren sie noch vorhanden!

35) vgl.S.67

36) vgl.S.67

37) Wenn der erwachsen gewordene Sohn aus einer Kleinfamilie eine eigene Wohnung nimmt, die Eltern geschieden werden und daraufhin der Vater in eine Garconniere zieht, dann werden anstatt einer Wohnung deren drei bnützt. Wohnten vorher drei Personen auf 90 m^2, dann sind es nachher ebenso drei Personen auf (90+60+30) 180 m^2, und der Flächenbedarf steigt von 30m^2 auf 60m^2 je Person.

38) die sprichwörtliche Hofratswitwe hat zwar nur einen Bedarf von - sagen wir - 35 m^2, trotzdem nimmt sie 140 m^2 in Anspruch

39) Salzburger Fenster

40) vgl.S.68

41) vgl.S.69

42) vgl. Verkehrspolitisches Ziel-und Massnahmenkonzept 1986, welches sich allerdings auch als nicht eintreffenswillig zeigt

43)Die laut Stadt-Statistik bei den "Einwohnern mit ordentlichem Wohnsitz" (SStat 90/91 S.139) enthaltenen "Gastarbeiter mit Nebenwohnsitz" sind bei diesen Zahlen herausgerechnet.

44) die Differenz 1991 bei den GA (2.385 lt. "Einwohner mit Hauptwohnsitz einschl. Gastarbeitern mit Nebenwohnsitz" und 2.384 lt. "Einwohner mit Nebenwohnsitz nach Ausländeranteil") beruht nicht auf einem Schreibfehler in vorliegender Arbeit.

45) dies gilt nicht für Tiroler, weil die dann zwischen zwei Zweitwohnungsgesetzten sitzen

46) mit Berücksichtigung der Zweitwohnungen, jedoch ohne Berücksichtigung geänderter Familiengrössen und erhöhtem m2-Bedarf je Bewohner

47) SStat 90/91 S.139

48) bis 1986 von 2,53 auf 2,397 in 8 Jahren, also um 0,677 % im Jahr; halbe Rate für die Zukunft 0,35% pa., in weiteren 5 Jahren bis 1991 analog auf 2,355, bis 1995 auf 2,322, bis 2005 auf 2,242

49) z.Vergleich Wien Ende der 80-er-Jahre: ca.1,5 Mio Ew, ca.740.000 Whgen = ca. 2,1 Pers/Whg

50) Wanderungssalden lt.StadtStat, Tabelle ab Band 1990/91 nicht mehr vorhanden, daher eigene Berechnung:

90 91

-138268 -141873 Anfangsbestand

1509 1494 Geburten

- 1435 - 1542 Todesfälle

141871 143506 Endbestand

3677 1585 Wanderungssaldo

51) ÖROK, Die Auswirkungen der internationalen Wanderungen auf Österreich, Szenarien zur regionalen Bevölkerungsentwicklung 1991-2031. Örok Schriftenreihe Nr.89 (1991). Der Wert gilt für ein Szenario, das günstige politische und wirtschaftliche Entwicklung in den postsozialistischen Reformländern und wachsende Wirtschaft (EG-Beitritt) Österreichs annimmt. Bei ungünstiger Entwicklung im Osten wird eine grössere Zuwanderung erwartet.

52) REK S.67

53) SStat.90/91 S.70 Anteil für Hauptwohnsitze 1991

54) Wie gross ist der durchschnittliche Haushalt in der Stadt? Dividiert man alle Einwohner (auch die mit Nebenwohnsitz, sie brauchen auch Wohnraum, zumindest steht er Hauptwohnsitzern nicht zur Verfügung) für 1991 durch alle Wohnungen, kommt man auf 2,44 Personen pro Wohnung. Die Werte sind in den vergangenen Jahrzehnten gefallen (1960 war der Durchschnittswert 3,14)

55) vgl.S.68

56) SSTAT 90/91 S.150

57) REK S.68

58) 70 m^2 + 15-%-Zuschlag: 0,6 GFZ

59) der 20-%-Zuschlag ist niedrig angesetzt. Insbesonders bei kleineren Wohnungen, bei in jüngerer Zeit vermehrt geforderten Gemeinschaftseinrichtungen und neueren Architekur-Formensprachen steigt dieser Wert noch an.

60) REK S.69

61) REK S.72

62) REK S.72

63) REK S.71

64) "Die Errichtung eines freizeitgerechten Hallenbades stellt das grösste Defizit im Bereich Sport und Freizeit dar."

65) REK S.145

66) REK S.143

67) Pawlow, Iwan Petrowitsch, 1849-1936, Nobelpreis 1904, Begründer der Reflexologie, "der mit dem Hund Spucke erzeugt, ohne dass etwas zum Fressen da ist"

68) Die Bindestriche bedeuten immer "und/oder"

69) Um nicht falsch verstanden zu werden: Natürlich nicht in Königsleiten den pensionierten Oberstudienrat aus Wanne-Eickel oder gar den Kleinindustriellen aus Esslingen. Über den Kaiser Franz in Kitzbühel, den Ricardo in Anif, die Bioärztin am Wallersee lässt sich (meist erfolgreich im Sinne der Integrationswilligen) reden.

70) Absatz folgt Peter Cerwenka, Die Demokratisierung der Entscheidungsfindungen für Verkehrskonzepte, in: Verkehrsannalen 1977 3-4, Wien 1977

71) vgl.Absatz "Kindesweglegung"

72) wir erinnern uns: Im Beschlussexemplar waren es 53 ha

73) kommt in der Beschlussfassung vom 1.3.95 nicht vor!

74) wir erinnern uns: Im Beschlussexemplar waren es 20 ha

75) zit.nach Salzburger Fenster v. 25.10.95

April

Gesundsein und Altwerden in Salzburg oder: Exodus der Senioren[1]

Von Peter-Wolf Aichberger

Problemstellung

Zwischenzeitlich zum Allgemeinwissen stilisiert, ist das nächste Jahrtausend als das der Senioren prophezeit. Den Statistikern und anderen, die es wissen sollten, ist es glaubhaft gelungen, darzustellen, dass bis in das Jahr 2020 wesentlich mehr Leute im wohlerworbenen Ruhestand von einigen Wenigen, die dazu noch Willens sind, erhalten werden sollen.

Anzunehmen ist, dass diese Suppe nicht so heiss gegessen wird, wie serviert, jedoch ist unbestreitbar, dass durch die Faktoren der besseren Lebensmöglichkeiten und dadurch Lebenserwartungen, in unseren Breiten eine vehemente Zunahme der Senioren gegeben ist.

Da jeder Gedanke in die Zukunft zwangsläufig nicht nur ein philosophischer, also wahrheitssuchender, sondern auch ein politischer, also eher das Gegenteil davon ist, wird im ersten Ansatz nur die Seite der optimal, notwendigen Einrichtungen und im zweiten Ansatz, abgelöst vom dzt. Finanzdebakel, deren Finanzierbarkeit beleuchtet werden, wobei wir uns auf dem sicheren Terrain der derzeitigen Tagespolitik bewegen.

Notwendig wird sein, entsprechend gestaltete Lebensräume für rüstige Frühpensionäre bis hin zum permanenten Pflegefall bereitzustellen.
Dabei entstehen 3 Fragenkomplexe:
Erstens: “ Wie hat dies auszusehen? “
Zweitens: “ Wieviel kostet das? “
Drittens: “ Wer ist dafür zuständig? “

Zum ersten, da hier evt. auch sinnvoll etwas gesagt werden kann, wird sich der gegenständliche Aufsatz dazu etwas verbreitern.

Abschliessend ist festzustellen, dass aus einer gesamtwirtschaftlichen Betrachtung heraus die Senioren im ersten Senioren-Zeitabschnitt (bis etwa 75 Jahre) als potente Konsumenten zu sehen sind, während der zweite Senioren-Zeitabschnitt zunehmend von der Inanspruchnahme öffentlicher Leistungen geprägt ist. Hier entsteht ein Ansatzmöglichkeit für eine Art Selbstbehalt, d.h. Pensionsansprüche könnten progressiv gestaffelt werden.

Ausgangslage

Derzeit sind folgende Einrichtungen in der Stadt Salzburg für Senioren vorhanden:

1079 systemisierte Betten in öffentlichen Heimen (davon circa 25% Pflegestationsanteil) und 581 systemisierte Betten in privaten Heimen (davon ca 12% Pflegestationsanteil)

Für den Bereich der "rüstigen Senioren" zwischen 65-75 Jahren sind ca 7-10 Betten,
für die Senioren über 75 Jahren sind ca 16-20 Betten und für die Senioren über 85 Jahren sind mindestens 35 Betten je 100 Einwohner erforderlich.

Dabei ist zu beachten, dass der notwendige Bettenanteil der Pflegestationen dabei für die oberen Altersgruppen nahezu 35% beträgt.

Auf Grund der vorliegenden landeseinheitlichen Bettenbedarfs-Richtwerte ist dzt. ein Bettenbedarf von 1626 Betten aufgezeigt, welcher etwa zu 2/3 mit öffentlichen Einrichtungen und zu 1/3 mit privaten Einrichtungen gedeckt wird.

Dieser Wert entspricht in etwa dem dzt. gegebenen Bettenstand.
Bei dzt. 17.000 Personen zwischen 65-75 Jahren ergäbe sich die optimale Abdeckung mit 1700 Betten, bei weiters dzt. ca 7.000 Personen zwischen 75-85 Jahren ergäbe sich die optimale Abdeckung mit 1400 Betten und schliesslich bei 3.000 Personen über 85 Jahren eine Bettenbedarf mit 1050 Betten. Dies ergäbe optimal einen Bettenbedarf von 4150 Betten.

Der Anteil der Pflegebetten ist dzt. zu gering.

Daraus kann abgeleitet werden, dass derzeit ein vergleichbar ungünstiges Betreuungspotential vorliegt und das Manko durch die "Familien-Banden", in welcher Form auch immer, abgedeckt wird.

Weiters darf aber auch unterstellt werden, dass eine grösserer Personenkreis die Angebote der Stadt Salzburg nicht in Anspruch nimmt und den Alterssitz aus Salzburg verlegt hat.

Ein kurzer Einblick in die Kostenstatistik der Stadt Salzburg:

a) Die Kostenübersicht zeigt aus dem Bereich der öffentlichen Heime einen Abgang von 64 Mio ATS und eine Inanspruchnahme der Sozialhilfe von 45 Mio ATS, d.h. gesamt 109 Mio ATS auf.

Damit ist die Anforderung von circa 986 Personen abgedeckt.

b) Die nicht abgedeckten Pflegefälle werden in den Krankenhäusern versorgt, was zu einer ungünstigen Kostenentwicklung führt. Es darf angenommen werden, dass dadurch etwa 110.000 Pflegetage mit einem Kostenaufwand von circa 300 Mio ATS jährlich in den Krankenhäusern entsteht, welcher in entsprechenden Pflegeheimen wesentlich kostengünstiger abgewickelt werden könnte.

c) Die oben stehenden Zahlen waren unter anderem dazu angetan, den öffentlichen Haushalt dahin zu bringen, wo er sich jetzt befindet.

Randbedingungen der Entwicklung

Die Struktur der Bevölkerung der Stadt Salzburg ist uneinheitlich und durch wenige Ur-Salzburger, sehr viele Einpendler, Gelegenheits-Salzburger, Wahl-Salzburger, etc. geprägt.
Bei diesem Personenkreis sind die finanziellen und persönlichen Gründe (hoher Statuswert der Stadt Salzburg, etc.) sehr wesentlich und daher eine klare Disposition des Alterssitzes nicht gesichert, da auch schon im gegenwärtigen Zeitpunkt Domizile in das befreundete Ausland (Kanarische Inseln, Mallorca, etc.) verlegt werden. Damit natürlich auch die finanzielle Kaufkraft, was derzeit auch die Stadtfinanzen schon dank des tiefen Einblickes in den Kassenturm erkannt hat.

Weiters darf unterstellt werden, dass die ärmeren "Nicht-Stadtsalzburger" wieder in ihre Geburtsorte zurückkehren oder sich in die Landbereiche zurückziehen. Das heisst, dass ein Teil der Probleme verlagert wird, zugleich ein Kaufkraftpotential abwandert.

Prognose

So richtig katastrophal wird die Vorschau in das nächste Jahrtausend. Schon ab 2020 müssten die öffentlichen Zuschüsse der Stadt Salzburg mit etwa ATS 700 Mio ATS ohne Valorisierung angenommen werden, zusätzlich noch enorme Errichtungskosten für die fehlenden Pflegeeinrichtungen dazu.

Mit Zunahme der Altersstruktur kommt es sehr schnell zu einer Verschärfung der Situation. Neben der Mengenexplosion durch die höhere Lebenserwartung - ein Erfolg der ärztliche Kunst - wird auch durch die Zunahme der Zivilisations- und der Alterskrankheiten, die Anforderung an die Pflegebereiche drastisch erhöht.

Auf Basis der vorliegenden Bevölkerungsvorschau für Salzburg erhöht sich bis 2020 der Anteil der über 65-jährigen auf etwa das Doppelte.

Daraus entsteht ein Bedarf von mindestens 3.300 Betten, wenn man den dzt. geltenden Richtsätzen folgt. Eine optimale Versorgung dürfte bei etwa 5.000 bis 6.000 Betten liegen.

Seitens der Akut-Krankenhäuser ist keine weitere Übernahme von geriatrischen Fällen denkbar, sodass circa 2.000-4.000 Betten gesamt zusätzlich errichtet und betrieben werden müssten.

Weiters ist ein Errichtungsanteil von ca 2-3 Mrd ATS erforderlich

Bei den öffentlichen Heimen der Stadt Salzburg ist dzt. ein öffentlicher Zuschuss von 109 Mio ATS erforderlich, dies würde sich bis 2020 mindestens auf einen Betrag von 500 Mio ATS steigern. Dazu kommen noch die Kosten der dzt. in den Krankenhäusern anfallen, also weitere 300 Mio ATS. Insgesamt ergibt sich also ein Abgang von circa 700 Mio ATS (ohne Berücksichtigung einer Valorisierung).

Das ist nicht mehr finanzierbar - was unsere, dafür verantwortlichen Politiker schlaflose Nächte kostet und ihre Lebensqualität erheblich schmälert.

Nach der gegebenen Situation der Stadtfinanzen sind die oben aufgezeigten Beträge nicht mehr realisierbar, sodass die entstehenden Kosten über Eigenversorgung abgedeckt werden müssten, was aber für einen erheblichen Teil der Bevölkerung nicht möglich sein wird.

Die durchschnittlichen Altenheimplatzkosten betragen circa ATS 25.000,— pro Monat (besondere medizinische Betreuung extra gerechnet). Betroffen davon wären circa 5.000 bis 6.000 Stadtsalzburger.

Daher: es könnte leicht zu einem Exodus der Senioren kommen.
......aber wohin??? Es ist somit dringend Abhife zu schaffen.

Lösungsansätze und Korrekturmöglichkeiten

Lösungsansatz 1: Das Problem wird privatisiert und der Kompetenz der Staatsbürger zugeordnet (Eigenverantwortlichkeit des mündigen Bürgers - kurzum Eigenvorsorge)

Ergebnis:
a) **romantisches Ergebnis**: die Bürger sind tatsächlich mündig und gründen Hilfsorganisationen für Hilflose und sparen bei Urlaub im Ausland, 3.-PKW und sonstigem Luxus

b) **dramatisches Ergebnis**: Spätlösung durch Führerpersönlichkeiten zur Ordnung der chaotischen Zustände mittels Ausgrenzungslager (unbrauchbares Menschenmaterial hat völkisch Gesundem zu weichen)

Korrekturmöglichkeit:
zu a) nicht erforderlich
zu b) nur mit Gewalt

Lösungsansatz 2: Die Regierung ermittelt die erforderlichen Kosten für die Vollversorgung und deckt diese durch eine Renten-Solidarabgabe (vermeidet dadurch neue steuerliche Belastungen!! - die Wähler bemerken das nicht).

Gleichzeitig wird bei der EU um eine Unterstützung für die aktiven Steuerzahler angesucht, um die Zahl der unter dem Existenzminimum Lebenden unter den Richtwerten der EU zu halten.

Ergebnis: Dubios
Korrekturmöglichkeit:
a) neuer durchführbarer Lösungsansatz
b) Einbürgerung vermögender Ausländer, welche die Arbeit und Versorgung der Inländer übernehmen. (Koalitions-Lösung)

Lösungsansatz 3: Neustrukturierung des gesamten Pflegewesens mit wesentlicher Konzentration auf die Hauskrankenpflege mit dezentralen Versorgungspunkten und Ausweitung der schon bestehenden mobilen Hilfsdienste (mobile Schwestern, Krankenpfleger, Essen auf Rädern, etc.) Ähnlichkeiten mit dem Lösungsansatz 1a) sind nicht rein zufällig!

Ergebnis:Synergie-Effekt für Alten- und Allgemeine Krankenpflege unter Einbeziehung familiärer und sozialer Komponenten.

Korrekturmöglichkeit:

Die Flexibilität der dadurch gegebenen kleinen Strukturen lässt eine Anpassung an verschiedene Anforderungskriterien zu und kann ohne besonderen Verwaltungsaufwand erfolgen.

(Die Zuschüsse der öffentlichen Hand könnten in etwa der dzt. Grösssenordnung gehalten werden. Die erforderlichen baulichen Vorkehrungen wären bei allen neuen Bauvorhaben - Bebauungsplänen - verpflichtend vorzusehen).

Sollvorstellung („Modell“)

Eine Abdeckung der Pflegebedürfnisse für ältere bzw. kranke Personen wird zukünftig nur durch die Einbeziehung freiwilliger Leistungen und streng organisierter, dezentraler Strukturen unter Beachtung privatwirtschaftlicher Grundsätze möglich sein, .
Die derzeit gegebenen Kleinhaushalte müssen zu räumlich organisierten "Grossfamilien" entwickelt werden, bei welchen mit einer Minimalzahl von Ärzten und sonstigen professionellen Pflegern und Sozialarbeitern das Auslangen gefunden wird.

Die Kranken- und Altenpflege wird gesamt auf 3 Beine gestellt: den Mobildienst, die Hausstation und die Krankenhäuser/Pflegeheime.

Nur mehr die schwierigen Fälle, welche besondere stationäre Einrichtungen, Ärzte und besonders ausgebildetes Pflegepersonal benötigen, sind in Krankenhäusern und Pflegeheimen aufzunehmen.

Es besteht also die Vorstellung, dass für eine noch genauer zu definierende Obergrenze von Personen, räumlich konzentriert, d.h. mit geringer Entfernung von der ständigen Wohnung - somit also leicht und ohne Verkehrsmittel erreichbar, multifunktionelle Sozialeinrichtungen zu schaffen sind, die Beaufsichtigung und Pflege der in diesem Bereich lebenden Personen übernehmen. Das heisst, diese Einrichtungen könnten zugleich Stützpunkt der mobilen Hilfsdienste, der niedergelassenen Ärzte und der Kindergärten bzw. Kinderkrippen sein.

Unterstellt man die dezentralen Einheiten jeweils den niedergelassenen Ärzten, insbesondere den praktischen Ärzten, so kann eine Primärversorgung der Bevölkerung durch diese kleine Pflegestationen weitestgehend abgedeckt werden.

Die dort übernommene Aufgabe entspricht jener der früher vorhandenen "Mama", welche innerhalb einer grösseren Familie dafür zuständig war.

In diesen kleinen Pflegestationen sollen alle jene Personen des Einzugsbereiches gepflegt werden, die aufgrund ihrer Pflegebedürftigkeit mit der mobilen Hauspflege nicht mehr betreut werden können, d.h. Kinder von Berufstätigen und Personen, die allenfalls eine temporäre familiäre Betreuung geniessen (ältere Personen und schwer erkrankte allein stehende Personen).

Erwartet werden dürfen erhebliche Synergie-Effekte, da Pflegefreistellungen entbehrlich werden, teure Krankenhausbetten nicht belegt werden müssen, eine wesentliche Verbesserung der sozialen Kommunikation entsteht und Entwicklung eines nachbarschaftshilflichen Potentials gegeben ist - der Nachbar, als Hilfe benötigender Mensch würde schon im Anrainer und nicht erst über der Staatsgrenze erkannt.

Die Errichtung von besonderen Pensionistenwohnhäusern könnte weitgehend eingeschränkt werden, da durch entsprechende bauliche Vorkehrungen zunehmend behindertengerechte Bauten zur Verfügung stehen werden und hier allenfalls ein Wohnungswechsel innerhalb des gleichen Quartierbereiches zu kleineren Einheiten ausreichen würde. Aufgrund der heute schon gegebenen Telekommunikationsmöglichkeiten einerseits und der örtlichen Nähe des Hausstations-Personals andererseits, wäre eine 24-Stunden-Betreuung durch Rufbereitschaft möglich.

Rezept

Für einen netten Abend mit grosser Gesellschaft oder gleichartigen Unternehmungen

(Therapie/Masterplan)

01.Bestimmung der optimalen Grösse für eine Hausstation
Man übernehme eine gut überlegte Haus-Struktur

02.Darstellung der Wohnbereiche mit Bevölkerungsschlüsselzahlen
Erstelle eine Gästeliste

03.Strukturelle Gliederung der Wohnbereiche für Hausstationen
Schreibe eine Sitzordnung

04.Entwicklung eines Personal-Strukturplanes für die Hausstationen
Bestimme das erforderliche Küchenpersonal

05.Festlegung der Ausstattung der Hausstationen
Erstelle eine Einkaufsliste für die Zutaten

06.Festlegung einer Leit-Struktur für die jeweilige Gesamtregion
Ernenne einen Küchenchef

07.Festlegung des Aufgabenbereiches der Hausstationen und Leitstellen und Fixierung der Schnittstellen zu Krankenhäusern und Pflegeheimen
Erteile eine Arbeitsordnung

08.Entwicklung von Programm-Ablaufschemata
Erstelle das Protokoll für den Abend

09.Entwicklung eines Mittelbedarfsplanes
Schätze die Kosten des Abends

10.Entwicklung eines Mittelbedeckungsplanes mit Darstellung der Zahlungsverpflichteten

Sichte die Sparstrümpfe, Sparbücher etc.

11.Vergleichsaufstellung zwischen prognostizierter Kostenstruktur und derzeitiger Kostenaufwendungen
Überlege dir, was dich der Abend kosten würde, wenn du nichts unternimmst

12.Entwicklung der Öffentlichkeitsarbeit
Häng dich an's Telefon und schau, wer dabei sein möchte

Schlussbetrachtung

Abgesehen von der finanziellen Not, die zu entscheidenden Veränderungen drängt, könnte als wesentlicher Erfolg einer derartigen Sozialsystemveränderung die Verbesserung der zwischenmenschlichen Beziehungen erreicht werden und trotz der Anonymität des Ballungsraume ein übergeordneter "Familiensinn" entstehen, der einem afrikanischen Leitspruch entspricht: **"Ein reicher Mann - denn er hat eine grosse Familie".**

Fußnote:

1 Der Beitrag wurde im März 1996 geschrieben.

Mai

Architektur der Macht oder: Das politische "Salzburger Klima"

Von Nikolaus Dimmel *

0. Vorbemerkung

Ein Grundprinzip der Salzburger Politik lautet: etwas als falsch erkennen und es trotzdem weiterhin mit verhaltener Begeisterung tun; zugleich aber nach aussen lauthals verkünden: ´wir tun das richtige`. Ein anderes besagt: nichts ist so gemeint wie es gesagt wurde, es sei denn wir behaupten das Gegenteil. Und ein drittes bedeutet: Etikette und strikte Rollenbindung gelten auch dann noch, wenn jeglicher Inhalt längst verlorengegangen ist. Diese Zwiespältig- und Doppelbödigkeiten liessen ein Klima entstehen, in dem die Grenzen zwischen Non-Fiction und Fiction, Gesagtem und Gemeintem, Schein und Sein verfliessen. "I said I´d think about it. What does it mean ? In this town, nothing", heisst es im Streifen "Get Shorty". So könnte auch ein beliebiger Dialog zwischen Akteuren auf den hiesigen Bühnen von Politik und Gesellschaft verlaufen. Freilich, moralinsaure Schuldzuweisungen sind fehl am Platz, denn: *"Die Rolle der Schauspieler ist eben nicht nur, das eine zu sagen und das andere zu meinen. In vielen Fällen meinen die Salzburger nämlich wirklich nichts anderes als was sie gesagt haben, nämlich nichts."* Übrig bleiben dann nur noch Form und Etikette, einer leerer Gestus. Inhalt wird durch Pathos ersetzt, Denken durch Kleidung. So wird das gesellschaftliche Leben als Schauspiel, als Fiktion, erfahren; der geographische und soziale Raum werden als Bühne bzw Kulisse organisiert.

I. Politik und Gesellschaft im Salzburger Klima

Gibt es überhaupt so etwas wie ein Salzburger Klima ? Existiert eine Stimmungslage, die das Verhältnis von Politik und Gesellschaft in besonderer Weise prägt ? Auf den ersten Blick ist man geneigt, diese Frage zu verneinen. Auch in anderen Städten und Ländern Österreichs finden sich Festspiele, teure Repräsentationsbauten, ein beklagenswertes Niveau der politischen Auseinandersetzung und Inseln des distinguierten Reichtums inmitten der Mediokrität mittelständischer Lebenswelten. Auch andere Gebietskörperschaften haben massive Probleme mit ihrer Zahlungsunfähigkeit, erstikken im Verkehr und behandeln ihre Subkulturen nicht eben zuvorkommend. Nicht nur hier herrscht eine um Touristen, Mächtige und begüterte Szenemenschen scharwenzelnde Unterwürfigkeit. Auch andernorts begegnet man einem menschenverachtenden Ton im Umgang mit sozial Schwachen. Nicht nur hier werden Widerspruchsverzicht und unhinterfragte Folgebereitschaft honoriert, unliebsame Personen hingegen entweder aus dem Kreislauf der lebenswichtigen Neuigkeiten ausgeschlossen oder ihrer ökonomischen Subsistenz beraubt.

Unbeschadet dieser Einwendungen existiert m.E. ein spezifisches Salzburger Klima, das sich aus (zumindest) drei Komponenten zusammensetzt:

- zum ersten aus einer mittelbar wirksamen vorbürgerlichen Denk- und Verhaltensprägungi,
- zum zweiten aus der gänzlichen Absenz einer gesellschaftlichen Streitkultur und
- zum dritten aus einer Entwirklichung (Fiktionalisierung) des sozialen Raumes.

Diese Entwirklichung lässt sich auch als kategoriale Trennung zwischen System (Macht, Herrschaft) und Lebenswelt (Kultur, Verkehrsformen) lesen. Eingelassen ist dieses Klima in eine Landschaft, die man als ästhetische Begleitvorstellung programmatischer Entpolitisierung rekonstruieren kann: *"Das ist doch eine wunderschöne Umgebung für ein Lebenskonzept, wo man sagt: keine Wellen bitte. Ich möchte möglichst früh mit meiner Arbeit fertig werden, möchte noch Skifahren und am eigenen Badeplatz am Mondsee liegen. Diese Lebensqualität verhindert ja geradezu die Entwicklung politischer Kulturtechniken."* Dies fördert eine kollektive Mentalität, sich gegenüber Alltagsstress, Umweltbelastungen und sozialen Ausschliessungen nicht widerständig zu verhalten. Ihr entspricht auf seiten der Eliten eine arrogante, behäbige Ruhe, in der man dem Geschäft nachgeht, Macht und Reichtum anzuhäufen. Auf politischer Ebene fördert dieses Klima eine Grundstimmung, die besagt: es ist ohnehin nichts so, wie es auf den ersten Blick scheint. In den sozialen Verkehrsformen fallen Design (Schein) und Sein, kulturelle Codierung und soziale Substanz, Form und Inhalt auseinander. Die Individuen erfahren in ihrem Alltag diese zwiespältig-widersprüchliche Handlungslogik als Entfremdung, als Beziehungsverlust.

Eine besondere Ausprägung gewinnt dieses Klima im System der Politik. Dort nämlich entspricht der Sprache der Modernisierung und Demokratisierung ein im Grunde autoritäres Handeln, das danach trachtet, alles weitestmöglich beim Alten zu lassen. Man könnte dies auch als gegenseitige Paradoxierung von Sprache und Handeln verstehen. Diese mentale Zwiespältigkeit verdichtet sich nicht nur zu Symbolen, Institutionen und politischen Diskursen. Sie nimmt auch konkrete Gestalt an in Personen und politischen Handlungskonstellationen: *"Zweifellos sind die Mehrheitsparteien im Landtag gestrige Vereine. Da findest Du bei den Landtagsabgeordneten kaum moderne Menschen, die in der Jetzt-Zeit leben, bei denen Du das Gefühl hast, die sind mit den Problemen des Alltags genauso konfrontiert wie alle anderen Menschen auch, die haben Schwierigkeiten mit ihren Kindern. Da findest Du keinen, der das Fakt zur Kenntnis nimmt, dass es Jugendliche gibt, die Drogen nehmen, dass es Frauen gibt, die berufstätig sein wollen und eben keine entsprechenden Rahmenbedingungen vorfinden. Da gewinnt man schliesslich den Eindruck, dass die alle aus der heilen Welt kommen, aus einer zehnköpfigen Familie, wo alle einander problemlos lieben."* Unter diesen Voraussetzungen wird der politische Prozess widersinnig. Bei Licht besehen wird das Modernisierungsgerede von einer sozial wie ökologisch intakten und wirtschaftlich starken Gesellschaft durch eine vulgäre gesellschaftliche Asymmetrie kontrastiert. Tatsächlich entspricht dem ‚loose talk' von der Treffsicherheit sozialer Leistungen eine bodenlose Ignoranz gegenüber sozialen Interessen. Im Ergebnis kommt Fragen danach, wem die Festspiele, die Agrarförderung, der Flughafen, die Bodenspekulation, die architektonische Traditionspflege, der Wohlfahrtsaufwand der Stadt oder die Indienstnahme des Gaisbergs für den Individualverkehr wirklich dienen, keine Öffentlichkeit zu. Sie sind argumentativ auf politischer Ebene nicht bewegbar. Schlussendlich findet eine öffentliche Auseinandersetzung über die individuellen Lebens- und Reproduktionsbedingungen der Menschen, die hier leben wollen oder müssen, nicht statt.

II. Macht, Herrschaftsbeziehungen und politische Kultur

II.1. Reichtum und demonstrative Macht

Salzburg ist ein reicher, mächtiger Ort. Die Ästhetik dieser Machtverhältnisse liegt in ihrer mittelbaren Wirkung, in der Abwesenheit vulgärer Repression: *"Die Bürger hier sind nicht autoritär, das sind keine Alltagsfaschisten, da sagt keiner: ‚ein kleiner Hitler muss her'. Das sind eher so etwas wie konservative Liberale. Denen ist einmal wichtig, dass alles beim Alten bleibt und trotzdem jeder seine Freiheit geniesst. Sogar die Armen sollen versorgt werden. Ansonsten aber möchte man sein Geschäft weiterführen, in Ruhe noch reicher werden als man eh schon ist und das alles den Kindern vererben."* Dieses Machtprojekt gelingt, weil es die Spannungen sozialer Ungleichheit durch ideologische Projektionen wie Heimat[1], Natur oder Gemeinschaft überdeckt. Es bleibt unthematisiert, weil es den Zusammenhang von kultureller Hegemonie und sozialer Herrschaft aus dem Aufmerksamkeitsfenster der Öffentlichkeit rückt. Es spielt mit dem Mechanismus, dass, wer die Macht, auch die Öffentlichkeit hat. "*Da gibt's eine machthabende Bürgerschaft der Pfeffersäcke, die sind an den Festspielen und an ihren eigenen Umsätzen interessiert. Die sagen was Sache ist. Und genau deshalb gibt's in Salzburg eigentlich nur zwei Themen: Hochkultur und Tourismus.*" Dort, wo es denn überhaupt Konflikte um die Sichtbarmachung der Ungleichheit von Verteilungs- und Lebensverhältnissen gibt, bleiben diese nichtöffentlich.

II.2. Politische Diskursverhältnisse

Das gilt auch für die Verteilung der Möglichkeiten, an politischen Diskursen teilzuhaben. Dafür symptomatisch steht das Schicksal des Ausländerbeirates in der Stadt Salzburg. Diesem Muster selektiver Wahrnehmung folgend werden viele der Entscheidungen, die die Lebensverhältnisse der ´einfachen` Leute berühren, jenseits empirischer Untersuchung wie öffentlicher Auseinandersetzung getroffen. Ein anschauliches Beispiel hierfür ist der politische Umgang mit dem Konflikt um die flächendeckende Versorgung mit Kindertagesbetreuungsstätten. Durchaus funktional schlägt sich dies in in den Köpfen der Repräsentanten in einem vordemokratischen Anspruchsdenken nieder: "*So wie ich das sehe ist das eine Tatsache, dass seit jeher eine ganze Reihe von Leuten aus den Kammern über die grossen Parteien in den Gemeinderat*[2] *entsendet werden. Die vertreten dort Kammerinteressen. Diese Leute sehen den Gemeinderat dann als eine Art geschäftsführender Ausschuss ihrer Kammer an.*" Wir haben es also mit einem Machtverhältnis zu tun, das sich als organisierte Ausschliessung sozialer Interessen von gesellschaftspolitischen Entscheidungen beschreiben lässt. Zum Kalkül dieser Machtstrategien gehört, den unterprivilegierten Schichten jegliche politikfähige Sprache, die Formulierung von Interessen und deren Lobbyierung zu versagen. Dazu gehört auch, ihnen den Zugang zu den Ressourcen politisch wirksamer Skandalisierung zu verwehren.

II.3. Subkulturelle Räume und Milieus

Dieses Vorhaben wird in den Salzburger Verhältnissen über eine mehrdimensionale Gliederung des sozialen Raumes organisiert. Einerseits bleiben dabei die scharfen sozialen Trennungen in der Vertikalen (Reichtum versus soziale Randständigkeit bzw Meinungsführerschaft versus Sprachlosigkeit) gänzlich unvermittelt. Andererseits zerfällt der soziale Raum in der Horizontalen in eine lose Gruppierung von Subkulturen: "*Hier finden sich innerhalb weniger Quadratkilometer völlig verschiedene soziale Klassen und Kulturen, die überhaupt nichts miteinander zu tun haben.*"

Diese soziale Ordnung lässt sich auch als Geographie der Stadt beschreiben. Im "Repräsentationszentrum" (Bourdieu) dieses sozialen Raums, der Altstadt- und Festspielkulisse, führt die "leisure class" (Veblen) Reichtum, Distinktion und Macht demonstrativ vor. Hier wird kulturelle Hegemonie produziert. Rund um dieses Zentrum "*lebt im Speckgürtel der Stadt eine ausgeprägte mittelständische Wohlstandsschicht.*" Deren kulturelle Funktion liegt in der Produktion von Konformität. Die Attitüden dieser Mittelschicht bilden dann auch den Nährboden für jenes "dumpfe, dümmliche und konservative Gesellschafts- und Kulturverständnis, das bei den Festspielen beginnt und endet". Sowohl räumlich, sozial als auch thematisch an der Peripherie liegen die Interessen der

Unterschichten, der Niedrigqualifzierten und Modernisierungsverlierer. Hier wird schliesslich Anomie produziert. Diese Ordnung des sozialen Raumes bringt paradoxe Diskursverhältnisse hervor. Dabei entspricht der Entpersonalisierung des Reichtums und seiner Auflösung in abstrakte, ökonomische Interessen u.a. eine Personalisierung der Armut. Damit gelingt es, nicht die Armut, sondern die Armen in einer Koalition aus Medien und Politik (Landesrat X: "*Sozialhilfebezieher - eine Rattenplage*") zu bekämpfen. Im Ergebnis sichern sich Macht- und Herrschaftsinteressen gesellschaftliche Räume durch Entthematisierung. Sie werden durch strategisches Schweigen (Nichtöffentlichkeit) und gezielte Entpersonalisierung[3] unangreifbar gemacht.
Im Ergebnis sind diese Machtverhältnisse zu legitimer, akzeptierter Herrschaft geronnen. Sie haben sich zugleich in einen sozialen Raum verwandelt, der auch die Verteilung des sozialen und kulturellen Kapitals organisiert. Dessen Verteilung ordnet nicht nur das Gefüge der Verhaltens- und Sprechweisen vor. Es zieht auch die Grenzen der politischen Öffentlichkeit. Insoweit wäre diese Organisationspraxis aus der Perspektive der Machterhaltung durchaus rational.

II.4. Das falsche Bewusstsein im falschen Leben

Nun ist aber nicht zu übersehen, dass die realen Macht- und Herrschaftsverhältnisse von mitunter bizarren Ausformungen ständisch-traditionaler wie paternalistischer Praktiken überwuchert sind. Jene Praktiken verursachen einen irrationalen Überschuss an Ideologie, scil. ´falschem Bewusstsein`. Anschaulich wird dies am Gehabe der Traditionspflege in der Landespolitik. Hier nämlich herrscht ein vollkommen reflexionsloser Traditionalismus. Dieser versinnbildlicht eine Rükkwärtsgewandtheit, die eigentlich gar nicht sagen kann, wofür sie steht, zumal die Werte, die sie verkörpert, Erfindungen sind wie die Trachten[4]. Jeder reflexionslose Traditionalismus aber führt zu einer Fiktionalisierung des sozialen Raumes. Seinen Ausdruck findet dies in den mythologischen Symbolisierungen (z.B. Sound-of-Music) und verselbständigten Überlieferungen (z.B. Mozart, Reinhard) der eigenen Sozialgeschichte, die gegenüber den praktisch-empirischen Erfahrungen (siehe z.B. die Vertreibung Bert Brechts) immunisiert wurde.
Anders als in professionellen Illusionierungsprojektionen (z.B. Disneyland), in denen die Trennung zwischen Wirklichkeit und künstlicher Welt aufgrund ihrer ökonomischen Vermittlung kategorial aufrecht bleibt, nimmt die Realität hier aber unmittelbar Züge des Fiktionalen an. Symptomatisch dafür stehen die ´trachtigen` Codierungen in den Einkleidungsgewohnheiten der politischen Eliten: "*Letzte Woche wurde die Hälfte der Zeit im Landtag für Debatten um die Landwirtschaft verschwendet, grade so, als würde sich die Salzburger Bevölkerung zu 90% aus Bauern zusammensetzen. Die Politiker tun so, als wäre das einzige Problem in Salzburg die Erhöhung der Landwirtschaftsförderung. Da fragt man sich, wo diese Leute eigentlich leben. Längst nicht alle Abgeordneten da sind Landwirt oder Sohn vom vormaligen Landwirtschaftskammerpräsiden-*

ten. Trotzdem marschieren da Abgeordnete aller Fraktionen mit ihrem Trachtenjopperl als Jäger verkleidet herum."

Freilich entspricht diesen Ritualisierungen und Kleiderordnungen keine soziale Herkunftsverteilung. Nur einige wenige Landtagsabgeordnete sind Bauern. Paradoxerweise aber wird in einer Situation, in der 1,4% des Bruttoregionalprodukts in der Landwirtschaft erwirtschaftet werden, die zugleich weniger als 5% der unselbständig Erwerbstätigen umfasst, der gesellschaftspolitische Diskurs von Agrar- und Naturverwertungsthemen beherrscht: "*Ein kritisches Wort über die Bedeutung der Landwirtschaft, und schon ist man ein Verräter am Land. Die alles bewegende Frage im Landtag ist, ob die Natur von den Landwirten erhalten wird, ob die Landwirtschaft das Überleben der Menschheit sichert.*"

In dieser eigentlich vormodernen Mythologisierung ´des Landes` spiegelt sich dreierlei: zum ersten die bäuerlich-kleinbürgerlichen Wurzeln und Traditionen der Salzburger Gesellschaft,[5] zum zweiten eine voraufklärerische kollektive Mentalität der politischen Eliten und zum dritten eine Verkürzung des intellektuellen Horizontes und damit auch eine Verengung der Wirklichkeitswahrnehmung.

II.5. Das „Wunder" der Politik

Misst man diese traditionalistische Verengung am Modell der rational-legalen Selbstherrschaft des Volkes, werden fatale Konsequenzen sichtbar. Die politischen Eliten sollen ja als Vermittler, als Entscheidungsmakler des ´bonum commune` in Erscheinung treten. Folge jener verengten Wirklichkeitswahrnehmung und Fiktionalisierung der Realität aber ist eine Einengung des politischen Diskursraumes: "*Zwischenzeitig darf man ja bestimmte Themen in diesem Land überhaupt nicht mehr anreissen. Da ist ein Konsens entstanden, in dem man nichts mehr grundsätzlich hinterfragen darf.*"

Diese Verengung hat weitreichende Folgen für das Procedere politischer Entscheidungen: Diskurse werden durch Abstimmungsverhalten (Freund/Feind; Entweder/Oder; Ja/Nein) abgelöst. Substantiell besteht Politik dann, wie u.a. die Geschichte der letzten Sozialhilfenovellen anschaulich lehrt, kaum noch in empirisch-interessierter Erörtung und abwägender Verhandlung. Sie erschöpft sich demgegenüber in einer abweichende Tatbestände und schwierige intellektuelle Aufgabenstellungen ausblendenden Konstruktion von vereinfachten Fragestellungen. Unbequeme, unpopuläre und schwierig umzusetzende Entscheidungen werden bis zum Erreichen eines Pareto-Optimums[6] vertagt: "*Ohnehin hat nur eine handvoll von Gemeinderäten erkannt, dass der Umbau des Bahn-*

hofsvorplatzes eine Investition in die Zukunft des Salzburger Nahverkehrs ist. Alle anderen kleinkarierten Geister fallen in Ohnmacht, wenn sie nur die Kosten sehen. Die denken nicht über die Jahrtausendwende hinaus. Dabei ist das Bahnhofsprojekt genau das, was Salzburg in den nächsten 40 Jahren brauchen wird."

In dieser absurden (wörtlich: ´misstönenden`) Situation kommt es zu einer kognitiven und organisatorischen Selbstschliessung der Politik. Der Austausch der politischen Eliten gerät ins Stocken. "*Ein schöneres Beispiel als den Salzburger Gemeinderat für das Gegeneinander von Polit-Dinosauriern wird man in ganz Österreich kaum finden. Diese etablierten Apparate tun sich unendlich schwer, auf neue Herausforderungen irgendwie entsprechend zu reagieren. Alle sitzen da drinnen, jeder weiss, dass es eine Katastrophe ist und keiner bekommt sie mehr hinaus.*" Auf inhaltlicher Ebene beschränkt man deshalb die Anzahl der Themen, über die man noch reden kann und will. Man entsichert zugleich aber auch die demokratische Legitimität der zu findenden Lösungsformen.[7]

Politik wird darum nicht mehr auf programmatischer Ebene von Parteien gemacht, sondern zunehmend von Spielmachern. "Mehr denn je spielen jetzt Einzelkämpfer eine ausschlaggebende Rolle auf dem Politparkett. Zu dieser Sorte Politiker gehören Leute wie V., der hat halt den Widerstand der Bürger unterschätzt oder W., bis er in die Fänge der Bauhaie geraten ist, oder der X. mit seinen Ideen vom Techno-Z und auch der Y., der aber weniger. Und jetzt eben der Z., der ist aber eher ein Macchiavellist". Diese Rahmenbedingungen (Verlust programmatischen Denkens, Personalisierung, Traditionalismus, Selbstschliessung der politischen Auseinandersetzung) steigern das Paradox, dass den wuchernden Modernisierungsversprechen (High-Tech, Ökologie, Lebensqualität) eigentlich autoritäre Formen der Organisation von politischen Entscheidungen entsprechen.[8]

II.6. „Das Gesetz in seiner erhabenen Gleichheit..." (Anatol France)

Die wohl peinlichste Folge jener Verengung der Wirklichkeitswahrnehmung und gleichzeitigen Aufgabe des Gestaltungsanspruchs ist, dass das politische System dann, wenn es die Berücksichtigung empirisch beobachtbarer Realitäten verweigert, als orientierungsloser, unfreiwillig komischer geschäftsführender Ausschuss wirtschaftlicher Lobbies erscheint. "*Die Politiker sehen ihre Aufgabe ganz klar darin, es ihrer Klientel recht zu machen. Man muss sich aber auch einmal anschauen, was das für Gesetze sind, die der Landtag da so produziert und welche Novellen da stattfinden. Das sind idR unvorbereitete Gesetzgebungsakte. Da entstehen Gesetze, weil sich irgendeine Wirtschaftslobby durchsetzen konnte. Gesetzgebung ist dann nicht das Ergebnis einer reflexiven Politik, wo man sich vorher Ziele und Kosten überlegt. Da fragt keiner was das kostet, wem das schadet und wem es nützt. Das will man so scheint es ja auch gar nicht wissen.*" Verhängnisvoll daran ist, dass die Lobbies wirtschaftlicher Interessen eben nicht akkordiert handeln, weil in der Anarchie des Marktes allseitiger Vernichtungs- und Verdrängungswettbewerb herrscht: "*In der Praxis interveniert die Interessengruppe A bei allen Fraktionen und man weiss, dass zum Schluss herauskommt, dass irgendwer sagt, das geht in Ordnung, das machen wir, da klemmen wir uns dahinter und da tun dann noch ein paar mit, weil man nicht einfach sagen kann, dass das einfach Schwachsinn ist, was da produziert wird.*"

Ein augenfälliges Ergebnis dieser Offenheit des politischen Systems für partikulare Interessen ist dessen wachsende Neigung zur kurzfristigen, inhaltlich jedoch nicht mehr kalkulierbaren Anlassgesetzgebung. "*Lobbies sind die Triebfeder von politischen Entscheidungen. Die sagen, dass ein Thema ansteht und womöglich gesetzlich zu regeln ist. Dann machen die Befehlsempfänger im Landtag das auch so. So unglaublich sich das anhört, aber die Mehrheit im Landtag sind Befehlsempfänger, sonst wäre es nicht möglich, dass die ihre Meinung innerhalb weniger Wochen um 180 Grad wenden, ohne dafür eine sachliche Begründung zu haben, wie das beim Grundverkehrsgesetz gerade passiert ist.*"

Wenn das politische System aber nicht mehr in der Lage ist, vernünftige Prioriäten zu setzen, kollidieren nicht nur die vitalen Interessen ökonomisch relevanter Lobbies; auch die (behaupteten) Interessen von Minderheiten mit partikularen Interessen beginnen sich auf abwegige Weise zu verselbständigen: "*Schauen Sie sich nur einmal die Beispiele der jüngsten Zeit an. Fiakergesetz: alles lacht darüber. Die machen da ein Gesetz, weil ein paar Alkoholiker bei uns Fiaker lenken. Dass man das Problem auch anders bewältigen kann, darüber wird aber nicht diskutiert. Die Landwirtschaftskammer sagt, wir brauchen das, also macht das der Landtag so, aus. Die Begründungen sind dann notwendigerweise absurd. Man schützt jetzt die Fiaker, weil man das bäuerliche Nebengewerbe schützen möchte. Dass von den Fiakereignern und Kutschern kein einziger ein Landwirt ist, wird einfach nicht zur Kenntnis genommen. Bienenwirtschaftsgesetz: da stellt eine Partei im Landtag den Antrag, das Gesetz wegen des Wanderbienenproblems zu überarbeiten, wobei eigentlich kein Mensch weiss, was dabei genau das Problem ist, und zwei andere Parteien machen mit, weil das Ganze von den Imkern als Teil der Landwirtschaftskammer kommt, wobei im Endeffekt keiner eine Zeile vom Antrag gelesen hat.*"

Dieser prinzipienlose und unreflektierte Umgang mit lobbyierten Interessen bedroht nicht nur ein Fundament der Legitimität der Politik, nämlich die Folgebereitschaft. Er schafft zudem auch noch mehr Risiken und Problemstellungen als er aufzuarbeiten imstande ist. Das politische

System wird auf diese Weise zu einem Motor der Instabilität: "*Nicht der Landtag oder ein Ausschuss hat das Raumordnungsgesetz produziert. Vielmehr gibts da einen Ghostwriter aus der Handelskammer. Bei den Abgeordneten weiss nicht einmal eine Handvoll, was sie da im Raumordnungsrecht beschlossen haben. So wird ein Gesetz nach dem anderen verabschiedet, das nicht nur kein Mensch gelesen hat, sondern von dem man auch keine Ahnung hat, was es tatsächlich bewirken wird.*"

Auf diese Weise werden unentwegt Rechtsnormen erlassen, deren kontraproduktive Folgen nachgehend mit neuerlichen Regelungen saniert werden müssen. Zugleich steigert man damit unaufhörlich den Komplexitätsgrad der Regelungsbereiche. Je mehr anlassbezogen geregelt wird, desto diffuser werden Ziel- und Zwecksetzungen der Politik.

II.7. Die Verwaltung der Politik der Verwaltung

Dem entspricht auf Seiten des Gemeinderates eine aus taktischen Erwägungen herbeigeführte, die drängenden Steuerungs- und Finanzierungsprobleme vernachlässigende Entscheidungslähmung. Diese Lähmung erstreckt sich zwischenzeitig auf beinahe sämtliche strategisch relevanten Bereiche (Verkehr, Wohnen, Betriebs- bzw. Arbeitsplatzansiedlung): "*Freilich ist die Politikerkaste nicht grenzdebil, auch wenn das manchmal so aussieht. Ihr fehlt es bloss an Mut und Entscheidungsfreude. Man hätte die Stadt vor einem Jahrzehnt umbauen müssen, man hätte langfristig viel Geld in einen Entwicklungsplan im Zentralraum stecken müssen. Jetzt aber ´doktert` man an Kleinigkeiten herum, ohne Strukturen zu bewegen.*" Das zeigt auch die Entwicklung der Aufgaben- und Strukturreform des Magistrates der Stadt Salzburg, die eine Halbierung der Abteilungsvorstände vorsieht, ohne das politisch vorgegebene Aufgabenspektrum einzuschränken.[9]

Die erwähnte Gesetzgebungs- und Steuerungskultur untergräbt die Tragfähigkeit des Rechts. Sie bringt Regelungen hervor, die weder vernünftig noch erforderlich sind. Derartige Regelungen können zudem kaum sinnvoll vollzogen werden. Deshalb erschüttern sie auch die Funktionsfähigkeit der Verwaltung. Das trägt bei zu einer unheilvollen Verquickung von Politik und Verwaltung: "*Es ist längst schon so, dass die Politik die Agenden der Verwaltung erledigt und die Verwaltung die Agenden der Politik. Mittlerweile kennt sich keiner mehr aus. Die Politik gibt der Verwaltung die Schuld am Scheitern und umgekehrt genauso.*"

In dieser Pattsituation sieht sich die Verwaltung als Hilfsapparat des politischen Systems systematisch mit der Umsetzung von politischen Entscheidungen überfordert. Beklagt wird, dass das politische System seine Begründungs- und Legitimationsrisiken an die Verwaltung delegiert, welche die

Entgleisungen angekündigter und symbolisch angereicherter Projekte abpuffern muss: "*Und wenn der Politiker in der Sache selbst nichts mehr entscheiden will, weil ihm das zu heiss ist, beschränkt er sich eben auf Schlagworte und weiche Formulierungen. Die können dann nachher je nach Bedarf anders ausgelegt werden. Wenn es in der Vollziehung damit Probleme gibt, sagt er: ´das waren die Beamten` und putzt sich ab.*"

Vertreter des politischen Systems ihrerseits kritisieren die mangelnde Effektivität und Effizienz der Verwaltung. Sie sprechen von einer Verschlankung der Verwaltung, von Bürgernähe und Kundenorientierung. Und sie verweisen auf einzelne Materien wie die Raum-, Bau- und Gewerbeordnung, in denen die politischen Zielsetzungen von der Verwaltung unterlaufen worden seien. Im Schatten dieses Schuldzuweisungskarussells hat sich eine ´Verwaltungskaste` besonderer Art herausgebildet, nämlich die politischen Beamten. "*Jetzt ist das so, dass einzelne Spitzenbeamte als Politiker agieren. Die machen ohne jeden Zweifel Politik, und wenn man sie dafür zur Verantwortung ziehen möchte, ziehen sie sich mehr oder weniger elegant auf ihren Beamtenstatus zurück. Das ist das Ergebnis einer jahrelangen Parteienherrschaft, wo man genehme Beamte proporzmässig in Führungspositionen gesetzt hat. Jetzt aber sind diese Beamten mächtig und kochen ihre eigene Suppe.*" Nicht nur die funktionale Trennung zwischen Politik und Verwaltung gestaltet sich unter diesen Voraussetzungen schwierig. Auch die stets eingeforderte Kundenfreundlichkeit des Verwaltungshandelns leidet, wenn Vollziehungsvorgaben des politischen Systems unklar bleiben. "*Den meisten politisch Verantwortlichen ist einfach nicht klar, dass es an ihnen liegt, dass die Bürokratie mit einer Kette von unklaren Normen und Aufgaben überfordert ist und dass sich der einzelne gegen die Bürokratie mit Händen und Füssen wehren muss.*"

Zusätzlich erschwert wird die Adressierung klarer Vorgaben an die Verwaltung aber auch durch den Umstand, dass die traditionellen Denkweisen des Klientelsystems und der Privilegienvergabe mental noch stark in den politischen Eliten verankert sind: *"Die Politiker sagen zwar, sie wollen klare Vorgaben und rasche Verfahren. Im Grunde genommen aber wäre es ihnen am liebsten, dass sie auf Anfrage gnädig entscheiden können. Die wollen in Einzelfragen endlos intervenieren können. Und wollen für ihre Interventionen am Ende auch noch beklatscht werden."*

Dieses mangelnde Interesse an einer klaren Positionierung des Verwaltungshandelns spiegelt sich auch darin, dass sich das politische System einer wissenschaftlichen Beratung des politischen Diskurses verweigert. Allem Anschein nach ist man abgesehen von einigen Ausnahmen an der rechts- oder sozialwissenschaftlichen Begleitforschung im Rahmen der Vollziehung von Gesetzen nicht interessiert. Praktisch sitzen dann Experten auf den hinteren Bänken des Landtags und warten, bis sie aufgerufen werden, zumal sie ohnehin über kein selbständiges Rederecht verfügen.

Unter solchen Voraussetzungen kann und wird sich das politische System seine Legitimität immer wieder nur durch Strategien der (vermuteten) Schuldzuweisung und (sicherheitshalber vorgenommenen) Entthematisierung beschaffen. Fehlleistungen werden der Verwaltung zugewiesen, Reizthemen durch Entthematisierung zum Verschwinden gebracht.

II.8. Greissler und Krämer zur politischen Mentalität

Gegenüber dem Souverän bleibt die politische Kultur durch ein mangelndes Legitimitätsbewusstsein der Akteure gekennzeichnet:
"Die Majorität der Abgeordneten hat sich offensichtlich noch nie die Frage gestellt, warum sie da sitzen. Die schauen halt, dass der Tag vorübergeht. Von einem Erfolgsnachweis will man da nichts hören. Ganz im Gegenteil. Da herrscht eine Mentalität, dass Abgeordnete auf einem honorablen Platz sitzen. Die meinen, sie haben ein Anrecht darauf. Das Schönste für diese Leute ist dann, wenn sie miteinander jausnen." Diese Haltung im Umgang mit Macht und das fehlende Bewusstsein, vor allem zur Problemlösung berufen zu sein, führt zu einer eigenartigen Performanz[10] des Parlamentarismus. Der Landtag erscheint dabei nicht als Arbeitsparlament, in dem kontinuierlich um Entscheidungen gerungen wird. Bei den Plenarsitzungen geht es vielmehr vorwiegend um strategische Verzögerungen. Und in den Ausschüssen, in denen die eigentliche parlamentarische Arbeit stattfinden sollte, finden sich kaum vorbereitete Abgeordnete mit einschlägiger Fachqualifikation: *"Da sitzen Abgeordnete und reden irgendwas, was ihnen gerade in der Sinn kommt. Als Aussenstehender denkt man sich, der hat überhaupt nicht verstanden, was da los ist, aber er muss eben auch was sagen."*

An dieser Konstellation werden nicht nur die Defizite der traditionellen Elitenrekrutierung der Parteien sichtbar, sondern auch die Umrisse einer kollektiven Mentalität der politischen Eliten:
"Viele teilen das Selbstverständnis, sie sitzen herinnen, um zuzuhören. Die sehen sich selbst so, dass eine aktive Teilnahme am Willensbildungsprozess da von ihnen gar nicht erwartet wird. Das erklärt dann auch, warum es von der Regierungsbank herunter als Unverschämtheit empfunden wird, wenn eine Regierungsvorlage hinterfragt wird. Da gibt es Entscheidungsträger, die empfinden es als persönliche Kränkung, wenn einer Abänderungsanträge gegen ihre Vorlagen einbringt."

In dieser Beobachtung zählt es nicht zum Selbstverständnis der Abgeordneten, Macht und Regierung zu kontrollieren. Vielmehr sehen sich die Abgeordneten als Auskunftspersonen, die über die zentralen politisches Probleme grundsätzlich Bescheid wissen sollten. Jener demokratiepolitisch katastrophale Kontrollverzicht schlägt sich nun aber nicht nur in der Organisation des politischen

Entscheidungsprozesses, sondern auch in der mediokren Rekrutierung, in der beklagenswerten Qualifikation der politischen Eliten und deren fragwürdigem Selbstbild nieder.
"Also so wie ich das sehe, da war in den letzten Jahren schon eine Art Krämerhaltung für die Politik bestimmend. Jeden Schilling umdrehen und so. Manchmal könnte man meinen, da kommt ein Greissler und der gibt einen Bürgermeister."

Die sich hier auftuende Legitimationsproblematik macht plausibel, dass die innere Aufbau- und Ablauforganisation des politisch-administrativen Systems unmittelbar mit seiner sinkenden Akzeptanz und Folgebereitschaft zu tun hat. Folgt man dieser Überlegung, ist die Performanz der Politik selbst die Triebfeder für die beklagte wachsende Politikverdrossenheit, zumal auch für Absurditäten gesorgt ist: "Der gegenwärtige Bürgermeister ist die logische Konsequenz des politischen Auswahlverfahrens. Da ist einer Bürgermeister geworden, der es nie werden wollte, der eigentlich geplant hat, als Kammeramtsdirektor in Ruhe und Frieden in Pension zu gehen und der sich plötzlich auf dem Bürgermeistersessel wieder findet."

III. Medien und Politik

Im Modell verstehen sich die Medien als Korrektiv der Politik. Sie erfüllen zudem auch einen gesellschaftlichen Informations- und Bildungsauftrag. Tatsächlich jedoch ist die Salzburger Medienlandschaft in das beschriebene Strickmuster, Legitimation durch Strategien der Entthematisierung zu beschaffen, fest eingefügt. Das wird dort sichtar, wo Gerechtigkeits- und Zweckmässigkeitsfragen politischen Handelns und Entscheidens systematisch nicht gestellt werden: "Die Medien in diesem Land hätten die Aufgabe einer kritischen Berichterstattung. In Wirklichkeit wird die Leistung der einzelnen Entscheidungsträger in der Politik aber überhaupt nicht kritisch hinterfragt. Ob etwas berichtet wird oder nicht hängt im einzelnen immer mit bestimmten Junktims zusammen. Beispielsweise war X. vorher im ORF-Kuratorium und sitzt jetzt im Verhandlungsteam zur Gründung der ORF Aktiengesellschaft. Da ist dem ORF eine kritische Berichterstattung schon nicht mehr möglich. Hier herrscht eine Personalisierung, hinter der die Sachfragen vollkommen verschwinden."

Auf diese Weise arbeiten die Medien an einer Art verminderter Themenpräsenz. Ihre Leistung besteht in einer ausschnittsweise ´heran gezoomten` Wirklichkeit. Dabei wird wohlweislich ausgelassen, was nicht in das Selbstbild der parlamentarischen Repräsentation passt.

Neben den Strategien der Entthematisierung und Personalisierung etablieren die Medien aber auch ein Modell der unsystematischen Individualisierung. Anschaulich wird dies an den geifernden Neidkampagnen gegen einzelne (Funktionärs-) Privilegien. Diese tragen dazu bei, das eigentlich Politische aufgegriffener Skandalthematiken zu verzeichnen. Auf diese Weise werden Ressourcen der Gegenöffentlichkeit und des sozialen Widerstands in paranoiden Vorurteilen unproduktiv gebunden.

Im Ergebnis treibt der Boulevard die Politik im Alltag vor sich her, lassen sich Politiker ihren Stundenplan von der Tagespresse diktieren.[11] Dabei erscheint die Annahme der Politik, die Leser der Boulevardpresse nähmen selbige ernst, vollkommen abwegig. *"Am Schluss bleiben die Politiker die einzigen, die daran glauben, dass der Boulevard Macht hat. Und das verursacht auch die Macht des Boulevards. Die einen glauben, sie transportieren die Meinung des Volkes und die anderen lesen das und meinen, bei diesen Erfindungen handelt es sich um die Wirklichkeit."*

IV. Die Codierungen des Alltags

Diese politische Kultur entwickelt sich freilich nicht in einem gesellschaftlich leeren Raum. Sie reflektiert vielmehr die Muster der sozialen Differenzierung. Sie spiegelt die Codierung der Gefühle, Werte und Bedeutungen. Sie organisiert zugleich auch die Strukturen des Umgangs zwischen Menschen unterschiedlicher sozialer Herkunft und Reputation. Sie drückt aus, dass "*man hier einen immensen Druck hat, einen nett-kleinbürgerlichen Eindruck zu vermitteln*".

IV.1. Das Kollektiv der Egoisten

In diesen politischen Fiktionalisierungen spiegelt sich ein gespaltenes Verhältnis zu den eigenen Lebensverhältnissen. Man nimmt sich in erster Linie selbst wahr. Dahinter wirkt eine verhärtete, nach innen gekehrte Vorstellung von Gesellschaft: *"Charakteristisch scheint mir, dass sich die Leute in Salzburg überhaupt nicht mit dem beschäftigen, was drängend rundherum los ist. Die Jugendlichen, die beim Makartsteg herumlungern, werden von den meisten Menschen als Ärgernis erfahren. Dann wird interveniert, damit die Politik etwas unternimmt. Wenige Menschen denken darüber nach, warum das so ist, dass hier 12-jährige Jugendliche mit ihren Weinflaschen herumhängen. Die Diskussion kommt nie auf diese Ebene. Sie bleibt immer auf der Oberfläche. Das ist eine Oberflächlichkeit, wie sie auch in der politischen Auseinandersetzung vorherrscht. Es fehlt einfach die Betroffenheit. Es fehlt das Miterleben, was sich rundherum abspielt."*
In diesen Attitüden der Zivilgesellschaft liegt auch schon der Nährboden für eine zunehmend verschärfte Praxis sozialer Ausgrenzung. Begleitet werden sie von einer Einschränkung des Wahrnehmungsfeldes in Form einer kleinbürgerlichen Selbstinsulation: *"Da gibts die Geschichte von*

einer Schauspielertruppe, die in der Getreidegasse eine Entführung inszeniert hat. Die Entführte hat um Hilfe geschrien und die Kidnapper haben sie festgehalten. Die haben sogar zum Schein auf sie eingeschlagen. Das ist so über die gesamte Länge der Getreidegasse gegangen. Aber kein Mensch hat eingegriffen. Keiner hat was gesagt. Das passt irgendwie zu den unzähligen G´schichten aus dem Bus, wo irgendwelche Typen die Leute schlagen und belästigen. Und dann musst Du froh sein, wenn sich wenigsten der Busfahrer drum schert." Gegengleich stellen sich Kritik und Widerstand in dieser Mentalität als abweichende Lebensform dar. Sich persönlich im öffentlichen Raum zu exponieren zählt nicht zu den politischen Tugenden. *"Die meisten Menschen hier sind ganz auffallend autoritätshörig, haben tiefen Respekt vor jemandem, der gesellschaftlich etwas darstellt, weil er Geld hat, Landeshauptmann, Arzt oder Universitätsprofessor ist."*

Gleichgültigkeit im sozialen Nahraum und das Bedürfnis nach sozialer Kontrolle und Repression formen den abwärts gerichteten Blick auf der sozialen Leiter. Aufwärts blickt man im Gestus einer diskursfernen Verinnerlichung von Autorität und Hierarchie. Da ist es nur konsequent, dass so manche Interessen gesellschaftlicher Eliten tabu bleiben: *"Gruppen wie die organisierten Jäger gelten als unangreifbar. Genausowenig darf man laut darüber nachdenken, dass Agrarbetriebe über 50 Hektar keine Förderung mehr erhalten sollen. Man darf sich auch nicht für die Abschaffung des feudalen Systems der Virilstimmen aussprechen, wo der Grossgrundbesitzer mehr zu sagen hat als der Landwirt. Und man darf nicht über ein selbständiges Besteuerungsrecht des Landes im Bereich der vakanten Vermögenssteuer nachdenken."*

´Common sense` ist also die konservierende Bewahrung des Bestehenden, die Vermeidung von Eingriffen in das Eigentum und der Schutz der Besitzeliten.

IV.2. Die Werte der feudalen Klasse

Diese Codierungen, Hierarchien und Gratifikationen in den sozialen Verkehrsformen werden getragen von der Mehrheit der kleinbürgerlich-konservativen Mittelschicht[12]: *"Der Durchschnitt empfindet so, dass alles am besten beim Alten bleibt. Aus diesem Grunde existiert ja auch so etwas wie bürgerliche Öffentlichkeit nicht. Sie wurde umstandslos durch den Konsum ersetzt. Man konsumiert Kultur, Statussymbole und das Gefühl, unter seinesgleichen im Kaffeehaus zu sitzen."* So ist der Alltag organisiert durch symbolische Schliessungen von Orten, wo ´man` sich trifft und präsentiert. Er verfestigt sich zu räumlichen Anordnungen von Lebenswelten und Milieus, zu einem feudalen Verkehrsformen verhafteten Habitus:[13]"*1999* nach der Landtagswahl hat der Landeshauptmann *dem Volk Freibier spendiert. Niemandem fällt auf, was das eigentlich soll. Dass der von unseren Steuergeldern lebt, haben die scheint's vollkommen vergessen." Die tun ja so, als ob das Land ihnen g'hört."* Zugleich zeigt sich in dieser archaischen Machtrepräsentation der Amtseinführung aber recht deutlich, wie wirksam das traditionale, althergebrachten Verhaltensformen verhaftete kollektive Gedächtnis weiter Bevölkerungsteile nach wie vor ist. Und es zeigt schliesslich, wie passgenau Politik und kollektive Mentalität miteinander verbunden sind.

IV.3. Das Bürgertum: Ein Begräbnis dritter Klasse

Dieser Denkhaltung entspricht, dass es in Salzburg (Stadt) kein urbanes Bildungsbürgertum gibt. Sein Bürgertum lebt vielmehr im Dorf. In Aigen, Leopoldskron, Morzg oder Gneis. Dort kopiert es den feudalen Lebensstil im Grünen. Es parkt seinen Mercedes in Schönbrunnergelb gestrichenen Doppelgaragen: *"So was wie eine Stadtkultur existiert hier nicht. Die Stadt wird nur genutzt für die Gesundheitsversorgung oder um arbeiten zu gehen. Demgegenüber bleibt es das grösste Lebensziel, aus der Stadt herauszukommen, im Eigenheim im Grünen zu wohnen, möglichst mit einer grossen Hecke herum. Man legt keinen Wert darauf, ein Städter zu sein, sondern nur darauf, im Grünen und trotzdem in der Stadt zu wohnen."*

Diese mentalen Insulationstechniken schlagen sich auch in einer sozial-räumlichen Segregation[14] nieder, die sich als Verzicht auf eine Praxis bürgerlicher Öffentlichkeit lesen lässt.[15] Aber nicht nur Architektur, soziale Praktiken und der öffentliche Raum bleiben unaufgeklärt-vorbürgerlich. Auch der intellektuelle Diskurs, das Geistesleben, erscheint bemerkenswert rückwärtsgewandt. Erkennt man in der Organisation und Praxis des Antiquariates ein Spiegelbild der Geisteshaltung, so macht man in Salzburg zwei einschlägige Beobachtungen. Zum ersten existiert hier kein modernes Antiquariat. Und zum zweiten zeigt der vorhandene Buchbestand, dass man hier vom zeitgenössischen Denken des vergangenen halben Jahrhunderts wenn überhaupt nur konservative Denkströmungen rezipiert hat. Im Ergebnis wird intellektuelle Beweglichkeit durch Apologetik ersetzt. Selbst das Kaffeehaus, jener Ort der hellsichtigen, gewandten Kritik, verpuppt sich hier zu einer Kasematte, einem musealen Raum, dessen Zwecksetzung im demonstrativen Konsum, in der Organisation hierarchischer Abgrenzungen mithilfe von Codierungen und Ritualisierungen[16] liegt. Und es soll schon vorgekommen sein, dass man in einem Kaffeehaus – in der Neustadt - Schwierigkeiten bekommt, wenn man die falsche Kleidung trägt...Diese Abgrenzungen verdichten sich zu symbolischen Objekten, die Distinktion und Zugehörigkeit anzeigen sollen. Zum Arsenal dieser Abgrenzungen zählen Kleidung, Gestus, Sprachformen und Redewendungen. Mitunter entgleisen jene Distinktionen. Sie verwandeln sich dann in vernichtende Blicken, die eine tiefsitzende Ausgrenzungsbereitschaft, einen ungeheuren Willen indizieren, sozial ´von oben` herabblicken zu können.

Diese Mentalität der Selbstinsulation kollidiert nicht nur mit den bürgerlichen Gleichheitspostulaten und der aufklärerischen Figur der autonomen Person. Sie verträgt sich auch nicht mit der Idee eines eigenständig denkenden ökonomischen wie politischen Subjekts:

"Ein Beispiel für die Mentalität der Salzburger Bürgerschaft ist die ewige Klage über die Wirtschaftslage in der Altstadt. Stets ist alles andere für die schlechte Wirtschaftslage verantwortlich. Einmal ist das Wetter zu heiss, dann zu kalt; einmal sind zu viele, einmal zu wenige Autos in der Stadt; zuerst hatten wir zuwenig Touristen, jetzt haben wir zuviel Touristen. Es ist immer alles andere dafür verantwortlich, dass das eigene Geschäft nicht geht. Dass die einmal draufkommen könnten, dass sie vielleicht ihr Sortiment unprofessionell vermarkten, oder dass sie nicht eben kundenfreundlich sind, oder dass sie keine Waren anbieten, die einen Einheimischen interessieren, also das sind ja eigentlich typisch unternehmerische Fragen, die stellen sie sich ja überhaupt nicht." Damit unmittelbar in Zusammenhang steht eine zwiespältige Haltung zum Staat. Man ruft nach dem Staat, wenn man ihn für seine Zwecke braucht, lehnt sonst aber jede Form der Einmischung durch die Politik grundsätzlich ab. So widersprüchlich dieses Denken ist, so in-sich-geschlossen und autoritär-verhärtet tritt es nach aussen in Erscheinung: *"Man muss sich damit abfinden, dass man hier von intellektuellen Zusammenhängen nicht viel hält. Das ergibt auch ein kleingestutztes Bild der Welt, so wie sie ist. Die Leute hier wollen keine Zusammenhänge."* Dieser Weltwahrnehmung kommen Entscheider und Meinungsmacher entgegen: *"Keiner will den Leuten drastisch vor Augen führen, welche Risiken auf sie zukommen. Keiner nimmt in Kauf, pessimistisch zu sein. In Salzburg zieht der Optimismus. ´Ich freue mich auf die Zukunft` lautet daher der Slogan des neuen Landeshauptmanns. Zu sagen: ´unsere Zukunft ist bedroht`, das finden die Leute entsetzlich."*

Der Fiktionalisierung des gesellschaftlichen Raums korrespondiert schliesslich auch noch eine Fiktionalisierung der individuellen Lebenswelten: *"Wenn man den Leuten gegenüberstellt, dass die Wahrscheinlichkeit, arbeitslos zu werden, unvergleichlich grösser ist als die Chance, im Lotto zu gewinnen, so beschäftigten sie sich eher mit ihrem Systemschein als ihren Arbeitsmarktchancen."*

V. Masterplan: Rezepte für das Kochbuch der Reformen

Nehmen wir einmal an, das Salzburger Klima wäre tatsächlich durch die beschriebenen Zwiespältigkeiten geprägt. Nehmen wir an, es gäbe tatsächlich jene Trennungen zwischen privilegierten und benachteiligten sozialen Räumen, zwischen gesellschaftlicher Macht und politischer Legitimität. Nehmen wir an, es gäbe diese Kluft zwischen sozialen Bedürfnissen einerseits und öffentlichem Diskurs andererseits, jenen Widerspruch zwischen intellektuellem Input und politischem Output. Dann würde das Verhältnis zwischen Politik und Gesellschaft unter einer verhängnisvollen Dissoziation von Macht und Legitimität, Herrschaft und Legalität leiden. Politik würde nicht mehr im Interesse gesellschaftlicher Integration veranstaltet. Das Landesparlament wäre ein inhaltlich überforderter geschäftsführender Ausschuss der Besitzeliten, der Gemeinderat eine Versammlung von Milchmädchen ohne gestalterische Phantasie. Was aber wäre die Konsequenz dessen ? Nichts weniger als ein umfassender Moralverlust innerhalb des politischen Systems, ein Glaubwürdigkeits- bzw Legitimitätsverlust der Politik gegenüber der Gesellschaft und damit das Risiko der Unsteuerbarkeit. Was könnte man dagegen tun?

Anmahnungen, das Fortwurschteln und Von-Situation-zu-Situation-Stolpern sein zu lassen, wären genauso schnell fabriziert wie der moralische Zeigefinger erhoben wäre, die Politik sollte hinkünftig weniger ihren barock-feudalen Repräsentationsneigungen frönen, weniger auf die Grossgrundbesitzer und mehr auf die kleinen Leute hören. So schnell wie diese Anmahnungen produziert würden, so fruchtlos wären sie auch. Denn Reformen müssten sowohl bei den Handlungsstrukturen als auch bei den Akteuren selbst ansetzen. Es reichte also nicht hin, bloss einzufordern, dass eine Grünlanddeklaration nicht nur beschlossen sondern auch umgesetzt werden solle. Ebensowenig wäre es zielführend, anzumahnen, dass Verwaltungsreformen nicht ´top-down`(von oben) autokratisch verfügt, sondern ´bottom-up`, also von unten mitgetragen werden sollten.

Diese Veränderungen müssten vielmehr als verändertes Selbstverständnis auch in die Köpfe hinein. Wollte man folglich das ´Klima` verbessern, müsste man zumindest das Procedere des politisch-administrativen Systems, die Rekrutierung der politischen Eliten sowie der Verwaltungsspitzen verändern. Wie aber käme man dorthin, wo das inhaltliche Argument schwerer wiegt als die Lagermentalität, wo persönlich motivierte Entscheidungen nicht mehr nachträglich mit Sachargumenten gerechtfertigt werden, wo Kritik auf der Sachebene verhandelt wird und nicht vergeltungshalber mit der Vernichtung der kritisierenden Person endet? Umfassende Lösungsvorschläge wären nicht zu haben. Stattdessen wären einzelne Elemente sichtbar, die sich auch als Gänge eines Menues zur Demokratisierung von Politik und Verwaltung lesen liessen.

Man könnte dieses Menü komponieren beispielsweise aus ...

- der verstärkten, z.B. quotierten Entsendung von inhaltlich ausgewiesenen Experten in Landtag und Gemeinderat der Stadt Salzburg sowie einer (Re-)Qualifizierung der Akteure in Form einer kontrollierbaren Fortbildungsverpflichtung;
- einem Begutachtungsverfahren in relevanten sozialen Materien, wobei Elemente direkter Demokratie (Behandlungspflicht sämtlicher Stellungnahmen in einem arbeitenden Unterausschuss) in Betracht gezogen werden könnten;
- einer öffentlichen Leistungskontrolle der politischen Mandatsträger durch jährliche, an Institutionen der Zivilgesellschaft (Universität, Presse) zu versendende Rechenschaftsberichte, die sich aus persönlichen Berichten von Landtagsabgeordneten und Gemeinderäten sowie den Clubs zusammensetzen und öffentlich zur Einsicht aufliegen, wofür man auch das Salzburger Landespressebüro nutzen könnte;
- der Einführung einer auf unterschiedliche soziale Kontexte bezogenen Kostenrechnung für politische Gestaltungsentscheidungen, wobei sowohl rechtssoziologische Aspekte (Akzeptanz, Effektivität) als auch Aspekte der Folgenorientierung (Folgekosten innerhalb und ausserhalb des betroffenen Systems) zu bedenken wären;
- der professionellen, managementorientierten Verselbständigung einer dezentralisierten Verwaltung mit der Möglichkeit, Leistungen flexibel auszulagern, mit leistungsbezogenen, zeitlich befristeten Verträgen für Führungskräfte, individuellem Coaching und einem externen Monitoring der Qualität der Dienstleistung;
- der Beschränkung des politischen Systems auf die Erarbeitung von zielorientierten, finalen Vorgaben zur Vollziehung oder
- der Einbeziehung sozialer Interessen in den Gesetzgebungsprozess in Form von Beiräten (Studenten, Ausländer, Senioren, Jungfamilien usf.).

Existierte jene Kluft zwischen sozialen Bedürfnissen und öffentlichem Diskurs wirklich, würde es sich lohnen, darüber nachzudenken

Fussnoten:

* Der Beitrag ist im Herbst 1996 entstanden und wurde 2004 nur geringfügig verändert. in Kursiv gehalten sind Sequenzen aus Interviews, die ich anlässlich dieses Essays sowie im Zusammenhang mit einer grösseren Projektarbeit im Auftrag der Akademie der Wissenschaften geführt habe. Die Interviewpartner sind nicht namentlich angeführt, da ich ihrem weiteren Fortkommen nicht schaden möchte.

[1] Zu den (autoritären) Konnotationen des Begriffes “Heimat” siehe Susanne Breuss/Karin Liebhart/Andreas Pribersky: In-

szenierungen. Stichwörter zu Österreich, Wien 1995, S. 146 ff.

[2] Wenn im folgenden von Gemeinde bzw Gemeinderat die Rede ist, ist stet die/derjenige der Stadt Salzburg gemeint.

[3] Macht lässt sich dergestalt einesteils als soziale Ausschliessung verstehen und verfestigt sich andernteils in sozialen Räumen und einer Praxis des gesellschaftspolitischen Diskurses; siehe dazu Veit-Michael Bader/Albert Benschop: Ungleichheiten, Opladen 1989, S. 154 ff.

[4] Zur vordemokratischen Signatur des (barocken) Brauchtums in der österreichischen Mentalität siehe Susanne Breuss/Karin Liebhart/Andreas Pribersky: Inszenierungen. Stichwörter zu Österreich, Wien 1995, S. 80 ff.

[5]Vgl. Ernst Bruckmüller: Nation Österreich. Kulturelles Bewusstsein und gesellschaftlich-kulturelle Prozesse, Wien 1996, S. 188 ff.

[6] Ein Pareto-Optimum ist ein Zustand, bei dem sämtliche beteiligten Akteure im Verhältnis zu allen anderen Interessen von einer Entscheidung weitestmöglich profitieren; es gibt keinen anderen Zustand, der für alle Beteiligten ein grösseres Wohlergehen (i.e. grössere Interessenentsprechung) ermöglichen würde.

[7] Vgl. zur paradoxen Verkehrung der kognitiven Offenheit und prozeduralen Geschlossenheit des politischen Systems meinen Essay "Mickey-Mouse-Politics"; in: Juridikum 2/1996, S. 6 ff.; die Praxis dieser Politik ist notwendig ambivalent, mehrdeutig, nicht nur deshalb, weil dies nicht für alle politischen Akteure in gleicher Weise zutrifft, sondern auch, weil sie unterschiedliche Politikfelder in unterschiedlicher Weise berührt.

[8] Ein Beispiel dafür wäre der Auswahlmodus des neuen Landeshauptmannes und die gleichzeitige ´Ausbootung` seines Hauptkonkurrenten; vgl. Salzburg-Spezial; in: Profil Nr. 17 vom 22.April 1996, S. 46 ff.

[9] Vgl. "Notbremse bei Magistratsreform", Standard vom 12.August 1996, S. 5.

[10] Unter Performanz verstehe ich hier den Output des Systems Landtag/Gemeinderat im Verhältnis zum Input, zu den Zielvorgaben und dem von der parlamentarisch-demokratischen Systemstruktur her Möglichen. Die Performanz dieser Systeme ist zu messen an der Befriedigung der gesellschaftlichen Bedürfnisse sowie an der Effizienz der Nutzung von Ressourcen.

[11] Zugleich ist aber auch darauf hinzuweisen, dass dieses Medien-Politik-Klima einen aggressiven Kontrollanspruch der Lokalpresse gefördert hat, wofür die Aufrollung des WEB-IMMAG-Skandals oder die minutiöse Berichterstattung über aktuelle Besetzungen von Spitzenfunktionen in der Verwaltung stehen.

[12] Zu deren historischer Genese und Bedeutung siehe Hans Haas: Vormärz, Revolution und Neoabsolutismus; in: Heinz Dopsch/Hans Spatzenegger (Hg): Geschicht Salzburgs, Bd. II/2: Neuzeit und Zeitgeschichte, Salzburg 1988, S. 661 ff.

[13] Ein Habitus lässt sich als ein Gefüge von althergebrachten Grundregeln, die das Handeln, Denken, Fühlen und Wahrnehmen eines Individuums bestimmen, beschreiben. Er lässt sich als geronnene soziale Erfahrung eines Kollektivs verstehen, als das verinnerlichte Produkt des individuellen Erlebens in der Gesellschaft. Wie Menschen denken, bewerten und wahrnehmen, spiegelt sich dabei sowohl in ihrer Umgebung als auch in ihrem soziohistorischen Bezugsraum.

[14] Die Unterschichten ballen sich in den sozialen Problemzonen der nördlichen Stadtteile, die unteren Mittelschichten wiederum flüchten aufgrund der Bodenspekulation nach Oberndorf und Oberalm. Die oberen Mittelschichten wohnen in den sozial integrierten Stadtteilen wie Maxglan, Parsch oder nahe am Zentrum. Und die Oberschichten besiedeln den dörflichen, südlichen Stadtrand. Die Altstadt hingegen wird mit Pathos als Einkaufsmuseum geführt.

[15] Man vergegenwärtige sich das Bild, dass der Magistrat, die Exekutive der Selbstherrschaft der Versammlung der

Citoyen, im Schloss Mirabell, einer feudalen Signatur des städtischen Raumes, residiert.

[16] Körper werden durch Einkleidung, Bewegung und Besetzung mit Zeichen zu einem Ort der sozial abgrenzenden Verankerung sozialer Regeln, Traditionslinien und Distinktionen.

Juni

Brot, Sport und Spiele oder: Zur Frage der Machbarkeit Olympischer Winterspiele in Salzburg[1]

Von Alfred Kyrer

Vorbemerkung

Eine verantwortungsvolle, auf Nachhaltigkeit ausgerichtete Regionalpolitik ist bestrebt, touristische Grossereignisse (Weltausstellungen, Festspiele, Olympische Spiele) so zu strukturieren, dass alle mit deren Abhaltung zusammenhängenden Auswirkungen bereits im Zeitpunkt der Planung ersichtlich werden.

Werkzeuge der Planung sind Machbarkeitsstudien", Kosten-Nutzen-Rechnungen sowie Studien, in denen die „Umwegrentabilität" berechnet wird. Meist werden diese drei Werkzeuge unter einem englischen Begriff zusammenfasst: **Impact studies.**

Geht es bei **„Feasibility"- Studien** um die grundsätzliche Durchführbarkeit eines Events, so steht bei **Kosten-Nutzen-Rechnungen** die Einkommenssteigerung, die durch öffentliche Ausgaben (die Kostenseite des Projektes) und deren Auswirkungen(die Nutzenseite des Projektes) als Nachfragestoss ausgelöst wird, im Vordergrund. Spricht man von **„Umwegrentabilität"** so wird hier der Begriff „Rentabilität" - abweichend vom betriebswirtschaftlichen Begriffsinhalt - in anderer Bedeutung verwendet.[2] Es geht hier nicht um die Verzinsung eines bestimmten eingesetzten Kapitals, sondern um den wirtschaftlichen Gesamtnutzen, der mit einem touristischen Projekt verbunden ist.

Man versucht die von einem touristischen Grossprojekt[3] („Initialzündung") ausgelösten zusätzlichen wirtschaftlichen Impulse anhand einer Wertschöpfungskette zu beschreiben und dann mengenmässig zu schätzen. Der zusätzliche wirtschaftliche Nutzen wird dann oft dazu herangezogen, um Förderungen (Subventionen) seitens der öffentlichen Hände zu rechtfertigen. Konkurrieren mehrere Projekte um öffentliche Förderungen, so werden in der Regel jene Projekte vorgezogen, die eine höhere „Umwegrentabilität" aufweisen.

Dabei ist zu unterscheiden zwischen zusätzlichen Umsätzen in anderen Sektoren der Wirtschaft (Umwegrentabilität 1) und den so genannten Multiplikatorwirkungen (Umwegrentabilität 2)

- **Umwegrentabilität 1:**

Die Besucher von Olympischen Spielen geben für Unterbringung, Verpflegung, Bekleidung, Souvenirs, Transportmittel, etc. meist ein Vielfaches dessen aus, was sie für den Besuch des eigentlichen Events, nämlich der sportlichen Veranstaltungen aufwenden. Die zusätzlichen Umsätze bewirken ihrerseits zusätzliche Einnahmen für den Fiskus und bei unveränderter Produktionsfunktion zusätzliche Beschäftigung. Dies macht Megaevents für Städte und Regionen rund um den Globus so interessant.

- **Umwegrentabilität 2:**

Hier geht es um die sogenannten „Multiplikatorwirkungen". Ausgehend von der gegenseitigen Verflochtenheit wirtschaftlicher Prozesse gehen von jedem touristischen Grossereignis Sekundärwirkungen aus. Jede Nachfrage bewirkt in einer ersten Runde unmittelbare Effekte („Primäreffekte"), die in weiteren Wirkungsrunden Sekundäreffekte auslösen. Jede Ausgabe hat also - wenn sie eine bestimmte „kritische Masse" erreicht - insgesamt Auswirkungen, die über die Höhe der ursprünglichen Ausgabe hinausgehen. Die Höhe dieser von einem Projekt ausgehenden Sekundäreffekte wird mit Hilfe von Multiplikatoranalysen ermittelt.

Auf den Punkt gebracht: **Impact-Studien** zeigen auf, welche positiven und negativen Wirkungen mit touristischen Grossprojekten verbunden sind, wobei es zunächst um die Initial-Investitionen und die damit verbundenen wirtschaftlichen Effekte geht. Später stehen, im Zuge der Nachnutzung der errichteten Infrastruktur, die touristische Akzeptanz der geschaffenen Einrichtungen, die anfallenden Folgekosten und Folgelasten sowie die Auslastung im Zentrum der Bewertung.

Drei Umstände haben die Veröffentlichung von Impact-Studien4 in den letzten Jahren begünstigt:

1. Die zunehmende Knappheit der Mittel im Bereich der öffentlichen Haushalte zwingen die öffentlichen Gebietskörperschaften zu einer sorgfältigen Projektauswahl und zur Risikobegrenzung.
2. Da die regionalen, touristischen Wachstumspotentiale überwiegend ausgeschöpft sind, ist man

dazu übergegangen, globale touristische Zielgruppen, die äusserst mobil sind, anzusprechen und zu kulturellen und/oder sportlichen Megaevents, die an bestimmten Orten veranstaltet werden, „umzuleiten".
3. Der Wettlauf von Städten, Regionen, und Ländern um attraktive Megaevents hat zu einem intensiven Wettbewerb zwischen diesen Standorten geführt.
4. Da die Kosten von touristischen Grossereignissen beträchtlich sind, können diese oft nur durch strategische Allianzen, international kooperierende Netzwerke und Co-Finanzierungen (z.B. Private-Public-Partnerships) abgewickelt werden. Um überhaupt Partner für bestimmte Grossprojekte zu finden, braucht man ebenfalls Informationen über den möglichen „impact", also die wirtschaftlichen Auswirkungen und Informationen über die Verteilung von Chancen und Risiken.

Folgende wirtschaftlichen Effekte werden üblicherweise berechnet:

- Wertschöpfungseffekte
- Arbeitsmarkteffekte
- Fiskaleffekte

Methodische Probleme bei der Prognose der Wirkungen von Olympischen Winterspielen im Jahre 2006

2.1. Generelle Probleme

- Die nationale und internationale Konjunkturlage für den Zeitraum 2000 - 2006 ist schwierig zu prognostizieren
- Dadurch, dass die Einführung des EURO in den Prognosezeitraum fällt, ist ein zusätzlicher Unicherheitsfaktor gegeben.
- Dazu kommt noch die rasche Veränderung der weltwirtschaftlichen Rahmenbedingungen in offenen, globalisierten Märkten, die permanenten Änderungen unterworfen sind
- Die Verpflichtung zur EU-weiten Ausschreibung erschwert die regionale Zuordnung der Nutzenströme von Bauinvestitionen. Erst nach erfolgter Zuschlagerteilung kann beurteilt werden, welche Ausgaben inlandswirksam und welche auslandswirksam sind.
- Dazu kommt, dass infolge der weltweit wachsenden Bedeutung der „headquarter"- economy Aussagen zur Inzidenz von Grossprojekten ohnedies zu relativieren sind.

- Benchmarking mit anderen Veranstaltern bzw. Austragungsorten (z.B. Albertville, Lillehammer) ist nur in beschränktem Umfang möglich, da in vielen Punkten die Vergleichbarkeit nicht gegeben ist.

2.2. Folgende österreichspezifischen Probleme sind zu berücksichtigen:

- Österreich verfügt derzeit über keine aktuelle Input-Output-Tabelle zur Berechnung der Wertschöpfungs- und Bechäftigungseffekte. Die letzte in Österreich erstellte I/O-Tabelle stammt aus 1994 und betrifft das Jahr 1983! Modell-Simulationen sind damit nur in eingeschränktem Umfang möglich, vor allem weil der rasante technische Fortschritt eine laufende Anpassung der Produktionsfunktionen erforderlich macht.
- Auch die Berechnung der exakten Kosten im Bereich der Telekommunikation ist mit grossen Unsicherheiten behaftet
- die Daten der volkwirtschaftlichen Gesamtrechnung sind nicht regionalisiert, die Zurechnung der wirtschaftlichen Auswirkungen wird dadurch erschwert
- derzeit fehlen noch genaue Angaben sowohl hinsichtlich der Struktur der Einzelprojekte als auch hinsichtlich der zeitlichen Verteilung der Ausgaben, so daß eine Schätzung der Auswirkungen zum gegenwärtigen Zeitpunkt nur mit relativ grossen "Bandbreiten" erfolgen könnte. Analoges gilt für die fiskalischen Effekte.

Ökonomische Evaluierung von Salzburg Olympia 2006 - Perspektiven und Tendenzen

1. Wertschöpfungseffekte

Der Wintertourismus im Land Salzburg stagniert seit einigen Jahren auf hohem Niveau. Eine Angebotsverbreiterung in Bereichen ausserhalb des Skiplaufes (z.B. Eissport, Snowboard, Nordische Sportarten) sowie eine Internationalisierung des Gästemixes wäre zur Absicherung des hohen Wertschöpfungsniveaus im Wintertourismus erforderlich. Die Wertschöpfungsintensität wird dabei umso höher sein, je mehr es gelingt, leistungsfähige Kooperationen und „Cluster" zustande zu bringen:

- public-public-cooperation: Zusammenarbeit zwischen Stadt und Land Salzburg und dem Bund

- private-public-cooperation: Liberalisierung der gesamtwirtschaftlichen Rahmenbedingungen, um die Betriebsansiedlung in Österreich attraktiver zu gestalten.

- private-private-cooperation: Kooperation zwischen privaten Unternehmen zur Ausschöpfung von Synergiepotentialen. So könnten beispielsweise die bestehenden Wertschöpfungsketten zu leistungsfähigen Wertschöpfungsnetzwerken ausgebaut werden, wenn es gelingt private Investoren für den Wirtschaftsstandort Salzburg zu interessieren.

Auch mit dem für 2006 geplanten Mozartjahr anlässlich des 250. Geburtstages von Wolfgang Amadeus Mozart könnten Synergieeffekte genutzt werden. Der weltweit festzustellende Trend zur Verknüpfung von Sport und Kultur könnte richtungweisend für das touristische Erscheinungsbild Salzburgs in den nächsten Jahrzehnten werden. Das daraus ableitbare Begriffsbündel aktiv/kreativ entspricht ziemlich exakt den Erwartungshaltungen der interessantesten Zielgruppen im Tourismus.

2. Beschäftigungseffekte

Die von Olympischen Spielen ausgelösten Beschäftigungswirkungen lassen sich regional und zeitlich erst dann einigermassen eingrenzen, wenn die geplanten Teilprojekte inhaltlich und rechtlich fixiert sind. Erst zu diesem Zeitpunkt lassen sich die Ausgabekategorien branchenweise zuordnen. Welche Branchen konkret von der Abhaltung Olympischer Spiele in Salzburg profitieren werden und wie gross die davon induzierten Beschäftigungseffekte sein werden, ist von der anhand einer Input-Output-Analyse ermittelten Vorleistungsverflechtung abhängig.

Zum gegenwärtigen Zeitpunkt können daher die Beschäftigungswirkungen nur sehr global geschätzt werden. Aufgrund der im Juni 1997 vorliegenden Eckdaten ist insgesamt mit einem Beschäftigungseffekt im Ausmass von 6.500 Mannjahren zu rechnen.

3. Die Attraktivität der Region Salzburg als touristische Destination

3.1. Ausgangslage 1997

Die touristischen Umsätze pro Übernachtung liegen in einer Bandbreite von 1000-5000 Schilling. Diese Umsätze setzen sich Ausgaben für Unterkunft, Verpflegung, Einkäufe, Eintrittsgelder und Ausgaben für Verkehrsmittel zusammen. Die durchschnittliche Auslastung der Hotellerie liegt im

Jahresdurchschnitt bei etwa 45%. Bei 1,6 Mio. Übernachtungen und bei Annahme von durchschnittlichen Umsätzen pro Person von 2.000,- Schilling ergibt dies einen Umsatz von 3,2 Mia. Schillling. Dazu kommt noch der Umsatz der Tagesgäste in Höhe von 2,5 Mia. Schilling, wodurch sich in der Stadt Salzburg ein gesamttouristischer Umsatz von 5,7 Mia. Schilling ergibt.

3.2. Mögliche Auswirkungen der Bewerbung

In der Bewerbungsphase, die etwa zwei Jahre dauert, ist infolge einer verstärkten Reisetätigkeit nach Salzburg von Sportfunktionären, Journalisten und Experten ist jährlich mit zusätzlichen 16.000 Übernachtungen zu rechnen. Dies entspricht einem zusätzlichen jährlichen Umsatz von 32 Mio. Schilling. Insgesamt ist ab der Bewerbung bis Ende 2005 mit zusätzlichen Umsätzen im Volumen von 160 Mio. Schilling zu rechnen.

Was die wirtschaftlichen Auswirkungen während der Olympischen Winterspiele 2006 selbst anbelangt, so sind als Basis die Monate Jänner und Februar heranzuziehen. Die Auslastung der Hotellerie in der Stadt Salzburg liegt im Moment in diesen beiden Monaten bei durchschnittlich 25 %, das sind zusammen etwa 160.000 Übernachtungen. Unter der Annahme, dass die Olympischen Winterspiele 2006 zu einer Auslastung der Hotellerie von 60 % führen, würden sich zusätzliche 224.000 Übernachtungen ergeben, was einem touristischen Umsatz von 768 Mio. Schilling entsprechen würde. Für 2006 könnte insgesamt mit einem Übernachtungsplus von 20 % gerechnet werden.

Für den Zeitraum 2007-2010 kann mit 2 % mehr Übernachtungen pro Jahr als Auswirkungen der Olympischen Winterspiele 2006 gerechnet werden. Das wären pro Jahr 32.000 zusätzliche Übernachtungen.

Insgesamt ergeben sich also rund 1,2 Mia. Schilling zusätzliche Umsätze für die Zeit vor der Bewerbung, die Zeit der Olympiade und für 4 Jahre danach. Eine Winterolympiade wäre ein bedeutender Beitrag, um das Wintersportimage von Stadt und Land Salzburg aufzuwerten.

4. Infrastruktur

Die Kapazitäten im Beherbungsbereich sind mit zur zeit ca 16.000 Betten im 4-5-Stern-Bereich sowie ca. 20.000 Betten im 3-Stern-Bereich in ausreichendem Masse vorhanden. Dabei sind nur Kapazitäten in der Stadt Salzburg, der Europasportregion, Saalbach-Hinterglemm und der Salz-

burger Sportwelt Amadè berücksichtigt. Eine grosse Reserve ergäbe sich durch die Hinzurechnung von Kapazitäten in den Umlandgemeinden der Stadt Salzburg, im angrenzenden Berchtesgadener Land, im Gasteinertal und im Raum Leogang/Saalfelden/Maria Alm.
Im Sinne der international anerkannten Salzburger Tourismuspolitik, Grenzen des Wachstums rechtzeitig zu erkennen, die vorhandenen natürlichen Ressoucen zu schonen und die ökologische Qualität von Stadt und Land nachhaltig abzusichern, könnten Olympische Winterspiele im Jahr 2006 tatsächlich auf einer teilweise bereits vorhandenen Infrastruktur aufbauen. Ein „upgrading"der bestehenden Sportstätten könnte mit relativ geringem Mittelaufwand bewerkstelligt werden.

Die Durchführung Olympischer Winterspiele in Salzburg im Jahr 2006 böte darüber hinaus die Möglichkeit zur Weiterentwicklung und grenzüberschreitenden Festigung der EUREGIO salisburgensis.

Literaturhinweise

Kyrer, Alfred, Der wirtschaftliche Nutzen von Festspielen, Fachmessen und Flughäfen am Beispiel der Region Salzburg, Regensburg 1987

Smeral, Egon, Ökonomische Aspekte der Weltausstellung Wien - Budapest 1995, Wien 1989

Otruba,Heinrich, Wiener Kongresstourismus 1991, Wien 1992

Gantner, Manfried, Ausgewählte ökonomische Aspekte von Olympischen Winterspielen in Innsbruck im Jahr 2002, Innsbruck 1993

Kyrer,Alfred/Populorum,M.Alexander, Strukturen einer Festspiellandschaft, Regensburg 1995

Kainberger, Hedwig, Zur Umwegsrentabilität touristischer Grossereignisse - diskutiert am Beispiel der Salzburger Festspiele, in: Wirtschaftspolitische Blätter Nr. 1, 1997

Wirtschaftskammer Salzburg, Olympische Winterspiele 2006 in Salzburg. Grundlagen und Voraussetzungen für die Machbarkeit der Bewerbung, Salzburg 1997.

Fußnoten

[1] Der Beitrag ist im Mai 1997 entstanden.

[2] siehe in diesem Zusammenhang Kainberger 1997

[3] Als touristisches Grossprojekt werden hier alle Projekte wie Fussballwelt- und Europameisterschaften, Olympische Sommer- und Winterspiele, Alpine-Ski-Europameisterschaften, Alpine-Ski-Weltmeisterschaften, Weltausstellungen, Festspiele, Grand Prix-Veranstaltungen,Anno Santo 2000, Neue Museen und Ausstellungen. etc definiert, bei denen eine massive Umleitung von touristischen Besucherströmen versucht wird.

[4] Helfried Bauer/Michael Wagner/Weltausstellung Wien 1995 - Perspektiven und Planungsvoraussetzungen, 2. Auflage, Wien 1988

Juli

Impressionen vom Salzburger Tourismus oder: Als Einheimischer im Verkehr der Fremden[1]

von Kurt Luger *

Schönheit
von Unerträglichkeit
bewohnt
bewacht und beschlafen
Herrliche alte Häuser
ihr Stein zerfressen von Läden
voll von gediegener teurer Touristenware
voll von billiger schlechter Touristenware
Getriebe Gewühl Gedränge:
der Stadtverkehr überfremdet
vom verwünschten erwünschten
ergatterten Fremdenverkehr.

(Erich Fried, "Salzburg")

Getreidegasse, 11 Uhr, ein beliebiger Tag Ende Juli, gestaute Hitze zwischen den schmalen Bürgerhäusern. Dampfende, schlecht bekleidete Leiber aus Deutschland, Holland, Belgien, Nordamerika und Japan drängen aneinander vorbei. Achselnässe rührt die Nasen der Passierenden. Vorbei an der McDonalds-Ausspeisung, an den drei hörbar gut ausgebildeten Musikern aus Kiew, hinein in das Durchhaus gefüllt mit Bosna-Odeur, hinaus, nur hinaus auf den Universitätsplatz. Dort herrschen die Kitsch-Industrie und der Wucherhandel mit Obst aus Entwicklungsländern. "Se miassns ja e net kaufn, wann se ses net leistn kennan!" Marketing vom Feinsten, welcome in Austria! Ein ausladender Coca Cola-Arsch in rot-weißem Karo aus Cincinatti zieht sich eine Oberkrainer rein und wird fast vom Fiaker überrollt. Endlich öffnet sich der Blick auf den durch Pferdepisse getränkten Residenzplatz. "Tschuldijen Sie, wo jeht es hier zu Mozarts Jeburtshaus?" "Nein, der Herr mit dem Bademantel auf dem Denkmal ist nicht Johann Strauss, Sie sind in der falschen Stadt." "The building on the right hand side is the fortress." Also doch, Salzburg. Eine Schar japanischer oder koreanischer Fräuleins, alle bewaffnet mit einer Idiotika um den Hals, fällt wie eine Horde mongolischer Reiter über die Trafikantin her. Die Reiseführerin mit dem Erkennungszeichen grüngetupfter Schirm wartet vor der Tür bis die letzte Mozartkugel in den Rucksäcken verstaut ist.

Am frühen Abend schließt das Altstadt-Museum, das Puppenhaus entvölkert sich. Die Bustouristen sind auf der Weiterreise nach Innsbruck oder auf der Rückreise nach Frankfurt an der Oder oder Pilsen. Betuchte Reisende genießen ihr Hochpreis-Schnitzel mit einem Glas Soave Südhang in einem Terrassen-Restaurant an den Gestaden der zu recht schäumenden Salzach, von wo der Blick über die Stadt jetzt am schönsten ist, weil die tausend Kirchtürme um diese Tageszeit ihre Silhouette besonders pedantisch nach oben richten. Diese Sommerfrischler haben die Tische längst verlassen, wenn die "branchees sushi", die Nymphchen der Bourgeoisie und ihre geldadeligen Begleiter, geschwächt von der langen Oper im Festspielhaus, ihre Lachspastetchen anstechen. Viel später dann, der Gastronomie sei es gegönnt, erheischen sie, durch die endlich zur Ruhe gekommene Altstadt dem Morgen entgegenflanierend, einen flüchtigen Blick auf die lustige Witwe, die das Fluidum der Karajan-Ära in die Festspielatmosphäre einbring und ohne Bally-Besohlung dem Taxi-Standplatz entgegenschwebt.

Die touristische Inszenierung

Die Stadt hat, touristisch gesehen, zwei Gesichter, zwei Bühnen. Die eine für die Massentouristen, die ihre Tagesration im Supermarkt einkaufen und nur mit offenem Mund die Sehenswürdigkeit der Altstadt bestaunen, als Souvenir allenfalls eine Vorteilspackung Mozartkugeln erwerben, und nach sechs Stunden Durchlauf sich wieder in den Stau zurückbegeben. Die andere ist den Mitgliedern der internationalen "High Society" vorbehalten, die das grosse Weltkulturfest der Festspiele konsumieren und als die tatsächlichen Devisenbringer angesehen werden können. Beide Bühnen leben von der Figur des Wolfgang Amadé, dem, obwohl von seinem Bischof hinausgeekelt, die Stadt ihre Anziehungskraft verdankt.

Mozart, der genius loci, prägt ihr kulturelles Ambiente. Millionen von Touristen kommen hierher, um seine Geburtsstadt, die Stadt der Musik, zu erleben. An Spitzentagen der Hochsaison drängen sich bis zu 4500 Besucher durch sein Geburtshaus in der Altstadt, rund 600 000 sind es pro Jahr. Mozart prägt auch die visuelle Wahrnehmung der Stadt. Der Souvenirhandel blüht. Werden im Geburthaus vorwiegend hochwertige Souvenirs angeboten, etwa Schallplatten mit Mozart-Musik auf Originalinstrumenten, Bücher, teure Mozart-Armbanduhren oder künstlerisch gestaltete Posters und Postkarten, so quillt die Stadt über von Mozartkitsch in allen Preislagen. Man erzählt sich, dass derzeit rund 350 verschiedene Mozartartikel am Markt gibt, vom Mozart-Herrenslip bis zum Mozart-Büstenhalter, einem “wonder-bra”, der beim Öffnen und Schließen die “Kleine Nachtmusik” spielt.

Jedem Touristen seine Kugel

Für die Stadt Salzburg ist Mozart in Verbindung mit den Festspielen der wichtigste Image- und Werbeträger, der dadurch erzielte Bekanntheitsgrad reicht weit über die eigentliche Grösse und Wichtigkeit der Stadt an der Salzach hinaus. Leopold Sédar Senghor, der Poet und einstige senegalesische Präsident, bezeichnete Mozart in seiner Festrede zur Eröffnung der Salzburger Festspiele als “Ausdruck der Weltkultur”. Vermarktet, produziert und konsumiert wurde er aber längst Teil der Populär- und Massenkultur wie Mickey Mouse oder Asterix. Als Filmstar (im “Amadeus”-Film von Milos Forman), besungen (im “Amadeus”-Song von Falco), als Büste in Gips oder Plastik, auf T-Shirts und Uhren - sein Signum entspricht einer Wiederholung des Immergleichen aber auch “typisch Österreichischen”. Viele Produkte überschreiten die Grenze zum Kitsch, zum rasch angefertigten und zum billigen Verkauf an Reisende produzierten Erinnerungsartikel. Ohne Massentourismus wäre diese Mozart-Reproduktion aber nicht möglich, denn auffallend an den Waren ist eben der Massencharakter.

Im österreichischen Markenregister gibt es rund 80 Eintragungen, die das Wort Mozart verwenden, weitere zehn sind in ausländischen Markenregistern zu finden. Besonders gut scheint sich der Name für Süssigkeiten und Konditoreiprodukte zu eignen. Von den 65 verschiedenen Mozartmarken bezeichnen zwei Drittel Konfiserieerzeugnisse, 12 % sind alkoholische Waren. Das berühmteste Produkt darunter dürfte die Mozart-Kugel sein, wobei zwischen der “echten” und weniger echten, maschinell und handgemachten, zu unterscheiden wäre. Die Produktpalette reicht über die Kugelform aber bei weitem hinaus: Kuchen, Pastete, Roulade, Dessert, Törtchen, Torteletts, Kuppel, Praline, Rolle, Bombe, Bonbon, Naps, Quartett und Terzett sind ebenfalls Mozart-Süssigkeiten, die ebenso wie Mozart-Decken, Sekt, Eau de Toilette, Café und Wein, Tonträger und Brillen angeboten werden. Dazu kommen noch rund 35 “Amadeus”-Marken, und das fünfzig km südlich der Stadt gelegene Wintersportgebiet nennt sich “Schiwelt Amadé”

Die Kultfigur Mozart hat mit dem vor 200 Jahren verstorbenen Musiker längst nichts mehr gemein. Mozart dient heute als Namensbestandteil von Konsummarken und Produktbezeichnungen von Gütern, die mit seiner Geburtstadt weltweit in Bezug gebracht werden sollen. Die Salzburger haben sich längst an den Ausverkauf ihres Aushängeschildes gewöhnt. Die einen erdulden es, die anderen profitieren davon.

Verzahnung von Kultur und Tourismus

Salzburg gehört zweifellos zu jenen Städten, in denen die Verbindung von Kultur und Kommerz besonders ausgeprägt anzutreffen ist. Das Kulturangebot, die Architektur der Stadt und ihre Einbettung in eine harmonische Landschaft machen sie attraktiv und konkurrenzfähig gegenüber anderen Reisezielen. “Schützen und Nützen” - die Strategie, die für den Nationalpark Hohe Tauern Gültigkeit hat, könnte auch auf die Stadt Salzburg im Zeitalter des Massentourismus Anwendung finden. Mitte der 1990er Jahre liegt die Zahl touristischer Nächtigungen bei 1,7 Millionen jährlich. Die Rückgänge im Österreich-Tourismus der neunziger Jahren schlagen sich zwar in den Nächtigungen nieder, aber nicht im Strassenbild. Hunderttausende Tagestouristen überschwemmen die schmalen Gassen, zahlreiche neue Hotels wurden von Bauspekulanten gebaut und die Innenstadt für den Massentourismus aufgeschlossen. Bis der Altstadtschutz wirksam wurde und man versuchte, das barocke Gepräge der Fürstenstadt und den gotischen Zuschnitt der Bürgerstadt mit ihrer barocken Überlagerung zu erhalten, verloren etliche schützenswerte Altstadthäuser ihren Liebreiz, wurden in “Portalbauten” verwandelt und Erdgeschoße in Fastfood-Läden umgestaltet. “Die Stadt wird von jenen Salzburgern zerstört, die gerade von Salzburg leben und mit Salzburg ihr Geschäft machen. Jenes Salzburg, mit dem man Geschäfte machen kann, wird es bald nicht mehr geben.” (F. Achleitner)

Die Salzburger Festspiele waren seit ihrem Beginn ein Weltkulturfest, das tausende Touristen in die Stadt lockte. Große Dirigenten bildeten das Aushängeschild dieses Kulturereignisses, in dem neben hochklassiger Kultur die Show nie zu kurz gekommen war. Vor dem Krieg war Arturo Toscanini die bedeutendste Figur, nach dem Krieg Wilhelm Furtwängler und gegen Ende der fünfziger Jahre begann das Zeitalter Herbert von Karajans. Der “führende Dirigent des Düsenzeitalters, dessen Showtalent das aller musikalischen Berühmtheiten vor oder nach ihm übertraf” machte Salzburg weltweit zum Zentrum des sommerlichen Musikgeschehens. Als sein Nachfolger Gerard Mortier ankündigte, anstelle des Spektakels das künstlerische Ereignis wieder ins Zentrum rücken zu wollen, war Feuer am Dach. Man fürchtete um jene elitäre Gästeschicht, die lediglich zur Demonstration ihres Reichtums nach Salzburg kam, für die das Ambiente wesentlich wichtiger war als die Kunst. Die Kritik verstummte, als die Auslastung jene der Karaja-Zeit übertraf. Gastwirte und Hoteliers

Die kulturelle Distanz der Bereisten

Den jährlichen von der Salzburger Wirtschaftskammer publizierten Umfragedaten zum Trotz herrscht in der Salzburger Bevölkerung eine distanzierte Stimmung gegenüber den Festspielen. Viele Salzburger vertreten die Ansicht, die Festspiele würden hauptsächlich für reiche Ausländer durchgeführt. Kultur wird in der Bevölkerung deutlich mit "Hochkultur" assoziiert, auf das Image ist man auch stolz, aber mit der Lebenswelt vieler Stadtbewohner hat diese Art von Kultur eben wenig zu tun. Es existiert noch eine dritte "Salzburg-Bühne", eine nicht vom Tourismus infizierte "Hinterbühne" der Alltagskultur, auf der die "Kleinkultur" abseits der "Großkultur" gelebt wird - im Kulturzentrum, im Verein, im Stadtteil, in der täglichen Mediennutzung usw. Je nach Einkommen, sozialem Milieu und Bildung gibt es Berührungen und Überschneidungen zwischen den verschiedenen Kulturbereichen. Eine lebendige Verzahnung zwischen der touristischen Kulturinszenierung der Festspiele und der Alltagskultur der Einheimischen gibt es aber nach 75 Jahren offensichtlich noch immer nicht.

Der wirtschaftliche Nutzen der Festspiele - ihretwegen kommen die Gäste im Schnitt sieben Tage nach Salzburg - dürfte außer Zweifel stehen. Während der Festspielzeit wird die gesamte Altstadt zu einer Bühne, zu einem barocken Amusementpark, in dem die Fotos der Festspielstars die visuelle Präsenz des städtebaulichen Kleinods prägen. Studien schätzen, dass durch diesen Kulturtourismus zwischen drei und sechs Prozent des Salzburger Regionalprodukts erwirtschaftet wird. Vom Tourismus profitieren aber auch etliche andere Kultureinrichtungen, nicht nur jene, die, wie die Schlosskonzerte, die Mozart-Serenaden, die Festungskonzerte, Osterfestspiele und Pfingstkonzerte, Galerien, das Adventsingen und das Marionettentheater primär von den Gästen leben. Die Theater der Stadt erreichen wie die Museen durch Touristen eine höhere Auslastung, Rock- und Klassikkonzerte etwa der Kulturvereinigung, Kabarett und Tanztheater ziehen auch ein Publikum jenseits der bayerisch-österreichischen Landesgrenze sowie die Bewohner außerhalb der Landeshauptstadt an. Auch sie sind Touristen, solche, die das insgesamt vielfältige Kulturangebot in der Stadt wahrnehmen.

Es dürften eher die Phänomene des Massentourismus, v.a. der enorme Fussgänger-, Bus- und Autoverkehr, dafür verantwortlich sein, dass viele Salzburger den Eindruck haben, ihre Stadt würde ihnen von den Touristen weggenommen. Die Vermarktung der Stadt und ihrer Attraktionen hat eine Grenze erreicht, ein Mehr an Touristen scheinen die Einheimischen nicht mehr zu verkraften, ohne Einbußen an Lebensqualität in Kauf nehmen zu müssen. So werden gelegentliche Rückgänge im Stadttourismus lediglich von den Kaufleuten und den Hoteliers als problematisch empfunden.

Das Sound of Music-Image

Mit dem in Salzburg gedrehten Hollywood-Streifen "Sound of Music" hat die Stadt zur Identität als Festspielstadt auch ein ausgeprägtes Markenimage innerhalb der Unterhaltungsindustrie bekommen und wurde so weltberühmt. Das Edelweiß-Epos gewann 1965 fünf Oscars und rangiert in der Liste der kommerziell erfolgreichsten Filme im Vorderfeld. Der Film schildert die Geschichte der Maria von Trapp, gespielt von Julie Andrews, die als junge Novizin des Stiftes Nonnberg in das Haus des Baron Georg von Trapp kommt, um dessen Kinder zu unterrichten. Aus der Beziehung zu den Kindern wurde eine Liebe zwischen der Erzieherin und dem Baron, einem aufrechten Österreicher. Das Liebespaar heiratet schließlich in der Stiftskirche von Mondsee. Ein Sonnenstrahl trifft das Brautpaar, aber der Schatten der Nazizeit legt sich bereits über das Land. Die Familie flieht über die Salzburger Berge in die Schweiz, weil der Baron die Kollaboration mit den Nazis verweigert. Hier endet der Film aber nicht die Lebensgeschichte der Maria von Trapp, die mit den Kindern in den USA als "Trapp Family Singers" auf zahlreichen Tourneen das Salzburger Liedgut in die Welt hinausträgt. Auf dem Broadway entstand aus dem biographischen Roman ein erfolgreiches Musical mit hinreißenden Liedern ("Edelweiß", "My Favorite Things", "The Hills are Alive"), das dem Film als Vorlage diente.

Obwohl er weltweit der erfolgreichste Film der sechziger Jahre wurde, spielte er in den deutschsprachigen Ländern nicht einmal seine Synchronisations- und Werbekosten ein. Als "old fashioned dirndl- and lederhosenopera" abgestempelt, wurde er bald aus den Kinoprogrammen genommen. "The Sound of Music" gehört zu den drei meistgespielten Filmen der Geschichte, die Filmmelodie "Edelweiß" ist nach Bing Crosbys "White Christmas" die meistverkaufte Single-Schallplatte der Musikgeschichte. In der Zeit von 1965 bis 1970, während der ersten Jahre der Filmauswertung, stieg die Anzahl der amerikanischen Touristen in der Stadt von 72 000 auf 135 000. Die Popularität des Filmes trug dazu bei, dass erstmals die "Traumgrenze" von 1,5 Mio Übernachtungen in der Stadt überschritten wurde. Der Film befindet sich noch heute auf der ganzen Welt im Einsatz, läuft mehrfach pro Jahr auf einer der Kabelfernsehstationen in den USA, und macht Salzburg in den Augen vieler potentieller Touristen als Reiseziel attraktiv. Er kann daher als das beste Beispiel für "country placement" bezeichnet werden. Der "Sound of Music" war an der Schwelle zum audiovisuellen Zeitalter die wohl effizienteste und billigste Österreich- bzw. Salzburg-Image Kampagne aller Zeiten. Drei von vier amerikanischen Touristen nennen den "Sound of Music" als Hauptgrund ihrer Reise nach Österreich.

Im Tourismusangebot der Stadt trifft man daher permanent auf Spuren der Trapps, der Film ist mit der Stadt untrennbar verbunden. Etliche Busfahrtenbetreiber bieten geführte Touren zu den verschiedenen Drehorten an, eine "Sound of Music Dinner Show" im Stiegl-Keller (mit original "Apfelstrudl" und "Schnitzel mit Noodles" wie im Film) zwingt die Besucher zu einer Übernachtung in der Stadt. Die meisten Besucher kommen aus den USA, Japan und Australien.

Der direkte ökonomische Nutzen von Filmarbeiten kann beträchtlich sein. Etwa die Hälfte des Produktionsetats für den Film "Sound of Music", der acht Millionen US-Dollar betrug (damals war ein Dollar rund 25 österreichische Schilling wert), dürfte in die Salzburger Wirtschaft geflossen sein. Die indirekten Auswirkungen des von den Erfolgsfilmen ausgelösten "Filmtourismus" dürften aber weitaus größer sein, denn die augenfälligste Fusion zwischen Tourismus und der Unterhaltungsindustrie findet dann statt, wenn Touristen zu den kulturindustriell erzeugten Images reisen. Jene Orte, in denen beliebte Fernsehserien spielen, können sich über den Besch von Neugierigen nicht beklagen, aber etliche kommen auch als zahlende Gäste und tragen zur Auslastung der Gastbetriebe bei. Da Filme ein internationales Publikum erreichen, sind sie Elemente einer Tourismuswerbung, deren Bedeutung und Wirkung hochgeschätzt wird. Film- und Fernsehproduktionen nach Salzburg zu bringen gehört daher zu den wesentlichen Bestandteilen eines modernen Tourismusmarketing.

Krise im städtischen Tourismus

Diese Chance hat man offensichtlich nicht erkannt, als Milos Forman hier den Welterfolg "Amadeus" drehen wollte. Prag und Wien boten ihm deutlich bessere Bedingungen. Die Tourismusverantwortlichen in der Stadt scheinen überhaupt nicht gerade Fingerspitzengefühl zu entwickeln, was Marketing betrifft. Als die Invasion tschechischer Busse nach der Öffnung des Ostens kurzfristig die Lungen der Stadtbewohner aufs Äußerste strapazierte, wurden kurzerhand sämtliche Reisebusse gezwungen, auf improvisierten Parkplätzen außerhalb der Stadt zu parken und durften die Reisenden nur im städtischen Terminal aus- und einladen. Später mussten die Gäste in Linien- bzw. Zubringerbusse umsteigen. Die Verärgerung der Busreisenveranstalter führte dazu, dass etliche ihre Salzburg-Fahrten reduzierten oder überhaupt einstellten. Anstelle einer durchdachten Verkehrspolitik - die nach wie vor aussteht - setzt man auf Provisorien und anstelle des Baus eines Kongresszentrums, das langfristig "Qualitätstouristen" in die Stadt bringen würde, vertrieb man mit dem bestehenden Kongresshaus, das über den Charme und die Facilities des frühen Ostblocks verfügt, potenzielle Kunden. Es fehlt auch eine touristische Marketingkonzeption, die langfristig die beiden klar trennbaren Touristentypen mit höchst unterschiedlichem Anspruchsniveau - die Hochkultur-Touristen der Festspiele und die Tages- bzw. Massentouristen - auf eine verträgliche Weise so bedient, dass sie auf ihre Rechnung kommen was die Dienstleistungsangebote betrifft. Dabei sind sicher Abstriche zu machen, denn das Ambiente eines alpinen Disneylandparks, das in der Altstadt vorherrscht, verträgt sich mit dem elitären Zuschnitt der Festspiele schlecht. Nachdem man auf keines der Gästesegmente verzichten kann, wäre über die Stärken des Salzburger Angebotes intensiv nachzudenken und man müsste sie auch entsprechend kommunizieren. Wichtiges Ziel einer nachhaltigen Tourismuspolitik müsste auch sein, die Touristen zu einem längeren Aufenthalt zu bewegen, d.h. die Wertschöpfung pro Gast zu erhöhen. Die liegt derzeit auf einem Niveau, das kein erfolgreiches Wirtschaften ermöglicht. Ein Grund dafür ist das Preisdumping. Angesichts des ohnedies hohen Verschuldungsstandes in der gesamten Beherbergungsbranche führt dies letztlich in einen Teufelskreis, den im Kulturbereich auch die Austeritypolitik der Stadt provoziert. Weniger Kulturangebot heißt Rükkgänge im Tourismus, weniger Tourismus führt zu geringeren Einnahmen der Kultureinrichtungen, die mit geringerem Budget (verschärft durch die Kürzungen der öffentlichen Förderung) kein attraktives Programm bieten können. Genau dies - weitere kulturelle Attraktionen - wären aber notwendig, um über das ganze Jahr eine zufrieden stellende Auslastung zu gewährleisten.

Die Spirale führt deutlich nach unten und in Richtung Bedeutungslosigkeit, sprich Attnang Puchheim statt New York. Aber Entwicklungsszenarien, die für die Stadt und ihren Tourismus entwickelt wurden, vergammeln in Schubladen, weil das dieser Stadt eigene politische Klima verhinderte, dass eine marktgerechte Strategie für die Nutzung der Stadt ausgearbeitet wird. An allen Ecken und Enden vermisst man einen Masterplan.

In Zeiten wie diesen, in denen die Konkurrenz im Tourismus immer grösser wird, die Gesellschaft mobiler, die Deutschen sparsamer, die Amerikaner ängstlicher und ärmer, die Kleinbürger fremdenfeindlicher, die Österreicher auf den Salmonellen urlauben oder sich überhaupt keinen Urlaub leisten und die touristische Reservearmee aus den Oststaaten ihre Kronen und Zloti lieber in Lira und Francs umtauschen als in Schillinge, muss sich das überschätzte Bürgerstädtchen an der Salzach neu positionieren. Darauf zu hoffen, dass in Zukunft Touristen wie bisher von selbst kommen, weil Mozart und die Filmkulisse Lockvögel genug sind, wäre sicher der falsche Weg.

Literaturhinweise:

Achleitner, Friedrich: Festspielstadt auf Mozartkugeln. In: Ders.: Nieder mit Fischer von Erlach. Salzburg-Wien 1986.

Gallup, Stephen: Die Geschichte der Salzburger Festspiele. Wien 1989.

Krannich, Beate: Von der Zauberflöte zum Sound of Music. Die touristische Vermarktung der Stadt Salzburg. Dipl. Arbeit, Salzburg 1992.

Kyrer, Alfred: Die regionalwirtschaftliche Bedeutung von Kunst und Kultur im internationalen Vergleich - am Beispiel der Regionen Salzburg, München und Basel. Salzburg 1993.

Luger, Kurt (Projektleiter): Kulturstadt Salzburg. Kulturverhalten und kulturelles Bewusstsein der Salzburger Bevölkerung. Eene Studie der Stadt Salzburg. Salzburg 1993.

Strasser, Christian: The Sound of Klein-Hollywood. Filmproduktion in Salzburg - Salzburg im Film. Wien-St. Johann 1993.

Haas, Hanns; Robert Hoffmann; Kurt Luger (Hg.): Weltbühne und Naturkulisse. Zwei Jahrhunderte Salzburg-Tourismus. Salzburg 1994. In: Reinhard Bachleitner/H. Jürgen Kagelmann (Hg.), Kultur/Städte/Tourismus. München 2002.

Rezente wissenschaftliche Literatur zum Salzburg-Tourismus:

Bachleitner, Reinhard/Hanns Haas/Martin Weichbold: Städtische Lebenswelten und ihr Wandel durch Tourismus am Beispiel Salzburg. In: Reinhard Bachleitner/Jürgen Kagelmann (Hg.): Kultur/Städte/Tourismus. München-Wien 2003. S 61-78.

Hoffmann, Robert/Kurt Luger: Tourismus und sozialer Wandel. Strukturelle Rahmenbedingungen. In: Ernst Hanisch/Robert Kriechbaumer (Hg.): Salzburg zwischen Globalisierung und Goldhaube. Geschichte der österreichischen Bundesländer seit 1945. Das Bundesland Salzburg. Wien 1997. S 168-209.

Hoffmann, Robert: Mythos Salzburg. Bilder einer Stadt. Salzburg-München 2002.

Kammerhofer-Aggermann, Ulrike/Alexander Keul (Hg.): The Sound of Music. Zwischen Mythos und Marketing. Salzburg 2000.

Keul, Alexander/Andreas Kühberger: Die Straße der Ameisen. Beobachtungen und Interviews zum Salzburger Städtetourismus. München 1996.

Luger, Kurt/Barbara Köstler-Schruf: Kulturerlebnis Salzburg. In: Reinhard Bachleitner/Jürgen Kagelmann (Hg.): Kultur/Städte/Tourismus. München-Wien 2003. S 79-92.

Luger, Kurt/Franz Rest (Hg.): Der Alpentourismus. Entwicklungspotenziale im Spannungsfeld von Kultur, Ökonomie und Ökologie. Innsbruck 2002.

Müllauer, Christina: Salzburg-Tourismus. Einflüsse auf die touristische Entwicklung 1950-2000. Diplomarbeit, Salzburg 2001.

Fußnote

* Kurt Luger ist ao.Univ.Prof. im Fachbereich Kommunikationswissenschaft an der Universität Salzburg. Er leitet dort die Abteilung "Transkulturelle Kommunikation" und war verantwortlich für den Aufbau der interdisziplinären Tourismusforschung. Sein wissenschaftliches Arbeitsfeld umfasst die Bereiche Kultur und kultureller Wandel, internationale bzw. transkulturelle Kommunikationsprozesse, Tourismus, Entwicklungspolitik bzw. Entwicklungspolitische Öffentlichkeitsarbeit. Als Vorsitzender von Öko Himal koordiniert er die Aktivitäten österreichischer Entwicklungszusammenarbeit in Nepal und Tibet. Jüngste Forschungsarbeiten behandeln den Zusammenhang von Weltkulturerbe und Tourismus, kulturelle Modernisierung im Kontext von Tourismus und Medien, Motive und Erfahrungen von Fernreisenden, pro-poor sustainable tourism. Rezente Buchtitel: Ferntourismus - wohin?; Der Alpentourismus; Fernsehen in Asien; Vergnügen-Zeitgeist-Kritik; Sehnsucht Abenteuer. >>www.uni-salzburg.at/kowi/luger<<

[1] Der Beitrag ist 1995 entstanden.

August

Salzburger Sommerfestspiele oder: „Des Kaisers neue Kleider" - Ein modernes Märchen

Von Peter Ramsauer*

Vorbemerkung

Das nachfolgende Märchen enstand im September 1995, als Abgesang meiner Tätigkeit beim Mozarteum Orchester Salzburg. Ein wesentlicher Teil meines damaligen „Wirkens" bestand in der aktiven und gedanklichen Auseinandersetzung mit den Salzburger Festspielen, oder dem Abglanz dessen was deren damaliges Direktorium und Kuratorium noch zuliessen und für gut dekretierten.

Das Märchen ist also keines, sondern war, und ist immer noch bittere Realität. Das mit dem Tod Herbert v. Karajans begründete künstlerische Kompetenzinterregnum dauert an, ebenso die Qualitäts- und Realitätsverweigerung der künstlerisch, administrativ und politisch Verantwortlichen. Eine „Divina Comedia" in Reinkultur, aber eine, bei der einem das Lachen im Hals stecken bleibt.

Dem Direktorium Landesmann/Mortier folgte dasjenige von Ruzicka, mit dem einzigen Unterschied dass dieser, im Gegensatz zu seinem belgischen Vorgänger nicht mehr so offensichtlich den Zustand künstlerischer Nacktheit als paradiesischen Normalzustand zu preisen versucht. Der Geschmack des Publikums wird nach wie vor als vernachlässigbare Grösse betrachtet, und die Verirrungen und das Scheitern des Phänomens „Regietheater" werden noch immer nicht als solche eingestanden. Genauso wie beim dargebotenen traurigen Schauspiel betitelt „Bau des Hauses für Mozart" das Wichtigste, die Akustik des neuen Hauses, ganz zum Schluss und nur als Nebensache behandelt wurde.

Zu den in Ozeanen von Blut ertränkten Versuchen des 20. Jahrhunderts neue Gesellschaftsordnungen zu etablieren, wird als letztes, exemplifiziert am Dahinwelken der Salzburger Festspiele, das Herzblut der in über 300 Jahren entstandenen mitteleuropäischen Musik und Schauspieltradition hinzugefügt.

Wir sind dabeigewesen, aber was haben wir dagegen getan?

Alljährlich Ende Juli füllte sich Salzburg mit solemn dreinblickenden Bildungsbürgern aller Herren- und Damenländer, die, den Lebenszweck in den höheren Kulturgütern der letzten 200 Jahre suchend, den so offensichtlich zu Tage liegenden Reizen Salzburgs frönten.

Inmitten der Aahs und Oohs förderte der Homo- Salzburgeniensis-Vulgaris zu dieser Zeit des Jahres das Erscheinen einer besonderen Spezies von Kulturtouristen, indem er durch Erhöhung der Benutzungshäufigkeit seiner an?estammten und über Generationen hinweg vererbten Stammestracht devisenbilanzschmeichelnd, mit einem bei Rousseau kostenfrei geborgten Edlenwildenlächeln, die Attraktivität seiner teuren Heimatstadt erhöhte.

Auch die höheren Stände des so überreich durch den Musenkuß gesegneten kulturellen Eilandes erwachten wie von Zauberhand berührt, und fügten der Einzigartigkeit dieses mozartkugelgleichen Einodes den Wohlklang ihres penetrant parfümiert klingenden, dem Schönnbrunnerdeutsch nicht unähnlichen Idioms hinzu.

Dieses erfreute umso mehr, als Nämliche ihren außerhalb der Festspielzeit liegenden, ganzjährigen Winterschlaf ansonsten nur unterbrachen, um wohlwollend Festlichkeiten der hiesigen Politprominenz durch ihre Anwesenheit zu zieren, oder aber um im Wettstreit mit der beheimateten Rasse der Kommunal und Landespolitiker intelligenzdrückend in Staats- und Verwaltungsfragen zu dilettieren.

Das allso geschilderte Königreich wurde regiert von einem Maestro, und alle, alle kamen um in Verehrung Seiner Majestät Salzburgs Einzigartigkeit Tribut zu zollen. So lebten Sie denn glükklich, bis ans Ende Ihrer und Seiner Tage, getreu dem Motto „Bis daß der Tod euch scheide“.

Und so geschah es denn, daß sich von jener unseligen Stunde an, in der der Maestro dies irdische Paradies verließ, um sich nunmehr in aller Ewigkeit dem echten zu schenken, jenes harmlose Völkchen auf die Suche nach einem neuen König machte, dem es sich zur Bezwingung der harten Realität anvertrauen konnte.

Emsig wurden in Stadt und Land, und im fernen Wien hofrätliche und sonstige Findungskommissionen gebildet, um zum Wohle dieser erhaltungswürdigen Idylle die würdigsten unter der Sonne zu finden, denen man gestatten konnte, den so geliebten Weihetempel der Kunst fürderhin zu hegen, zu pflegen und als Hohepriester zu leiten.

Lange ward beraten und kommissioniert ohne zu einer Lösungen des vertrackten Problems zu gelangen. Trotz der frommen Bemühungen der hochkatholischen Priesterschaft die jenseitige Seele Sr. Majestät zur Reinkarnation zu animieren, kam man der Lösung nicht näher, bis in einer göttliche Eingebung der armen, durch die Schwere Ihres Amtes zu Boden gedrückten Ministerin befohlen ward, doch einen Ihrer eifrigen und pflichtbewußten Paladine mit der Hälfte des Tempels zu belehnen.

Jener ehrenwerte Mann hatte bereits früher im Auftrage seiner liebsten Herrin unter Schweiß und Mühe ein Reformkonzept zur Erneuerung und Sicherung des Paradieses erarbeitet, was ihm nachgerade von seiner noch regierenden Salzburger Majestät übel vergolten wurde, indem Sr. Majestät nämliches als „Blähungen eines Dilettanten“ in Verruf brachte.

Solcherart wurde der Heldenmut jenes Ehrenmannes verschmäht, der sich in seinem Edelmut sogar in jenem Reformkonzept dazu erbötig machte, den Wonnen eines wohlverdienten Ruhestandes zu entsagen, um den Kampf mit den finsteren Mächten des künstlerischen Konservativismus aufzunehmen, und die Salzburger Idylle dem Lichte des Modernismus zuzuführen.

Zur gleichen Zeit begab es sich aber, daß im fernen Lande der Belgier ein jesuitisch erzogener, und auch sonst unbescholtener Jünger des modernen Regietheaters ein daselbst noch niemals gesehenes Mozartwunder zum Blühen brachte. Auf wundersame Weise und unter der selbstlosen Mithilfe der heimischen Kunstberichterstatter, die weder Zeit noch Mühen scheuten, um auf Einladung des wunderwirkenden Belgiers endlose beschwerliche Dienstreisen und Geschäftsessen auf sich zu nehmen , wurde den in der Idylle verweilenden Kunde von den sich auf der Bühne materialisierenden Wundern.

Kleine schmutzige Teufelchen, sonst auch unter der Begriffsbezeichnung Management Consultants bekannt, versuchten zwar den Heiligenschein des belgischen Wunderwirkers zu beschmutzen, üble Gerüchte in die Welt setztend, wonach jenes wundersame Opernhaus unter der unjesuitischen Leitung unseres Helden unsägliche Defizite aufgehäuft hätte. Aber durch ein glückliches Zusammenwirken aller zukunftsgläubigen weil fachmännischen Kulturstreiter der heimischen Idylle gelang es, dieses pestilenzartige Komplott zu vereiteln.

Um für das Führungsgremium des Tempelbezirkes die heilige Zahl drei zu erreichen, nahm man fürderhin die selbstlosen Dienste eines heimischen, schon langjährig im Tempel dienenden Bankiers in Anspruch, der durch sein Gutmütigkeit ausstrahlendes Phlegma prädestiniert war die eingeborenen Interessen wahrzunehmen. Zielgerichtet und entscheidungsstark steuerte er hinfort im Zusammenwirken mit unserem belgischen Helden, der sich mit der Ehrenbezeichnung Intendant schmückte und solcherart für die Oper zuständig war sowie dem sich für die kaufmännischen Belange und die Konzertplanung aufopfernden Wiener Ehrenmann den Kurs des Tempels.

Solcherart ward der Fortbestand der Salzburger Idylle gerettet, indem man den göttlichen sowie den beinahe göttlichen Ratschlägen heimischer Kulturberichterstatter und Kultur treibender Kräfte gehorchte.

Frisch und wacker begann nunmehr die heilige Dreieinigkeit ihr Wirken zum Wohle zeitgemäßen Kunstverständnisses und schwor sich nimmermehr zu ruhen, bis nicht auch der letzte verschworene Besucher früherer Kulturorgien den vergangenen, gotteslästerlichen, Kunstvöllereien abgeschworen hätte, und sich geläutert und reumütig der andächtigen Erduldung von Tondokumenten der II. Wiener Schule und anderer härener Vertreter wahrer zeitgenössischer Kunst hingeben würde.

Nimmermehr sollte es hinfort geschehen, daß Konzert oder Opernbesucher mit einem durch Musikgenuß hervorgebrachten Lächeln heiteren Schrittes beim Verlassen des Tempelbezirkes gesichtet werden würden. Nein, vielmehr nachdenklichen Schrittes, gedankenverloren dem Sinn und Rätsel soeben erlebter , lange für bekannt erachteter Stücke nachsinnend würde der Tempelbesucher diesen verlassen.

So hätte sich denn schließlich alles zum Besseren gewendet, wenn nicht die Reaktion und sämtliche schmutzigen Teufelchen weiterhin das Heilswerk mit hämischen und fachfremden Einwendungen gestört hätten.

Oder wie wäre es sonst erklärlich, daß plötzlich Begriffe wie „Profitabilität", „Rentabilität", „Auslastungsindikatoren" und ähnliches den elysischen Frieden und die Ruhe des Tempelbezirkes gestört hätten. Als äußerste Perfidie mußte es dabei gelten, daß die grauenvolle Zeit Sr. Majestät nachträglich noch mit solchen teuflischen Begriffen gerechtfertigt wurde.

Dieses Geplärr war umso unverständlicher, wo doch die Altvörderen alles zum besten geregelt hatten, und es undenkbar war, daß deren Gesetz gewordener Wille durch das Wirken späterer Generationen zunichte gemacht werden könnte. Wo sich doch auch die Würdenträger von Stadt, Land und auch aus dem fernen Wien wiederum im reformistischen Glanz des erneuerten Tempels baden konnten, und im Vollbesitz Ihrer gewiß beträchtlichen geistigen Kräfte das Lobliede der Reformbemühungen singen durften.

Die unbeschreibliche Weisheit der Altvörderen hatte nämlich dem Tempel ein Gesetz beschert, daß diesem, einem Füllhorn gleich, immerwährende Abgangsfinanzierungen bescherte. Zwar wurde diese Idylle im mehrjährigen Intervall von einem Werkzeug der besonderen Perfidie des

Teufels, namens Bundesrechnungshof, gestört, doch maß man dessen frevlerischen Bemühungen keinerlei Wichtigkeit bei. Wie konnte man auch angesichts des mystischen Tempels Forderungen wie Ausgabensanierung oder Effizienzsteigerungen ernst nehmen.

Auch Forderungen nach „Lean Managment“ wurden von solchen Frevlern in verschnörkelter Form geäußert, wo man doch diesem Postulat schon seit Jahren dadurch nachkam, daß man die Tempelleitung alljährlich auf Abspeckungskuren sandte. Das war alleine schon deshalb geboten, um unseres belgischen Helden metaphorischen neuen Kleider mit althergebrachter Eleganz zur Schau stellen zu können. Denn Nacktheit kleidet nur den, dessen Körper adonisgleich paradiesische Gesundheit ausstrahlt. Kurz, jedem Anhänger des Tempels mußte bei solchen und ähnlichen Forderungen der schiere Ekel aufstoßen.

Als besonders verwerfliche Spielart jener Argumentation wurde von all den Reaktionären auf die Wichtigkeit des Tempels für die wirtschaftliche Wohlfahrt des diesen umgebenden gemeinen Volkes hingewiesen, und bedeutet, daß ein Scheitern der vollmundigen Reform auch jenes ins unkünstlerische Elend stürzen würde. Als ob nicht die Kunst für sich allein stünde, und derartige verwerfliche Meinungen die erdenhafte Schwere und geistige Plumpheit der Meinungsinhaber bestätigten.

Unbeirrbar setzte die Trias des Heils Ihre Bestrebungen fort, unterstützt von den sich im Heilskampfe beteiligenden Medien der Idylle, die im Aufbruch der Tempelstrukturen die Möglichkeiten sahen, uneigennützig zum Gelingen beizutragen, auch zum Preis der Annahme mühevoller, weil mit dem Fluch hoher Gehälter und Spesenkonten belegter, Positionen der geheiligten Institution. Aber kein Opfer erschien groß genug, um der Sache förderlich zu sein, auch wenn das bedeutete, fallweise die Objektivität und kritische Distanz der zu vertretenden Medien zu opfern.

Während unser belgische Held seinen jesuitischen Kampf um die allein seligmachende wahre Kunst fortsetzte, und dabei als besonders bekehrungswürdiges Element die Mitglieder jenes ketzerischen Orchesters, daß seit Bestehen des Tempels dessen künstlerisches Fundament gebildet hatte, ausgemacht hatte, wirkte der für das Konzertwesen zuständige Ehrenmann im Stillen, und setzte seinen Teil der programmatischen Revolution unbeobachtet durch. Niemals zuvor wurde intellektueller und kälter musiziert, aber der Fluß der Zeiten gebot es.

Das von unserem belgischen Helden erwähnte Orchester war doch tatsächlich der Meinung, besser als unser Belgier zu verstehen, was „qualitativ hochstehend“ übersetzt auf Bereiche des Orchesterwesens bedeutete, und weigerte sich beharrlich, das Primat unseres Helden gerade auch wenn es um Dirigentenbesetzungen ging, anzuerkennen. Viel wurde gestritten, und wiederum prangerten Gesandte des Teufels die überhöhten Kosten für jenes Orchester an, wo doch jedermann akzeptierte, daß auch dem letzten Orchesterpauker im Interesse der Kunst der Lebensstandard eines Diplomaten zustand.

So ward für allerlei Kurzweil und buntes Treiben gesorgt, und alle Welt schien glücklich, ob des nun so offenen Tempels. Zwar wurde immer wieder ketzerisches Geschwätz laut, demzufolge alles gute und soignierte Publikum in Scharen den geheiligten Hallen fernbliebe, und außerdem die faktische Qualität des Gebotenen in Oper und Konzert weit unter den Standards Sr. verblichenen Majestät läge, aber solch kunstentehrende Äußerungen mußten ja aus den Reihen der reaktionären Fortschrittsgegener erwartet werden.

Auch solch ehrvergessenes Geschwätz, wonach sämtliche Reserven des Unterstützungsvereines des Tempels widmungswidrig für die Umsetzung der modernen Opernprogrammatik verprasst worden seien, welches auch durch den rein gesundheitlich verursachten Rücktritt des Vereinspräsidenten neue Nahrung erlangte, zeigt augenscheinlich, daß kein Mittel niederträchtig genug schien, um große Kunst am Entstehen zu verhindern.

So hatten den die hohe Politik und der gutmütige Landesvater ein Einsehen, und nutzten den Rücktritt des amtsmüde gewordenen, eingeborenen Bankiers, um eine Ihrer Geheimwaffen ins Spiel um die wahre Kunst zu schicken. Es sei hier vermerkt, daß entgegen üblen Gerüchten der Rücktritt in keinster Weise mit einer vermuteten Zerrüttung der Finanzen des Tempels zu tun hatte.

Jene Geheimwaffe in Form einer äußerst kunstsinnig - und kunstsachfertigen Mitstreiterin des wohlwollenden Landesvaters, die, um das Rettungswerk zu vollbringen unter großen inneren Kämpfen auf ein mühsam erkämpftes Parlamentsmandat verzichtete, sorgte von nun an für Friede, Wohlstand und Einverständnis. Daran konnten auch teuflische Machinationen wie erneute Bundesrechnungshofberichte, die überhöhte Spesenkonten und Aufwände zu finden glaubten, nichts ändern.

Unbeirrbar focht unser belgische Held, seit dem Einsatz der landesväterlichen Geheimwaffe neu eingekleidet, seinen Kampf besonders gegen bezahlte Wiener Kreise weiter, und gab sein letztes, um eine Reform des Tempels zu gewährleisten. Und so reformierten Sie denn weiter, bis nur noch Salzburger zu den Kunstereignissen des Tempels gingen und es endlich erreicht ward, daß die glückliche Gemeinde der verzückt lächelnden Eingeborenen Ihr idyllisches Fleckchen wieder für sich allein hatten.

Fußnote:

* **Peter Ramsauer** (Dr. iur., LLM, LLM, MBA, Attorney at Law (N.Y.)) studierte Jus und Musik (Konzertfach Klarinette) in Salzburg, sowie Management (Konzentration Kunstmanagement) an der Anderson Graduate School of Management der University of California at Los Angeles (UCLA). Anschliessend war er als Kunstmanager und Konsulent in Österreich, Neuseeland und Irland tätig. Seit 2002 hat sich Dr. Ramsauer weitere Qualifikation im Bereich Entertainmant Law (LLM in Entertainment Law, London) sowie U.S. Legal Studies (LLM US Legal Studies, San Francisco) und 2005 als Attorney at Law, New York, erworben.

Literatur"hinweise":

Rechnungshofberichte der Salzburger Festspiele der letzten 20 Jahre.

September

Umweltschutz und Energie in Salzburg - oder: Ohne Lobbies geht gar nichts

von Heinrich Breidenbach*

"Umweltschutz und Energie" in Salzburg? Das ist zu viel. Nein, nicht zu viel Umweltschutz. Aber zu viel für ein paar Seiten in einem Kochbuch. Wollen Sie wirklich alles wissen? Gesetze, Fakten, Meinungen. Zahlen und Daten über Autos, Strassen, Lärm, Lifte, Pisten, Schneekanonen, Treibhausgase, Schadstoffe. Das ist unverdaulich. Vom klassischen "Naturschutz" bis zur lokalen Antwort auf globale Bedrohungen reichen die Ingredienzien eines solchen Mahls. Verkehrs-, Raumordnungs-, Energie-, Bau-, Abfall-, usw. Politik gehören auch dazu. Das jahrzehntelang gültige Raumordnungsmotto "in jede Wies´n a Haus" zerstört schliesslich mehr Natur, als selbst der beste Naturschutz je wieder hereinholen kann.

Auf vielen Herden in vielen Küchen wird Natur geschält, zerstückelt und gar gekocht. Was soll das für ein Menü werden? Jedenfalls kein streng durchkomponiertes Gourmet-Menü. Ein Restlessen vielmehr. So richtig geeignet für die Gewürze Witz und Ironie oder scheinkritische Schaumschlägerei ist das Thema auch nicht. Hausmannskost, die ein bisschen im Magen liegen wird.

Ohne Lobby geht gar nichts.

Politik ist nicht die honorige Suche nach dem "Allgemeinwohl". Reale Politik ist der Versuch, bestehende Interessen, "Lobbies", zu fördern, auszugleichen und aufeinander abzustimmen. Das macht Politik berechenbar, hält sie aber auch gefangen in "Sachzwängen" und sorgt dafür, dass auf einen Irrtum zwangsläufig der zweite und dritte folgen.

Das Handfeste ist der goldene Boden des Lobbyings. Alles andere steht auf wackeligen Beinen. Sind einmal Millionen und Milliarden irgendwo investiert, verbinden einmal Menschen ihre materielle Existenz mit irgendeiner Investition, dann kommt die "Lobby" gratis dazu. Diese eherne Regel wirkt bei Atomkraftwerken, Chemieriesen, Müllverbrennern, Strassen- und Kraftwerksbauern ebenso, wie ansatzweise bei Solarinstallateuren, Biobauern, Fahrrad- und Dämmstoffherstellern.

Lobbies für Einsichten im Kopf mögen zeitweise in der Sphäre der Öffentlichkeit stark sein oder stark scheinen. Dort wo Entscheidungen fallen, wo es um reale Politik geht, sind sie schwach.

“Zuerst kommt das Fressen und dann die Moral”. Wirtschaftliche Interessen haben quasi naturgesetzlich ihre Lobbies. Gewerkschafter, Unternehmer, Medien, Verbände, Politiker. Eine mächtige Solarindustrie mit zehntausenden Beschäftigten würde es den fossilen Energieriesen schon zeigen. Potente Produzenten intelligenter Nah- und Fernverkehrssysteme würde der Autolobby an den Schalthebeln der verkehrspolitischen Entscheidungen schon Paroli bieten. Nun, das haben wir nicht. Die handfeste, wirtschaftliche Lobby hinter dem Umweltschutz ist sehr klein. Und wird hartnäckig klein gehalten. Eine ökologische Steuerreform, die diesen Namen verdient, würde sie schnell grösser werden lassen. Trotz günstigster wirtschaftlicher Folgeabschätzungen (WIFO-Studie) kommt und kommt eine solche nicht zustande.

Lobbies bilden sich um das Hier und Jetzt und Heute. Der nächste Schilling, der konkrete Arbeitsplatz ist im Visier. Die Politik hat auf die nächsten Wahlen Bedacht zu nehmen. “Künftige Generationen” werden in Erklärungen und Reden zwar gerne feierlich beschworen. Aber eine wirkliche Lobby für die “Kinder- und Kindeskinder” gibt es nicht. Die Einsicht der Gefährdung künftiger Generationen geht über den Kopf, über Wissen, Moral und Ethik. Es geht um Wahrscheinlichkeiten, wissenschaftliche Annahmen und umstrittene Vorausberechnungen. Es geht um Gefahren- und Risikopotentiale, die wirksam werden können, aber nicht müssen. Kein guter Boden für Lobbying.

Echt bio: Malaria und HIV-Virus

Ohne Lobby geht gar nichts. Natur und Umwelt bräuchten eine. Die Menschen verhalten sich unterm Strich sehr reserviert. Nicht nur aus oben genannten Gründen. Natur ist nämlich nicht nur Romantik und sauberes Wasser. Der HIV-Virus und die Malaria sind auch Natur pur. Natur ist nicht “an sich” gut und schützenswert. Sie ist auch böse und bekämpfenswert. Sie hat selbst Arten geschaffen und wieder vernichtet. Wem gehen eigentlich die Saurier ab?

Seit Menschen existieren und wirtschaften haben sie sich Natur angeeignet, unzählige Lebewesen und Arten ausgerottet, Biotope vernichtet, Feuchtgebiete, Moore und Auen trockengelegt, Flüsse und Bäche gezähmt, Urwälder gerodet oder zu Wirtschaftswäldern umfunktioniert.

Unsere Berge scheinen uns “Natur pur”. Ganz falsch. Jahrtausende intensiver Nutzung des Waldes, der Hochmähder, des Wildes, der Bodenschätze, der Täler, Pässe und Gewässer haben einen gigantischen Umgestaltungsprozess von einer Natur- in eine Kulturlandschaft bewirkt. Die Almen sind der Natur abgerungen. Die Waldgrenze ist künstlich zum Zweck der Gewinnung von Weideland und Hochmähder nach unten gedrückt worden. Der Wildbestand ist ein von Menschen regulierter, usw.

Es geht um funktionierende ÖKO-Systeme

Wie viele Schmetterlingsarten brauchen wir wirklich? Verschlechtert sich die Lebensqualität eines Salzburgers messbar durch das Verschwinden von ein paar Farn- und Gräserarten oder Blumenwiesen? Der Mensch gebraucht die Natur. Er sieht ihren Wert relativ. Nicht absolut. Historisch gesehen ist das sehr verständlich. Aber angesichts des modernen globalen Naturvernichtungspotentials wird diese relative Sichtweise des Wertes der Natur schon langsam gefährlich. Die Situation hat sich grundlegend geändert. Heute ist der Mensch technisch in der Lage, seine eigenen Lebensgrundlagen zu zerstören. Das ist der Unterschied. Die Frage, wie viele funktionierende ökologische Systeme der Mensch um sich braucht, hat sich bis vor wenigen Jahren nur punktuell gestellt. Heute stellt sie sich lokal, global und radikal.

Es bedarf einer grossen "Kulturleistung", diese Veränderung nachzuvollziehen.
Ansatzweise findet dieser Paradigmenwechsel statt. Vornehmlich dann, wenn es nicht allzu schwer fällt, ihn einzulösen. Wenn aber materielle Interessen, persönlicher Komfort, lieb gewonnene Gewohnheiten, etc. auf dem Spiel stehen, findet jeder schnell zur vertrauten relativen Sichtweise zurück.

Lobbies für die Natur sind auch aus diesem Grund - vorerst noch - meistens sehr klein, oft widersprüchlich, logisch inkonsistent und nicht dauerhaft erfolgreich.

Der lokale Naturschutz

Die geplante Austrocknung der Krimmler Wasserfälle für ein Kraftwerk war der Anstoß für die erste erfolgreiche Umweltschutzaktion nach dem Krieg im Land Salzburg.

Der lokale "Naturschutz" kann sich, das ist trotz allem seine Stärke, auf den sinnlichen Augenschein stützen. Blumen, Tiere und Pflanzen, Schmetterlinge und Wasserfälle gibt es entweder, oder es gibt sie nicht. Der "Naturschutz" ist nach der Papierform auch die erfolgreichste Fraktion des "Umweltschutzes" in Salzburg.

Naturschutzgesetze oder deren Vorläufer wirken hier seit langem. Schon 1909 gab es ein Gesetz über zu schützende Tiere, 1915 eines zum Schutz der Alpenpflanzen. Aus1993 stammt das aktuelle "Salzburger Naturschutzgesetz".

Zweifellos würde die Natur ohne diese Gesetze, ohne den amtlichen "Naturschutz" ärmer und noch ausgeräumter sein. Das EDV-geführte "Naturschutzbuch" im Amt der Salzburger Landesregierung spuckt per Stichtag 1. Juli 95 beeindruckende Zahlen über im unterschiedlichem Ausmass geschützte Landschaften oder Landschaftsteile aus:

101 Geschützte Landschaftsteile	-	1 470 Hektar	-	0,2 Prozent der Landesfläche
59 Landschaftsschutzgebiete	-	105 994 Hektar	-	14,8 Prozent der Landesfläche
1 Nationalpark Hohe Tauern	-	80 500 Hektar	-	11,3 Prozent der Landesfläche
236 Naturdenkmäler	-	2 627 Hektar	-	0,4 Prozent der Landesfläche
1 Naturpark Untersberg	-	32 Hektar	-	0,0 Prozent der Landesfläche
21 Naturschutzgebiete	-	36 358 Hektar	-	5,1 Prozent der Landesfläche
2 Pflanzenschutzgebiete	-	6 881 Hektar	-	1,0 Prozent der Landesfläche
2 Sonderschutzgebiete	-	486 Hektar	-	0,1 Prozent der Landesfläche

Insgesamt sind ein knappes Drittel der gesamten Landesfläche von 7.154 Quadratkilometern gesetzlich in irgendeiner Form geschützt.

"Mit dem neuen Gesetz", versichern Ökologen, "könnte man im Naturschutz alles machen, was notwendig ist." Nachsatz: "Wenn man will".

Freikaufen geht

Alle wollen aber nicht. Das liegt in der "Natur" der Sache. Und dann eröffnet das Gesetz Spielräume. Einmal das weite Feld der "wichtigen öffentlichen Interessen, welchen im Einzelfall gegenüber den Interessen des Naturschutzes der Vorrang gebührt". (§3, Abs. 3) Zum zweiten die Freikaufs- und Schachermöglichkeiten. Wenn in einer schutzwürdigen Landschaft zum Beispiel ein Steinbruch geplant ist, dann kann sich der Paragraph 3, Abs. 5 als hilfreich erweisen. Er sieht die Möglichkeit des Freikaufens vor. Wörtlich heisst es: "Kommt nach einer Interessensabwägung gemäss Abs. 3 zweiter Satz den Interessen des Naturschutzes nicht der Vorrang zu ... können dem Antragsteller durch Bescheid Massnahmen vorgeschrieben werden, um die durch den Eingriff zu erwartende Beeinträchtigung der Natur, insbesondere durch Schaffung von Ersatzlebensräumen auszugleichen. Ist dies nicht oder nur unzureichend möglich oder unzumutbar, ist dem Bewerber ein Geldbetrag vorzuschreiben, der annähernd den Kosten einer derartigen Ausgleichsleistung entspricht." Lesen Sie statt eines Sagers dazu, obige Juristenprosa vielleicht noch einmal. (1) Dieses und ähnliche Schlupflöcher erlauben, um nur ein kleines von vielen Beispielen zu nennen, etwa den Bau eines Wohnhauses im Landschaftsschutzgebiet in Plainfeld.

Wirklich gravierend ist die landespolitische Usance, dass bei "grossen Entscheidungen", bei Strassen, Kraftwerken, Golfplätzen oder Baulandausweisungen à la Brennhoflehen, vor den behördlichen Verfahren "politisch" entschieden wird. In der Folge muss sich die Flexibilität der jeweiligen Gesetze erweisen.

Ein Wort zur grössten Naturschutzleistung im Land. Der "Nationalpark Hohe Tauern" war von Anfang an ein Kompromiss. Und zwar zwischen den international strengen Ansprüchen an Nationalparks und tradierten Nutzungsansprüchen. Er war ein Kompromiss in der Grenzziehung, er ist einer in der täglichen Praxis. Strenge Ökologen können dies mit guten Argumenten kritisieren. Wahrscheinlich ist aber, dass es anders in einem dicht besiedelten und über Jahrtausende genutzten Gebiet in Mitteleuropa nicht geht. Die Formel "Akzeptanz in der eigenen Bevölkerung ist uns wichtiger als internationale Anerkennung nach den strengen IUCN-Kriterien" ist einleuchtend. Und wird deshalb auch überstrapaziert. Nicht jedes Taxiunternehmen, das die Tauerntäler befährt und schon gar nicht jeder Jäger sind "die Bevölkerung".

Klimaschutz oder die schweren Fälle bleiben liegen

Im Katastrophenschutz gibt es ein Phänomen. Die Helfer stürzen sich auf die leichteren Fälle. Die schweren, die dringend der entschlossenen Hilfe bedürften, bleiben unversorgt liegen.

Im Umweltschutz ist es ähnlich. Im Oktober1990 unterzeichnete das Land Salzburg als erstes österreichisches Bundesland feierlich das "Klimabündnis". Es enthält die Verpflichtung, die treibhausrelevanten Emissionen bis zum Jahr 2010 um fünfzig Prozent zu senken.

Das wird nicht gelingen. Es findet keine Reduktion statt.
Die leichteren Fälle wurden, zum Teil sogar vorbildlich, angegangen. Es gibt gute Anreize im Rahmen der Wohnbauförderung, energiesparend zu bauen. Die Förderungen für Solarenergie sind nicht schlecht. Mit beträchtlicher öffentlicher Förderung wurden Biomasse-Fernheizwerke errichtet, die bereits zehntausende Tonnen CO2-Emissionen eingespart haben.

Aber der wirklich schwere Patient, der Verkehr, bleibt unbehandelt liegen. An ihm, das wissen die Politiker, verbrennen sie sich die Finger. Selbst wenn sie sehr viel für ihn tun, ihn sehr schmerzhaft behandeln, wird sich sein Zustand noch lange nicht wesentlich bessern. Diese Aufgabe reizt nicht.

In Salzburg werden pro Jahr nach Berechnungen des Umweltbundesamtes auf Basis der Bundesländerenergiebilanz 1993 gut 2,6 Millionen Tonnen CO2 in die Atmosphäre geblasen. Pro Kopf und Jahr waren das 1993 durchschnittlich 5,49 Tonnen. Mit dreissig Prozent der gesamten CO2-Emissionen halten die "Fahrzeugmotoren" den mit Abstand grössten Einzelposten. Erst dann kommen die Posten "Raumheizung" (24 Prozent), Umwandlungsverbrauch (24 Prozent) und Prozesswärme (22 Prozent). Der Anteil des Autoverkehrs an den Gesamt-CO2-Emissionen ist zudem im Steigen. Im Klartext: Ohne entscheidende Veränderungen im Verkehr wird es keine Reduktion der CO2-Emissionen geben. Das ist schwer. Denn eine stärkere Lobby wie die rund um das Auto gibt es nicht.

Eine Watsch'n für die Landespolitik

Es gibt einen Mythos im Land. Eine Mischung aus Realitäten, Halbwahrheiten und Unsinn. Es geht um Wiederaufbau, Kaprun, Helden, sichere Versorgung, umweltfreundliche Wasserkraft (2), usw. Die Energieversorgungsunternehmen haben eine starke Position. In Symbiose mit der Bauwirtschaft sind sie eine Lobby mit der viel geht.

Trotz Einsparungspotentialen von fünfzig Prozent bei Strom (3) werden Milliardeninvestitionen nicht in eben diese Einsparungspotentiale, sondern in neue Kraftwerke getätigt. Einwände, Vorschläge wie etwa die Einführung des Least-Cost Planning Prinzips (4), konkrete Studien (5), Proteste und Gesprächsversuche ernteten ein müdes Lächeln. Die Landespolitik übte sich in geballter Ignoranz.

In den letzten Wochen haben sie eine ordentliche Watschn bekommen. Der Verbund selbst kündigte an, den Bau des vom Land durchgesetzten Salzachkraftwerkes Pfarrwerfen zu "verschieben". Es rentiere sich nicht, so die plötzliche Einsicht. Jetzt haben sie den Salat. Millionenverluste, Probleme in der Bauwirtschaft, und keine realisierten, wirtschaftlich interessanten Alternativen. Anstelle von berechenbarer, rationaler und vorausschauender Politik herrscht im Energiebereich bislang stiernackiger Lobbyismus.

Erdgasschiene versus Biomasse: Wer hat die stärkere Lobby?

Erdgas ist ein fossiler Energieträger. Durch Lecks in den Pipelines und bei der Verbrennung werden Treibhausgase frei. Biomasse ist ein CO2-neutraler Brennstoff. Was bei ihrer Verbrennung an CO2 entsteht, wird beim Nachwachsen der Biomasse von der Pflanze wieder verbraucht. (6). Biomasse ist im Holzland Salzburg ausreichend vorhanden. Erdgas muss importiert werden. Biomasse-Heizwerke sind eine intelligente, neue und zukunftsträchtige Technologie. Erdgas importieren und verfeuern kann jeder. Biomasse ist ein potentielles Geschäft für die Waldbauern. Erdgas ist ein Geschäft für die SAFE. Biomasse bedarf, solange fossile Energien so billig sind, der öffentlichen Förderung.

Soweit die Ausgangsposition. Die SAFE wollte 1991 die Genehmigung für eine Erdgasleitung in den waldreichen Pongau und Pinzgau. Logisch eine Konkurrenz für die Biomasse. Es kam auf die stärkere Lobby an. Das logische Ergebnis: Die SAFE bekam die Genehmigung. Als "Kompromiss" verpflichtete sie sich vertraglich, selbst vier Biomasse-Fernheizwerke zu bauen. (7) Bis jetzt steht davon eines. Zwei der vier vereinbarten Standorte haben nicht gehalten. Gebaut wird an Ersatzstandorten.

Diese Entscheidung der Landesregierung verursacht Emissionen von 44.564 Tonnen CO2 jährlich, die mit einer klaren Entscheidung zugunsten der Biomasse einzusparen gewesen wären. (8) Klimabündnis hin, Treibhaus her. Es kommt eben auf die Lobby an.

Eine handfeste Lobby für die Umwelt ist möglich

In Salzburg, einem alpinen, bewaldeten Fremdenverkehrsland mit einer noch bäuerlichen Landwirtschaft, könnte eine handfeste Lobby für die Umwelt weit über die ewig wackelige Minderheit ökologisch engagierter und bewusster Menschen hinausgehen.
Die Fremdenverkehrswirtschaft etwa strapaziert und gebraucht Natur. Letztlich aber muss sie, bei Strafe des Untergangs, an landschaftlicher Schönheit und intakten ökologischen Systemen ein Interesse haben. Womit sonst soll Urlaub in den Alpen erfolgreich vermarktet werden. Auch für den globalen Klimaschutz müssten Salzburgs Touristiker an vorderster Front stehen. In den letzten fünfzig Jahren ist im Fünfjahresmittelwert die Temperatur in Salzburg um 0,3 Grad angestiegen. Die Menschen merken das nicht. "Aber", so der Meteorologe Michael Staudinger, "der Schnee schon. Die Tage mit Schneebedeckung in mittleren Höhenlagen sind parallel dazu erkennbar zurückgegangen." Handfeste Interessen genug.

Die alpinen Ökosysteme sind nicht nur besonders sensibel. Sie haben auch enorm viel zu tun. Die Wassermengen eines einzigen Starkregens im Gebirge zu speichern, ist eine Aufgabe, die technisch nicht zu finanzieren wäre. Den Humus und den Boden im Gebirge zu halten ebenso. Die enormen Summen, die für Wasser- und Lawinenschutz in Salzburg ausgegeben werden müssen, und die dramatisch steigenden Mittel für Katastrophenopfer sind peanuts in Relation zu dem, was passieren würde, wenn die alpinen Ökosysteme nicht mehr halten. Auch das wäre ein handfester Grund für eine tatsächliche Umweltpolitik und ein aktives nationales und internationales Lobbying des Landes Salzburg für Klimaschutz und Ökologische Steuerreformen.

Salzburgs Bauern können, wollen sie als bäuerliche Landwirtschaft überleben, nur mit einer radikalen Umweltstrategie bestehen. Womit sonst könnten sie für ihre Produkte eine Marktlücke finden? Wie sonst können sie ihren Platz als Energieversorger wieder zurückgewinnen.

Gemeinsam mit Teilen des Baugewerbes, des Anlagenbaus, des Handwerks, usw. könnte sich hier eine ordentliche Lobby zusammenbrauen. Eine Lobby, bei der es um Handfestes geht, um das wirtschaftliche Wohlergehen und um Arbeitsplätze. Und "nebenbei" um Umweltschutz.
Schwer vorstellbar, aber nicht unmöglich.

Bausteine für einen Masterplan

Das **Prinzip der Verantwortlichkeit** für politisches Handeln oder Unterlassen muss in die Landes- und Stadtpolitik Einzug halten. Dafür müssen die **Proporzregierungen abgeschafft werden**. Freie Wahl einer Landes- bzw. Stadtregierung nach freier Mehrheitsbildung im Landtag oder Gemeinderat! So kann die Lähmung und Schwerfälligkeit des gesamten politischen Systems überwunden werden. Reformen in der Umwelt- und Klimapolitik, wie in allen anderen Politikbereichen, werden möglich. Erst solche Regierungen können für das, was sie tun oder unterlassen vom Wähler zur Verantwortung gezogen werden. Erst solche Konstellationen ermöglichen Regierungsarbeit auf Grund konkreter Programme und starke Oppositionsfraktionen im Landtag bzw. Gemeinderat.

Das **grosse Potential an ökologischem Engagement, Verantwortungsgefühl und Fachwissen** bei initiativen Bürgern, unabhängigen Fachleuten und Bürgerinitiativen soll endlich für die Politik, auch für die Umweltpolitik, nutzbar gemacht werden. Die ungebrochene Beherrschung sämtlicher relevanter gesellschaftlicher (Entscheidungs-)Ebenen auf der Personalebene durch die Grossparteien, Kammern und Verbände ist nicht nur ein demokratiepolitischer Skandal. Es ist dies auch eine Verschleuderung von Humankapital. Vertreter von Bürgerinitiativen in Aufsichtsräte! Unabhängige Fachleute in Entscheidungspositionen! Transparente bürgerfreundliche Informationspolitik! Offene “Runde Tische” vor Grundsatzentscheidungen. Mehr Mitwirkungsmöglichkeiten für aktive Bürger und Bürgerinitiativen.

In allen wichtigen Umweltbereichen mit Landeskompetenz sollten **verbindliche Zielvorgaben mit Massnahmenpaketen, Zeithorizonten und Finanzierungsplänen** erarbeitet werden. Und zwar unter Einbindung der Bürger. Diese können den Bürgern dann auch zur Abstimmung vorgelegt werden. Das unkoordinierte Herumspringen von einer Massnahme zur nächsten und wieder zurück verschwendet Zeit, Geld und Vertrauen der Bürger. Politik im Sinne von aktivem Gestalten der Wirklichkeit muss wieder erkennbar werden!

Der **Verkehr als schwierigster Brocken** der Umweltpolitik braucht eine besonders **eindeutige Festlegung auf den Umweltverbund aus Bus, Bahn und Rad**. Das politisch verlockende “alles ein bisschen fördern” führt geradewegs in den finanziellen und Verkehrskollaps.
So schaut die Politik aber aus. Man tut etwas für neue Buskorridore und engagiert sich löblich für den Verkehrsverbund. Gleichzeitig setzt man mit Milliardenausgaben für den Strassenbau auf zunehmenden Autoverkehr. Nach vier teuren und mühsamen Schritten - nach vor, zurück, links und rechts - steht man wieder am Ausgangspunkt ungelöster Verkehrsprobleme.

Insbesondere **in der Stadt** ist eine Grundsatzentscheidung, wie der öffentliche Verkehr attraktiver gemacht werden soll, überfällig. Die sechshundert Millionen Schilling etwa, die für die Neugestaltung des Bahnhofsvorplatzes und Tieferlegung des Lokalbahnhofs ausgegeben werden, sind zum grössten Teil sinnlos hinausgeschmissenes Geld, wenn die tiefergelegte Lokalbahn nicht irgendwann unterirdisch verlängert wird. Eine solche Grundsatz-Entscheidung, die dann auch politisch ausser Streit gestellt wird, ist aber noch immer nicht gefallen.

In der **Energiepolitik** ist die eindeutige Festschreibung des Umstiegs auf Energiesparen und erneuerbare Energien notwendig und praktisch umsetzbar. Sonne, Biomasse, Wind, Biogas und die Realisierung der Einsparungspotentiale können mehr als bisher forciert werden. Neue milliardenteure Wasserkraftwerke und der forcierte Import fossiler Energien (Erdgas) binden wertvolles Investitionspotential und stehen diesem Ziel im Weg. Mit der Misch-Masch-Politik, bestehend aus guten Förderungen und positiven Ansätzen einerseits und einer antiquierten Lobby-Politik andererseits, kommt die Energiewende nicht vom Fleck.

Es ist Aufgabe der Politik, das Fachwissen und die enormen Potentiale der Energieversorgungsunternehmen für eine eindeutige Umwelt- und Zukunftsausrichtung der Energiepolitik nutzbar zu machen. Nicht die EVUs sollen energiepolitische Ziele an Stelle der Politik vorgeben.

Umwelt- und Energiepolitik auf lokaler und Landesebene ist letztlich nur mit dem **Rückenwind** einer stärkeren Besteuerung von Energie- und Ressourcenverbrauch erfolgreich. Lokal- und Landespolitiker, die die Umwelt im Munde führen, sind letztlich daher auch daran zu messen, wie sie sich im Rahmen ihrer Parteien für eine **Ökologische Steuerreform** auf Bundesebene stark machen.

Die Forderung nach einer Änderung der Haltung ist meistens eine Flucht ins Unverbindliche. Aber für den Menschen ist es tatsächlich eine beachtliche Kulturleistung, die Natur weniger zu gebrauchen, als er es eigentlich könnte.
Sechs Milliarden Menschen, die ein riesiges Zerstörungspotential in Händen halten, müssen sich aber auf diese Haltungsänderung verständigen. Anfangen kann man damit überall.

Fussnoten

*Dr. Heinrich Breidenbach ist freier Journalist in Salzburg. Der Beitrag ist im August 1995 entstanden.

1: Vgl.: Roland Floimair (Hrsg.): Schriftenreihe des Landespressebüros, Nr. 109: Salzburger Naturschutzgesetz 1993 mit einem Kommentar von Dr. Erik Loos, Salzburg 1993.

2: Vgl.: Forum Österreichischer Wissenschaftler für Umweltschutz: "Das Ende des Mythos - Daten und Fakten zur ´sauberen´ Wasserkraft", Faltblatt, Wien. Ohne Jahresangabe.

3: Vgl.: Bundesministerium für Umwelt, Jugend und Familie: "Energiesparpotentiale für Österreich", insbesondere den Abschnitt über "Stromsparpotentiale", Wien 1990.

4: Vgl.: Franz Kok: "Least-Cost-Planning in Salzburg?" In: "Greenpeace Spezial: Klima. Wege zur klimaverträglichen Landespolitik in Salzburg." Hrsg.: Greenpeace Österreich, Kontaktgruppe Salzburg, Salzburg 1994.

5: Vgl.: Univ. Doz. Dr. Hansjürg Humer, Dr. Franz Kok: "Plausibilitätsüberlegungen zum Kraftwerksbau an der Salzach", Studie im Auftrag der "Grünen Bildungswerkstatt Salzburg", Innsbruck-Salzburg 1991.

6. Vgl.: Waltraud Winkler-Riedler (ÖAR Regionalberatung Ges. m. b. H.): "Biomasse und Klima", Studie im Auftrag des WWF-Österreich, Wien 1993.

7: Vgl.: Franz Spitzauer: "Biomasse gegen Erdgas: Wo bleibt die Energiewende?" In: Herbert Dachs, Roland Floimair (Hrsg.): "Salzburger Jahrbuch für Politik -1993", Residenz Verlag, Salzburg 1993.

8: Vgl.: Volkmar Lauber: "Biomasse, Erdgas und Klimaschutz im Land Salzburg". In: "Greenpeace Spezial: Klima. Wege zur klimaverträglichen Landespolitik in Salzburg." Hrsg: Greenpeace Österreich, Kontaktgruppe Salzburg, 1994.

Oktober

Universitas, quo vadis? – oder: Universitätsreformen zwischen monokratischem Aktionismus von oben und partizipativen Veränderungsprozessen von unten

Von Wolfgang Pichler*

1. Die Krankheit der Universität der letzten Jahre: Reformitis

Regierungen und Konzernvorstände neigen notorisch dazu, ihren historischen Wert durch umfassende Reformprojekte zu dokumentieren. Alles neu und anders zu machen, Reformen „an Haupt und Gliedern“ sollen beweisen, wie unvollkommen die Welt bisher war und wie gut sie ab nun – mit der neuen Führungsriege - sein wird:

Der infantile narzisstische Wunsch nach Unsterblichkeit macht es offenbar schwer erträglich, gewachsene Strukturen, Organisationen und Spielregeln lediglich zu adaptieren und fortzuschreiben: In den letzten Jahren scheinen die narzisstischen Bedürfnisse nach Reformierung aller Lebensbereiche zugenommen zu haben – oder anders gesagt: Wie kränkend wäre es, Institutionen der Vorgängerregierung oder des früheren Managements weiter zu entwickeln – in Anerkennung der Leistungen früherer Machthaber?

In früheren Zeiten wurde der narzisstische Neuerungswahn (eigentlich ein Zerstörungswahn) zum Beispiel durch den Abriss der Paläste der alten Herrscher befriedigt, heutzutage scheinen „Reformen“ in der Politik bzw. „Innovationen“ in Unternehmen diese Funktion zu erfüllen.

Die Qualität von Regierungen wird denn auch daran gemessen: Was hat die Regierung an Reformen zustande gebracht, was ist „weitergegangen“ ? Dem Wachstumsfetischismus der Wirtschaft entspricht der Reformfetischismus der Politik: In beiden Bereichen ist die kollektive Wahnvorstellung des „Fortschritts“ durch Veränderungsaktivismus per se wirkmächtig. Neues ist gleich Fortschritt, Bestehendes ist gleich Rückschritt und Stagnation.

Die Reformdebatte um die Universität reiht sich passend in obiges Interpretationsmuster ein:

- Es mangelt an diagnostischen Erhebungen und Vorüberlegungen: Was sind die Probleme? Mit welchen Schwierigkeiten sind die Universitäten auf gesellschaftlicher Ebene (Funktionswandel ?),auf fiskalischer Ebene (Budgetierungsengpässe), auf politisch-bürokratischer Ebene, auf innerorganisatorischer Ebene konfrontiert? Also: Worin besteht überhaupt der Reformbedarf?

- Es mangelt an klar definierten Zielen der Reform und analytischen Antworten auf die Frage, inwiefern die neuen Bestimmungen die Zielerreichung erleichtern.
- Es mangelt an einer breit angelegten Reformdebatte im Vorfeld, an der alle betroffenen Gruppierungen der Universität – und der Gesellschaft - teilnehmen.

Vorschnell und im Sinne einer Übersprungshandlung wurde die „Überdemokratisierung" als Hauptursache der universitären Krankheit ausgemacht – und entsprechend wurde die innere Struktur der partizipativen Elemente weitgehend entledigt. An dieser Stelle sei keineswegs übersehen, wie wenig es vielfach den universitätsinternen Organen gelang, ein Klima der Transparenz, der intellektuellen Offenheit und Redlichkeit zu kultivieren und Entscheidungsprozesse zu transparenten, partizipativen Verfahren zu machen. Allzu oft bestimmten scheindemokratische Diskussionen längst vorentschiedener Agenden das Sitzungsgeschehen, entgleisten Entscheidungsvorgänge zu unwürdigen und zeitraubenden Ritualen einer formaldemokratischen Symbolik, etablierte sich ein Klüngelwesen, das viele engagierte Angehörige der Universität in die vorzeitige innere Verabschiedung trieben. Die steigende Attraktivität der Frühpensionierungen stellt ebenfalls einen verlässlichen Indikator für eine demotivierendes Organisationsklima dar – niemals im Fokus der Verantwortung der politischen und bürokratischen Akteure!

Klüngelwesen, Cliquenbildungen, Seilschaften zur gegenseitigen Förderung persönlicher Interessen – vornehmlich Karriereziele der eigenen Klientel oder der eigenen Person - sind schon lange Attribute universitärer Unkultur und antiintellektueller Kleingärtnerei..

Die entscheidende Frage lautet: Wurde die richtige Krankheit bekämpft oder nur ein falsches Symptom? Sollte überhaupt ernst gemacht werden mit der Qualitätsverbesserung der Universitäten, oder ist die Reform-Manie der letzten Jahre der schlichten politischen „Umfärbung" des Universitätsbetriebs geschuldet?

Die Reformen der letzten Jahre führten jedenfalls bislang keineswegs zur Verbesserung im Bereich der genannten Demotivationsfaktoren, es ist im Gegenteil zu vermuten, dass sich bei reduzierter formaldemokratischer Struktur obige gruppendynamische Muster der Inklusion „Eingeweihter" und Exklusion der Mehrheit wesentlich ungestörter durchsetzen als in der „Gremien-Universität", fällt doch nun auch jeglicher formale Legitimationsdruck weg: Die Intransparenz universitärer Entscheidungsprozesse ist durch die Reformen wesentlich gestiegen und wird als Ausdruck gestiegener „Effizienz" gerechtfertigt.

In der universitären Reform-Rhetorik erscheinen die Verhältnisse so:

Eine heillos überbürokratisierte, „ineffiziente", in den eigenen Intrigen und Machtkämpfen verstrickte Universität, mehrheitlich bevölkert von einem überalterten, mäßig produktiven und politisch verdächtigen „Mittelbau" soll auf dem Weg gesetzlicher Organisationsreformen in eine schlanke, entscheidungsfähige, rasch reagierende und straff geleitete Universität„verwandelt" werden, die von führungskompetenten Managern an die Weltspitze geführt wird.

Produktivität und Kreativität des Personals sollen vornehmlich über Instrumente der Kontrolle (Evaluierungsrituale, Zielvereinbarungen, Management by Objectives u. dgl.) durchgesetzt werden. Die Herstellung geeigneter Arbeitsbedingungen für kreative Wissensarbeiter, die Entwicklung gemeinsamer Perspektiven, die Erzeugung einer Begeisterung für die „Universität neu" und neue Angebote der Identifikation wird sehr viel weniger als Führungsaufgabe des universitären Managements gesehen und artikuliert.

Das universitäre Personal selbst – das wissenschaftliche, vor allem aber auch das nicht-wissenschaftliche, das wie immer die Hauptlast der Umsetzung von Reformen zu tragen hat - wurde an den Schritten dieser Organisationsreform – entgegen allen Bedingungen erfolgreicher Organisationsentwicklung - nur ungenügend, ungleich oder zu spät beteiligt. Relevantes Wissen und wichtige Erfahrungen des „Humankapitals" der Universität blieb durch Kommunikationsstil, Zeitvorgaben und selektive Informationsmechanismen ungenutzt.

Dieser Befund korrespondiert mit den zunehmenden Anstrengungen, die Universität für politökonomische Interessen zu instrumentalisieren: Die im politischen Diskurs zynisch als „Hohe Wissenschaft" artikulierte Universität soll als Argumentations- und Legitimationsvehikel für Wirtschaft und Politik nunmehr offen instrumentalisiert werden. Solche Versuche hat es wohl immer gegeben, die Schamlosigkeit, in der nunmehr die politökonomischen Verwertungsinteressen mit Budgetausstattung, Drittmittelzuwendungen und Interventionen der Universitätsräte etc. verknüpft werden, repräsentiert immerhin eine neue Qualität der Vereinnahmung der „freien" Wissenschaft.

Auffällig ist in diesem Zusammenhang die sinkende Achtung und Wertschätzung, die in öffentlichen Debatten Vertretern der Universität seitens der Öffentlichkeit, vor allem aber der Politik und einzelnen Vertretern der Wirtschaft – als Ausdruck noch unbefriedigender Funktionalität? - entgegengebracht wird.

Organisationen sind – zumal in der Wissensgesellschaft - zu verstehen als Beziehungsgeflecht von Personen. Die Organisationskultur – der Interaktionsstil, die Wertstandards, die Qualitätsmaßstäbe, Kommunikationscodes etc. werden bestimmt von den Aufgaben und Ziele und nicht zuletzt von kulturellen und sozialen Traditionen.

Organisationsveränderungen bedürfen einer prozessorientierten Sichtweise: Veränderungen sind nicht vom Ergebnis her zu denken, sondern sind das Resultat von Prozessen in der Organisation und der Interaktion zwischen Organisation und Gesellschaft:

Zielvorgaben „Top down" sind im besten Fall als Impulse für Prozesse zu begreifen, ihre Adaptierung und Implementierung ist aber auf die Beteiligung der Betroffenen angewiesen, soll eine nachhaltige Veränderung bewirkt werden: Über das Verfahren der Partizipation der Beteiligten am Veränderungsprozess wird das Erfahrungswissen der Betroffenen genutzt (bekanntlich das Kernproblem der Wissensgesellschaft schlechthin!) und ihre intrinsische Motivation gestärkt.

Die evolutorische Weiterentwicklung gewachsener Strukturen und Organisationen (im Sinne eines „peacemeal engineering") setzt nicht nur das Verständnis für komplexe, sich selbst organisierende Systeme voraus, sondern auch die Fähigkeit zur Wertschätzung und Empathie den Betroffenen gegenüber.

Identifikation mit den Zielen der Universität, Engagement in der Wissensvermittlung, Begeisterung für Forschungsfragen, Kreativität und Produktivität können nicht angeordnet, sondern nur in einem Klima der Transparenz, des Vertrauens und der Dienstleistungsgesinnung eines sozial kompetenten Managements ermöglicht werden.

Diese Sichtweise repräsentiert den State-of-the-Art der Organisationstheorie, wie sie in der Organisationspsychologie und Organisationsberatung vertreten und praktiziert wird: Die Universität als Ort des lebendigen, kreativen Austausches unter Nutzung der Synergieeffekte des versammelten Fachwissens bedarf einer intakten Kommunikationskultur, hoher Sozialkompetenz des Führungspersonals und transparenter, nachvollziehbarer Entscheidungsprozesse.

Dies hat klar erkennbare Konsequenzen für Organisationsstrukturen und Führungsmodelle:

Hierarchische Organisationsstrukturen, reglementierende Vorgaben, die der politischen und bürokratischen Eigenlogik von politischen und ministeriellen Akteuren entsprechen, haben ihren – gewissermaßen schleichend und unmerklich, nichts desto weniger aber nachhaltigen - Effekt in sinkendem Engagement, sinkender Motivation und Begeisterung des wissenschaftlichen und nichtwissenschaftlichen Personals. Ebenso sind massive Defizite im Führungsverhalten des Universitätsmanagements nicht sofort, wohl aber nachhaltig ablesbar an qualitativen Kategorien wie Arbeitsklima, Kooperationsbereitschaft, wissenschaftliche Produktivität (in einem qualitativen Sinn!).

Wo die Transparenz der Entscheidungen fehlt, immer noch in kleinen informellen Zirkeln „gemauschelt" wird, wo es an offener, vollständiger Kommunikation fehlt, in Sitzungen „doppelbödig" argumentiert wird, wo nach wie vor „Anordnungs" - Diskurse mit dialogischem Umgang verwechselt werden, „rächen" sich viele Mitarbeiter unbewusst oder vorbewusst mit innerer Abwendung oder Kündigung, Dienst nach Vorschrift oder der Hinwendung zu Aufgabenfeldern außerhalb der Universität, die ein deutlicheres Echo auf Engagement und Kreativität versprechen. Naturgemäß existieren keine Statistiken, die diese Verschwendung an Humankapital durch ineffektive Organisationsstrukturen und sozial inkompetente Führung ausweisen könnte. Diesbezügliche Vermutungen sind den Angehörigen von Institutionen (wie z.B. Universitäten) selbst überlassen.

Aus diesen Überlegungen folgert, dass die „alte" Universität nicht an einem „zu viel" an Kommunikation krankte, sondern an einem zu wenig an offener, redlicher, und echter Kommunikation: Die universitäre „Gremien-Demokratie" ist nicht an der Vielzahl gremialer Sitzungen gescheitert, sondern an einem zu wenig an substanzieller Entscheidungsmacht der Gremien: Der Ernst-Charakter der formalen Gremien wurde durch den stets mitlaufenden, nur von „Eingeweihten" decodierbare „Subtexte" systematisch unterminiert, Bereitschaft zu Engagement und Beteiligung systematisch sabotiert!

Scheindebatten, Klüngelwesen, informelle Entscheidungswege, intransparente „Gegengeschäfte" gehören heute aber allem Anschein nach immer noch zum universitären Alltag und stellen nach wie vor wesentliche Faktoren der Demotivation dar. Mit der Beseitigung der Gremien-Universität wurde also das falsche Symptom bekämpft, an der Krankheit der Universität änderte sich nichts. Ein kleiner Fortschritt doch: Der Bedarf an zeitraubenden Inszenierungen demokratischer Symbolik ist deutlich gesunken!

Reformbestrebungen haben sich, so es tatsächlich um die Universität als Ort der Wissens-Schaffung geht, an der Fortschreibung bzw. Modifizierung der bestmögliche Bedingungen für freie, kritische Wissensproduktion und –vermittlung orientieren müssen. Überlegungen zum „Wissensmanagement" weisen allesamt darauf hin: Wissensproduktion und –weitergabe in Organisationen können nicht verordnet, sondern nur ermöglicht werden.

Intrinsische Motivatoren sind im Bereich von Wissensproduktion von ungleich größerer Bedeutung als extrinsische Motivatoren wie Einkommen, Anordnung oder Kontrolle: Begeisterung, Engagement, Ideenreichtum lassen sich nun einmal nicht verordnen!

Die vielbeschworene transdisziplinäre und interdisziplinäre Forschung (und Lehre!) kann sich nur in einem Klima des gegenseitigen Vertrauens und der Reziprozität entfalten. Die Kooperationsbereitschaft von Wissensproduzenten ist wesentlich abhängig von der Variable „Vertrauen", setzt also eine Vertrauenskultur voraus.

Nur: Hätte es dazu der Reform-Manie der letzten Jahre gebraucht? Handelt es sich hier nicht primär um Fragen der inneren Organisation und einer entsprechenden Universitätsführung?

In vielen öffentlichen Organisationen und Institutionen fanden in den letzten Jahren sog. „Reformen" statt, die insgesamt – so eine vielfach geäußerte Vermutung – die intrinsische Motivation der Mitarbeiter wenn nicht gänzlich vernichtet, so doch stark reduziert haben. Die Demotivierungseffekte sind dabei vermutlich nicht einmal primär den Inhalten der Reformen gedankt, sondern dem „Wie" der Reformen. Ein ähnlicher Befund lässt sich aber unschwer für „Reformen" auf unternehmerischer Ebene (Fusionen, Mergers etc.)abgeben.

Übereinstimmend zeigt sich folgendes Erscheinungsbild:

- Die Mitarbeiter werden weder klar und rechtzeitig über die Beweggründe der Reformen informiert,
- eine ausreichende Partizipation der Mitarbeiter findet nicht statt.
- die fachlichen Kenntnisse, Erfahrungen und Sichtweisen der Mitarbeiter werden kaum in den Diskussionsprozess integriert,
- Sachargumente von Betroffenen werden häufig als Standesinteressen diskreditiert und diffamiert,
- der zeitliche Rahmen wird so gewählt, dass ausführliche Diskussionen weder in der Entscheidungs- noch in der Umsetzungsphase möglich sind („speed kills" als Methode der „Bearbeitung" von Innovationswiderständen)

Dieser Befund trifft für die universitäre Reformdebatte in besonderer Weise zu: Die Universität ist als Ort der Wissensproduktion und Forschung wie keine andere Organisation auf die Beachtung intrinsischer Motivatoren angewiesen. Für die Wissensorganisation der Zukunft gilt mehr denn je:

Die Produktion von neuem Wissen, die kreative Suche nach neuen Rätseln und Lösungen, der lebendige Kontakt zwischen Wissensproduzenten kann nicht bürokratisch erzwungen, angeordnet oder kontrolliert werden, sondern kann nur durch eine Kultur des Vertrauens, der Wertschätzung und der Transparenz ermöglicht werden. Führung gerade von Universitäten heißt daher zuallererst: Herstellung bestmöglicher Bedingungen für lebendige Prozesse der Wissensproduktion durch Transparenz, Partizipation und nicht-herrschaftliche Diskurse.

Die Fokussierung universitärer Führung auf bürokratische Interventionen wie „Evaluierungen", „Zielvereinbarungen" und dgl. mögen dem Kontrollbedürfnis bürokratischer Apparate genügen, verfehlen aber sehr wahrscheinlich das intendierte Ziel einer Qualitätsverbesserung.

Das Universitätsmanagement sollte die Optimierung von Arbeits- und Produktionsbedingungen im Sinne der „Ermöglichung" von Prozessen als seine Hauptaufgabe verstehen:

Solange der mentale Wandel von Vorstellungen der „Hohen Schulen" als einer obrigkeitsstaatlichen, bürokratisch zu leitenden Institution hin zur Vorstellungen moderner Dienstleistungsorganisation mit flachen Hierarchien, mit einem angemessen dialogischen Führungsstil, sozialer und kommunikativer Kompetenz des Führungspersonals nicht vollzogen wird, werden Universitätsreformen wenig bewirken:

Alter Wein in neuen Schläuchen, d.h. die alten „Spiele" in der Verpackung neuer Organisationseinheiten , neuer Sprachmoden und neuer Marketingstrategien mögen illusionäre Neuerungsbedürfnisse befriedigen, zur substantiellen Verbesserung der Universität trägt dies kaum bei.

2. Die scheinbar unaufhaltsame Ökonomisierung der Universität

Eine besondere Dimension erhält die Diagnose und Analyse der Universitäts-Reformitis durch die unverkennbare Zunahme ökonomischen Einflusses auf die Universitäten, ablesbar an zahlreichen Symptomen:

- Einführung von Studiengebühren (ohne dass deren Ertrag den Universitäten tatsächlich zur Verfügung steht)
- Drittmittelfinanzierungen schüren nicht mehr Neidkomplexe (wie in früheren Zeiten), sondern werden geradezu in die öffentliche Budgetierung einkalkuliert und von den Mitarbeitern erwartet.
- In Universitätsräten etc. ist der Einfluss wirtschaftsnahen Interessenträger an der Besetzung der Gremien unübersehbar

- In der „Universitätsautonomie“ selbst sind Schritte der Ökonomisierung (interne Strukturen/Management) zu erkennen – als Vorbereitung auf eine noch stärkere „Ökonomisierung“ und Privatisierung der Universitäten.
- Diese Tendenzen sind auch unter dem Aspekt des GATS (Allgemeines Abkommen zum internationalen Handel mit Dienstleistungen) zu sehen: Die Liberalisierungsschritte der WTO sollen bekanntlich allmählich alle nicht-hoheitlichen Dienstleistungen, also auch das Universitätswesen, gänzlich erfassen.

Die Folgen für die Universität im Humboldtschen Sinn sind weitreichend:
Kritische Diskurse zur Erkenntnisgewinnung, Prozesse des absichtslosen Erforschens und Bearbeitens von „Rätseln“ der Natur und Kultur, Diskurse der Kritik an Gesellschaft und Wirtschaft werden zunehmend ersetzt durch ökonomische Interessen der Wissensproduktion (siehe Drittmittelfinanzierung!), der Wissensverwertung (Expertisen, Auftragswissenschaft) und der Wissensweitergabe:

Die universitäre Lehre tendiert zur möglichst „effizienten“, d.h. theorielosen, praxisorientierten Berufsausbildung in knapper Zeit und sieht sich in Konkurrenz mit Fachhochschulen u.ä.

Ansprüche an die Universität, nicht nur Wissen zu vermitteln, sondern „Denken“ zu lehren, werden obsolet, der „Bildungsbegriff“ verkommt, die Universität verliert ihren Anspruch einer Kulturleistung mit relativer Eigenständigkeit: Die instrumentelle Vernunft, Kosten-Nutzen-Kalküle beherrschen universitäre Diskurse, nicht mehr Fragen der perspektivischen Vernunft (Was sollen wir wollen? Wie sollen wir leben?). Die Universität als kritischer Ort der Gesellschaft geht durch ihre Instrumentalisierung für gesellschaftliche Interessen endgültig verloren.

Kreative Querdenker, Systemkritiker, Freigeister, etc. werden zunehmend ersetzt durch „Systemopportunisten“, die anpassungsfähig und wendig die Zeichen der Zeit erkennen und sich die neuen Spielregeln und Karrierekriterien geschmeidig zu eigen machen.

Sog. Orchideenfächer werden budgetär ausgehungert. Was jeweils ein „Orchideenfach“ ist, unterliegt allerdings dem Zeitgeist, Irrtumsmöglichkeiten eingeschlossen, siehe Islamwissenschaften.

Die Kreativitätsforschung beweist (und die Forschungsorganisation in Großkonzernen nimmt dies ernst – im Unterschied zur „Wissenschaftszentrale“ Universität), dass sich Kreativität, Erfindungen, Erfindungen, neue Ideen nur in einem Klima des „freien Denkens“ entfalten können. Zweckrationale, an Wirtschaftsinteressen orientierte Forschung bleibt dagegen stets der Kosten-Nutzen-Kalkulation und der ökonomischen Wissensverwertung verpflichtet. Die kulturellen „Kosten“ der Ökonomisierung der europäischen Universitäten sind noch nicht absehbar, ein fundamentaler Wandel in Selbstverständnis, gesellschaftlicher Funktion und Stellung der Universität steht jedenfalls bevor.

3. Einige Überlegungen zur “not-wendigen” Umorientierung der Universität

3.1 Die universitäre Autonomie als Entwicklungschance

Die erworbene universitäre Autonomie sollte für die Entwicklung eines eigenständigen und innovativen Profils in der globalen universitären Landschaft genutzt werden:

Die Orientierung an amerikanischen oder anderen „Benchmarks“ oder Evaluierungskriterien (z.B. Publikationen in US-Zeitschriften!) führt eben gerade nicht zu eigenständigen, kreativen Wegen, sondern nur zur Imitation von Organisationsformen, Zielen und Konzepten, die in einer anderen Kultur, einem anderen historischen und gesellschaftlichen Kontext erfolgreich waren und sind.

Schwerpunktbildungen sind sinnvoll und notwendig, wieder ist aber sicherzustellen, dass am Diskussions- und Entwicklungsprozess möglichst alle Angehörige der Universität beteiligt werden. Die Einbeziehung aller Mitarbeiter in einen lebendigen, kreativen Diskussionsprozess stellt allerdings hohe Anforderungen an die Universitätsleitung:

- Sie muss zunächst den Bedarf an Schwerpunktsetzungen erklären,
- sie muss den Bedarf an Strukturreformen (z.B. Bildung von Fachbereichen) erklären und die Betroffenen diskursiv einbeziehen,
- sie muss dafür sorgen, dass – durchaus legitime – Interessen von Organisationseinheiten enttabuisiert und offen diskutiert werden können,
- sie muss für die künftigen Perspektiven und Entwicklungswege der Universität Begeisterung erzeugen und „Visionen“ anbieten, an denen die Mitarbeiter mit ihren Vorstellungen und Ideen „andocken“ können,
- sie muss ein Gesprächsklima ermöglichen, in dem sich kreative Ideen entfalten können (die soziale Kompetenz der Führungskräfte ist hierfür besonders entscheidend),
- sie muss einen Diskussions- und Entscheidungsprozess mit offenem Ausgang sicherstellen: Scheindebatten über anderenorts bereits vorentschiedene Agenden sind der sicherste Weg in die innere Teilnahmslosigkeit.
- die Implementierung getroffener Weichenstellungen ist ebenfalls als Prozess zu begreifen, der sozial kompetentes Führungsverhalten beansprucht.

Die Debatte um die Schwerpunktsetzungen, die Fachbereichsgliederung oder die Implementierung neuer (Bacchalaureats-)Studien an der Universität Salzburg entsprach nur in einigen Punkten diesen Optimalbedingungen

3.2. Soziale Kompetenzen entwickeln: Bei sich selbst und bei anderen

Die bestmögliche Nutzung der Humanressourcen der Universität, also des Potenzials an Fähigkeiten, Wissen und Erfahrungen, setzt vor allem ein sozial kompetentes Managements voraus:

Organisationen sind nicht nur rationale Gebilde der Zusammenarbeit zur Senkung von Informations- und Transaktionskosten (Perspektive der rationalistischen Organisationstheorie), sondern sie haben für alle Mitarbeiter basale psychische Funktion: Als „soziale Haut" dienen Organisationen dem Bedürfnis nach Sicherheit, Orientierung, Lebensperspektive, Identifizierung und Sinn.. In Organisationen mit einem erheblichen Maß an Klüngelwirtschaft, Intransparenz, Informationsdefiziten, strukturellen Unklarheiten und Kommunikationsdefiziten werden die Bedürfnisse nach Orientierung und Sicherheit immer weniger erfüllt, Misstrauen, paranoide Phantasien, Intrigen, Mobbing, innere Kündigung, Krankheitsfälle, psychosomatische Beschwerden etc. werden zunehmen und einen erheblichen Teil des produktiven Potenzials binden.

Kultur und Atmosphäre der Organisation hängen sehr stark vom Führungsverhalten und der Führungskompetenz der Leitungsorgane ab: Die Fähigkeit zum Gespräch, zur Wertschätzung der Mitarbeiter, zum Zuhören, zur klaren Rede, die Fähigkeit, Konflikte klar und direkt auszutragen, die Fähigkeit, sich mehr als „Ermöglicher" zu sehen denn als Obrigkeit (nach dem Motto: Die Mitarbeiter sind die Kunden der Vorgesetzten!)

Im Leben kommt alles zurück: Die Obrigkeit erzeugt Untertanen, der sozial kompetente Umgangsstil (so er gelebt wird und nicht einer simplen Kommunikationstechnik entspricht!) erzeugt interessierte Mitarbeiter.

Diese Sichtweise setzt voraus, die Universität (noch weniger als andere Organisationen) nicht als „triviale Maschine" zu begreifen, deren Output über Anordnungs- und Kontrollmodi der Kommunikation sicherzustellen ist.

Demgegenüber ist insbesondere die Universität als „nicht-triviale" oder „komplexe" Maschine (oder „Organismus") mit dem Fokus auf Prozessorientierung zu begreifen. Komplexe Systeme sind nicht technokratisch im Sinne trivialer Maschinen zu steuern, sondern die Führungsaufgabe besteht darin, Prozesse der Selbstorganisation zu initiieren und zu begleiten. Versuche der Steuerung über Macht und Kontrolle stellen nicht die angestrebten Ziele und Ergebnisse sicher, sondern lösen ihrerseits neue, nicht intendierte Prozesse der Selbstorganisation aus. Führung besteht daher zunehmend weniger in Anordnung, Macht und Kontrolle, sondern in der Herstellung von Bedingungen für produktive Prozesse durch Interventionen wie „gewaltfreie" Gespräche, wertschätzendes Zuhören, Coaching und Prozessmoderation

3.3 Freiheit von Forschung und Lehre sicherstellen

Trotz zunehmender „Ökonomisierung" der Universität ist das Verfassungsrecht auf Freiheit der Forschung und Lehre sicherzustellen: Nur so kann die Universität als Ort der Wissensproduktion und des wissenschaftlichen Diskurses weiter bestehen, Die Entfaltung der Heterogenität an Theorien, Lehrmeinungen und methodischen Ansätzen der Forschung bedarf einer Atmosphäre der Toleranz, Pluralität und Wertschätzung. Die Universität als Ort des kritischen Denkens, der freien Rede und der Aufklärung ist gegen die Instrumentalisierung durch einseitige politische oder ökonomische Interessen zu verteidigen. Querdenker, „kritische Geister", kreative Forscher, Wissenschafter jenseits des Mainstreams, Denker mit Zivilcourage sind für die Qualität einer Universität vermutlich bedeutsamer als systemopportunistisches Mittelmass. Die Wissenschaftsgeschichte hält genügend Beispiele dafür parat, dass wichtige Resultate der Forschung nebenbei, zufällig oder durch wissenschaftliche Einzelgänger und Querdenker zustande kamen. Nur in einem Klima wissenschaftlicher Tabulosigkeit ist die Produktion kreativer Erkenntnisse wahrscheinlich. Gegenwärtige Trends der Ökonomisierung und Globalisierung (siehe GATS) stellen für die Universität der Zukunft eine besondere Herausforderung dar. Das Programm der Universitas ist gegen die Borniertheit ökonomischer Zweckrationalität zu verteidigen.

3.4 Die universitäre Lehre als Schule des eigenständigen Denkens

Die universitäre Lehre sollte auch weiterhin - und in Abgrenzung zu berufsorientierten Ausbildungsgängen (wie Fachhochschulen) an universitären Standards orientiert sein: An der Vermittlung der Fähigkeit zum eigenständigen Denken, zur selbständigen Fähigkeit begründeten Argumentierens, zur Analyse von Problemstellungen, Theorien und zum methodisch korrekten Vorgehen in theoretischen und empirischen Fragen. Diese Ansprüche sind nicht an einer Massenuniversität einlösbar, sondern bedürfen der Möglichkeit zur Lehre in Gruppen, die eine kritische Größe nicht überschreiten. Dieser „USP" der Salzburger Universität darf nicht zugunsten der Orientierung an möglichst großen Studentenzahlen preisgegeben werden, sollte die universitäre Bildung nicht zur bloßen Absolvierung formaler Ausbildungsschritte auf dem Weg zur persönlichen Karriere als ICH-AG verkommen. Qualitativ hochstehende Lehre hängt wesentlich auch von der ausreichenden personellen und budgetären Ausstattung ab.

3.5 Die Universität in Ruhe lassen – die Universität in Ruhe arbeiten lassen

Die Universitätsreform der letzten 15 Jahre ist an Benchmarks der US-amerikanischen „entrepreneurial university" orientiert. Diese in anderen kulturellen Kontexten entwickelten Leitbilder der künftigen Universität sind zu ersetzen durch eigenständige Perspektiven und Visionen, wie sie im Rahmen der europäischen Kultur und Universitätstradition entstanden sind. Zu diesen kulturellen Traditionen gehören nicht nur Inhalte von Universitätsreformen, sondern auch die Art der Prozesse ihres Zustandekommens: Die Top down-Strategien mit ihrer illusionären Ergebnisorientierung sind auf ihre Effektivität hin zu überprüfen: Die Euphorie eines ergebnisorientierten „Management by Objectives" (einer Management-Methode der sechziger Jahre) ist jedenfalls im Bereich kommerzieller Unternehmen bereits einer umfangreichen Ernüchterung gewichen.

Ebenso haben sich politisch Verantwortliche und Universitätsleitungen zu fragen, in wieweit die Reformmanie der letzten Jahre nicht selbst zum zentralen Demotivator an den Universitäten geworden ist!

Eine Universitätsreform wird von der nächsten gejagt: Ohne Diagnose, ohne Erfahrungen zu sammeln, ohne Skrupel über die innerorganisatorischen Auswirkungen wird den jeweils georteten „best practices" nachgehechelt. Die permanente Verunsicherung und Beunruhigung der Mitarbeiter durch neue Regeln, neue Organisationsstrukturen, Leistungsvereinbarungen, Zielvereinbarungen etc. mögen als Beleg dafür gelten, wie wenig die Universität als Organismus (mit lebenden Menschen) verstanden wird und wie stark nach wie vor mechanistische Vorstellungen von Organisation das Handeln bestimmen.

Otfried Höffe (Erschöpfung statt Wertschöpfung, in: NZZ, 7.5.2004) ist daher zuzustimmen: „Hochschulen können dort blühen, wo sie über viele Generationen von staatlichem Reformismus und hochschulpolitischer Gleichmacherei weitgehend verschont bleiben." Er führt in diesem Zusammenhang Harvard und Princeton als Beispiele an.

Sozial kompetentes Universitätsmanagement bedeuten an dieser Stelle, die Kooperation mit allen Gruppierung der Universität zu suchen, um den Vorgaben von außen (Leistungsvereinbarungen) eigene Kapazitätserhebungen und Forderungen bzgl. Personal- Ausstattung und Budgets entgegenzusetzen und andrerseits die internen Zielvereinbarungen qualitativ (!) so ausreichend zu kommunizieren, dass sie zum Anlass der – nachträglichen – Einbeziehung der Betroffenen in die Zieldiskussion der Universität werden.

3.6 Das Leitbild einer „Salzburger Universitätskultur“ gemeinsam leben!

Fortschrittliche Dienstleistungsbetriebe orientieren sich in ihren Standards und Leitbildern ihrer Organisationskultur an den Grundsätzen offener, transparenter Kommunikationsprozesse, flacher Hierarchien, sozialer Kompetenz, dialogischer Gesprächskultur, Teamarbeit, Vernetzung und Dezentralisierung.

Die Universität Salzburg sollte die Möglichkeiten der Autonomie zur Diskussion, Erstellung und schließlich Umsetzung von Organisationsleitbildern nutzen, die weniger an öffentlichkeitswirksamen Marketing-Strategien orientiert sind, sondern die Optimierung der Arbeitsbedingungen für Wissensproduktion und – weitergabe als zentrale Aufgabe begreift.

Die Qualität einer intendierten Unternehmenskultur erweist sich aber naturgemäß nicht in der Fabulierungskunst einschlägiger „Sonntagsreden“, sondern im Wahrheitsbeweis tagtäglicher, gemeinsam geteilter Praxis.

Fußnote:

* Der Beitrag ist im Herbst 2004 entstanden. Wolfgang Pichler ist a.o. Universitätsprofessor im Fachbereich für Wirtschafts- und Sozialwissenschaften der Universität Salzburg, Psychoanalytiker und Gruppentherapeut, Leiter des Universitätslehrgangs MTD (Master in Training and Development) der SMBS.

Literaturhinweise

Birnbaum, Robert Management Fads in Higher Education. Where They Come From, What They Do,Why They Fail. Jossey-Bass 2000

Birnbaum, Robert, How Academic Leadership Works: Understanding Success and Failure in the College Presidency. Jossey – Bass 1992

Birnbaum, Robert, How Colleges Work: The Cybernetics of Academic Organizations and Leadership. Jossey – Bass 1991

Eigen, Manfred u.a. Die Idee der Universität. Versuch einer Standortbestimmung. Berlin - Heidelberg: Springer Verlag 1988

Pichler, Wolfgang, Kyrer, Alfred, Das Credo der PLUS. Ein Leitbild für die Paris Lodron Universität Salzburg, Salzburg 1992

Daxner, Michael Die blockierte Universität. Frankfurt/New York: Campus Verlag 1999

Hirsch, W.Z. et al, Governance in Higher Education, The University in a State of Flux, London 2001

Höffe, Otfried Erschöpfung statt Wertschöpfung.Was lernt die Universitätspolitik von der Wirtschaft? in: Neue Zürcher Zeitung, 7.5.2004

Kyrer, Alfred (Hg.) Integratives Management für Universitäten und Fachhochschulen. Edition TIGRA Bad 1, Wien: Neuer Wissenschaftlicher Verlag, Wien und Salzburg 2002

Latouche, Serge Die Unvernunft der ökonomischen Vernunft. Vom Effizienzwahn zum Vorsichtsprinzip. Zürich-Berlin: Diaphanes Verlag 2004

Schmid, Konrad Wozu sind die Universitäten da? - in: Neue Zürcher Zeitung, 25. Oktober 2004

November

Der November als Salzburgs „ruhige Zeit“ oder: Ökonomisierung des Stadtlebens ohne Mass und Ziel

von Hans Helmut Stoiber *

„Salzburg – das ist Schikane“
Mozart

„November“, das ist das Wort, welches Salzburg-Kundige aussprechen, wenn die Besucher nach dem besten Zeitraum fragen, in dem man die alte *ehrwürdige Stadt an der Salzach* in deren Wesen *pur* erleben könne. Denn der häufig noch naturschöne Oktober lockt herbstliche Touristen, vor allem alte Menschen und saisonflüchtige Tagestouristen zu Scharen – exakter gesagt in Omnibussen – in die Stadt, und der Dezember ist unter dem neuen Fremdenverkehrs-Slogan „Advent“ (einstmals „Die stillste Zeit im Jahr“) heute eine grobe Fälschung infolge des Trubels um Adventsingen und Christkindlmarkt auf allen Plätzen eine Gelegenheit des Volksgedränges geworden, das den hektischen sommerlichen Zuständen kaum nachsteht.

Nun, wer dem Rat folgt, wird bald genug staunen, mit welchem Geschick Salzburg jede ihm gebotene Möglichkeit ausschöpft, um gerade das, was der humanistisches Geschichtsbewusstsein und Würde suchende „Tourist“ erwartet, zu verweigern. Zahllose Baustellen behindern nicht nur die Passage mit dem Auto, sondern vor allem auch seine Fusswege. Diese Behinderungen sind zunächst verursacht durch die möglicherweise notwendigen, aber in ihrer Massierung quälenden Arbeiten zur Sanierung des „Untergrundes“, also von Elektro-, Kanal- und Heizungsinstallationen, bei denen durch lange Zeiträume nichts oder zu wenig geschehen zu sein scheint. Dann durch Gerüste an Privathäusern, die nicht nur verputzt und gefärbelt, sondern häufig mit Wohnungsbauten vor allem in den oberen Stockwerken angereichert werden sollen (so sind im Kaiviertel die hier früher zahlreichen Mauersegler durch Dachboden-„ausbauten“ nicht mehr zu beobachten) und dann die schrecklichen „übergeordneten“ Baustellen in der Altstadt. Da wäre zunächst das *Loch*, welches die brutale Beseitigung des Kleinen Festspielhauses, einer Schöpfung des berühmten Architekten Clemens Holzmeister, hinterlassen hat.

Begründet wurde der Eingriff mit technischen und akustischen Mängeln des Saals, was eher fadenscheinig wirkt, wenn in letzter Zeit noch erstklassige, vor allem Kammermusikdarbietungen dort zu hören waren, wo jetzt die Lücken der Gebäuderuine den Blick auf die Reste des Zuschauerraumes der Felsenreitschule und zum Teil deren Hintergrund präsentieren.

Dass der wahre Grund der Zerstörung eines an sich funktionierenden Hauses und Theaters in der Gewinnung von 200 Sitzplätzen gelegen war, wurde lange Zeit verschwiegen, wird aber jetzt, im Zug der völligen Dominanz des Ökonomischen, als eine Erfolgsgeschichte vorgetragen, nachdem man viele Jahre von einem „Umbau" geredet und einen Wettbewerb zu dessen Optimierung veranstaltet hatte mit dem (vorläufigen) Ergebnis, dass nicht der oder die preisgekrönten Entwürfe zur Ausführung angenommen wurden. Der geniale Salzburger Architekt *Gerhard Garstenauer* hat sich dann – leider ausserhalb des Bewerbs – zu einer allseits anerkannten Arbeit durchgerungen, die eines der Haupterfordernisse – nämlich die Erhaltung der denkmalgeschützten Fassade – berücksichtigte: Worauf man *das gesamte Ensemble* einfach mit Putz und Stingl abriss.
Das Kleine Festspielhaus, dessen neuer Name „Haus für Mozart" die bittere Pille all dieser Geschehnisse und Zustände wohl kaschieren sollte, ist aber nur der Protagonist mehrerer, man kann sagen vieler, arger Aspekte, unter denen Einheimische und Besucher – gerade diese in ihren Erwartungshaltungen gegenüber der schönen Stadt betrogen - leiden.

Denn wer das Denkmal des grössten Sohns der Stadt, Mozart, sucht, erlebt gerade jetzt sein blaues Wunder: Er findet das Denkmal auch, aber in welcher Umgebung? Das Gebäude jenseits der Strasse im Süden, die Neue Residenz, ein vom Fürsterzbischof Wolf Dietrich erbauter Renaissancepalast, lange Zeit „Neugebäude" genannt, dem ein niederländisches Glockenspiel aufgesetzt ist, hat sich seit vielen Monaten zu einer Riesen-Baustelle aufgebläht, weil es, wieder übers Jahr, die Bestände, die sich heute in einem – weiss Gott warum – ungeliebten Museum Carolino-Augusteum am Gries befinden, aufnehmen soll. Hierdurch werden Gehsteig und Fahrbahn gegen das Denkmal zu auf die Hälfte verengt. Damit aber nicht genug ist, gegen Westen bis zum Café Glockenspiel ein Eislaufplatz angelegt, gegen Osten eine Ansammlung von Objekten für die Eis-Erzeugungsmaschinen und eine Gastronomie zum Alkohol- und „Schmankerl"-Genuss. Auf diese Weise ist der Mozartplatz praktisch annulliert, und zwar bis in den Jänner hinein. Wie zum Hohn ist ausgerechnet jener Fleck ausgespart, auf dem die Kunde vom Welterbe-Status Salzburgs in den Boden eingelassen ist.

Nun könnte man zur Verteidigung dieser und anderen Verwundungen des Stadtbilds einwenden, dass es sich um temporäre Massnahmen handle – doch was bedeuten solche Tröstungen für Menschen, die aus aller Welt in Scharen herbeiströmen, um *Salzburg als Ensemble und jetzt* zu sehen, wie es in zahllosen Publikationen, Bildbänden und Propaganda-Aussendungen zu finden ist – nicht als Basis für Sport und Erwerb oder fragwürdige „Erneuerung“ bzw. „Belebung“.

Wenden wir uns von dieser eigentlich unverständlichen, weil verkehrspolizeiwidrigen und noch dazu – durch grelle „Sportmusik“ lärmbelästigenden - Geschmacklosigkeit ab, so gibt es nebenan, am Residenzplatz, eine neue Überraschung.

Ich habe Dir, Wolfgang, wohl schon einmal oder öfter vom Überborden so genannter „Festmärkte“ (z.B. anlässlich des Gedenkens an den Gründer Salzburgs durch einen „Rupertimarkt“ geschrieben, aber was alles übertrifft, ist doch das, was sich hier als „Christkindlmarkt“ bezeichnet. Denn schon ab Mitte, nein Anfang November sind hier und nebenan auf dem Domplatz die Buden für das Weihnachtsgeschäft errichtet, und eine offizielle Eröffnung des „Christkindlmarkts“ ist mit dem 18. *November* festgesetzt! Bis dahin sind dicht aneinander gedrängt Hütten, welche von der scharfsinnigen Frau Renate Mayrhofer als „Zumüllung der Stadt“ bezeichnet werden, dunkel und verschlossen gewesen, aber jetzt, sechs Wochen vor dem Fest von Christi Geburt, öffnen sich Glühweinschenken, Schnellbratereien, Spielwarengeschäfte und Verkaufsgelegenheiten für Filzpatschen und Unterhosen. Diese Auswertung der Geburt des christlichen Heilands ist schlechthin schandbar.

Oh Wolfgang, was soll ich Dir noch erzählen, wie sich die Stadt ständig gleich einem Chamäleon verändert, und nicht zu ihrem Vorteil? Nun ist auch das „Museum der Moderne“ fertig, das, gewiss nicht mit Zustimmung der Bürger, auf den Mönchsberg anstelle eines – ebenfalls nicht mustergültigen – Restaurants gebaut worden ist. Sein Äusseres fällt eigentlich nur durch die Belanglosigkeit auf, mit der hier Einbauten von Wänden zur Bilderhängung - mehr ist der Zweck ja eigentlich nicht – nach aussen umgeben wird.

Nicht ganz von der Hand zu weisen ist übrigens die Behauptung einer grossen Anzahl von Menschen, die jetzige Bemühung, Salzburg zu einer Art von Museumsstadt zu machen, sei völlig unangebracht angesichts der Tatsache, dass Salzburg *für sich ein Museum* sei, das ein Aufsetzen weiterer Attraktionen in diese Richtung gar nicht Not hätte.

Wirklich bös ist die Hochlobung derartiger Kreationen dann, wenn diese Neuerungen auch noch Folgebauten nach sich ziehen (sollen), wie das „Museum am Berg“ mit dem Verlangen nach einem allseits sichtbaren „silbernen“ oder „gläsernen“ Aufzug über die gerade an dieser Stelle besonders eindrucksvolle Steilstelle der Felswand, die – richtig betrachtet – ein, bezogen auf ihre Lage inmitten der Stadt, einzigartiges Naturdenkmal darstellt. Allein an einem derartigen Platz ein technisches Ungetüm installieren zu wollen, obwohl im Berginneren einwandfrei funktionierende moderne Aufzüge operieren, sagt beschämend Negatives über Geschmack und die Weltsicht aller an dieser Absicht Anteil habenden Faktoren aus.

Dasselbe gilt übrigens, wenn auch weniger auffallend, aber doch quälend, für die Anbringung eines symbolisch tuenden, innerlich aber sinnlosen Häuschens in Tempelform, das in eine harmonische Umgebung, nämlich in die Heckensituation des „Botanischen Gartens“ in der Nähe des „Rupertinums“ gezwängt wurde. Es „muss gepriesen“ werden, weil es von einem international hoch gelobten und berühmten bildenden Künstler stammt. Momentan ist diese Kreation allerdings kaum zugänglich, weil seine Lage ebenfalls von einer grossen Baustelle – gegenüber dem Grossen Festspielhaus! – umgeben ist, wegen eines „Umbaues“ der Grossen Aula der alten Benediktiner Universität – zur Veränderung der Sitz- und Sichtrichtung und zum Einbau eines modernen Eingangs.

So ist also per Saldo eine traurige Konsequenz der „November“-Empfehlung, was uns dieser Spaziergang zwischen so prächtig erbauten Gebäuden und grosszügig geplanten Plätzen vor Augen führt.

Das verlangt einen hinaus aus den verkorksten Gemäuern. Wir besuchen das schönste der Schlösser, die wie ein Kranz das Salzburg der Erzbischöfe umgeben. Dabei erinnern wir uns an das Lustschloss Klessheim, das mit der Front gegen Südosten, gottlob in einiger Entfernung von der Autobahn, vor einer Baumkulisse hinter einer breiten Wiesenlandschaft hingelagert war. In der Annäherung gewahren wir eine katastrophale Störung durch den Riesenbau eines Stadions, der den südlichen Teil des Geländes völlig zudeckt mit Massen, die nach den Äusserungen des berühmten Domkapitulars und Diözesankonservators Johannes Neuhardt das Barockschloss „zu einer Klosettanlage“ degradiert.

Alle Kämpfe, Bürgerinitiativen und Denkmalschutzinterventionen gegen diesen Bau haben nichts gefruchtet, weil eine völlig unverständige und sportgeile Lobby den Landeshauptmann für sich gewonnen hat. Schon damals beurteilte man in der Öffentlichkeit diese Haltung des Landesoberhauptes – später auch im Zusammenhang mit anderen Befürwortungen fragwürdiger Projekte – als geradezu borniertem Versuch, nicht mehr gewählt zu werden. Das ist ihm auch gelungen. Kehren wir also recht betroppezt in die Stadt zurück, zum Mirabellschloss mit seinem herrlichen Garten etwa, dessen Ostrand – primäre Vedute von Stadtansichten als Fotomotiv für die Stadt – derzeit samt den dazugehörigen Statuetten verplankt ist, weil an der in Richtung Dom gesehen linken Seite ein weiterer Abriss im Gang ist: Es handelt sich um einen Teil des „Mozarteum“-Neubaues, der unter teilweiser Vernichtung des Lodron'schen Primogenitur-Palastes an der Dreifaltigkeitsgasse als Neubau gegen den wütenden Widerstand von Denkmalschützern, unter ihnen der höchst kundige und angesehene Kunsthändler Welz, errichtet wurde. Er soll infolge Unachtsamkeit bei der Auswahl der Baumaterialien zu einer Giftschleuder geworden sein. Was wird wohl jetzt an diesen nach wie vor unpassenden Platz kommen? Hoffentlich nicht wieder der alte Kasten!

So hat man seine Probleme mit der Stadtpolitik. Manche sagen, solche gäbe es in Salzburg so wie in allen Bereichen Österreichs, ja wohl der ganzen westlichen Welt. Mag sein, aber hier schmerzen sie besonders. In Salzburg speziell kommt dazu, dass es, vor allem unter den zahlreichen Zugezogenen, im Ruf steht, eine „kalte“ Stadt zu sein. Denn natürlich wirkt die Verschlossenheit des „Volkes“, das hier bodenständig ist, weit hinauf in exklusive Kreise: Man kann von mehr als einem Gesprächspartner, der sich manchmal schon durch viele Jahre nach seinem Zuzug hier aufhält, hören, dass er nicht „warm werden“ kann, obwohl ihm die bauliche Schönheit der Stadt und der Reiz ihrer Umgebung völlig bewusst ist und er sich daran auch freut. Immer wieder wird dabei der Hochmut gesellschaftlicher und politischer Kreise ins Treffen geführt, wenig gemildert oder sogar bekräftigt durch zahlreiche Veranstaltungen des Volkstums, wie Aufmärsche von Musikkapellen, Schützenkompanien und Tanzgruppen als Verbrämung und damit – trotz manchem echten Kern – Verfälschung des wenig erfreulichen Volkscharakters.

Die Demaskierung der ursprünglich scheinenden Volkstümlichkeit erfolgt ja nicht nur im Einzelfall durch das sofortige Umkleiden dieser biederen Gruppen nach der Show in banales, meist nicht sehr geschmackvolles Alltagsgewand, sondern auch im Grossen, wo viele Tausende hauptsächlich Jugendlicher auf den Plätzen und Strassen der Stadt Salzburg – vor allem auf dem Residenzplatz -sich durch puren, als „Gesang“ und „Musik“ getarnten Lärm – Rock und Pop – fanatisieren lassen. So nebenbei sind die Stätten solcher Aufführungen, zu denen „glänzende“ Namen aus dem Showgeschäft als Zugpferde dienen, noch viele Stunden hindurch von einer Riesenmenge an Unrat gezeichnet – auch als *Dokumentation vernachlässigter oder missglückter öffentlicher Erziehung.*

Blicken wir auf der Suche nach der Ermöglichung solcher Unkultur etwas über die Stadt hinaus, so bemerken wir die riesige *Selbstüberschätzung*, die sich das zwar schöne, aber doch kleine Land Salzburg leistet, angestachelt von der Idee eines „Salzburgbewusstseins“, das ein in den Siebziger- und Achtzigerjahren regierender ehrgeiziger (und auch tüchtiger) Landeshauptmann namens Haslauer erfunden und überall dort, wo er konnte, initiiert hat. Inwieweit diese Strömung, die freilich auch in anderen Bundesländern - wenngleich nicht so krass auftretende - Gegenstücke hat, dem echten persönlichen Zusammenhalt in einem gemeinsamen, wenn auch immer noch kleinen Gesamtstaat wie Österreich förderlich ist oder nicht, soll hier nicht weiter untersucht werden. Für die Stadt Salzburg kann man natürlich davon ausgehen, dass sie durch ihre geographische Lage (vor allem) und durch ihre Geschichte, die sich hauptsächlich in historischen Bauten manifestiert, eine wirklich bedeutende Stadt ist oder, betreffend die Gegenwart, sein könnte.

Denn hier mangelt es vor allem an einem, was überhaupt zur „Grösse" gehört: Eine gewisse Bescheidenheit, die den Stolz auf (alten, nicht selbst erworbenen) Glanz bändigt. Diese eignet Stadt und Land, soweit sie durch leitende Organe repräsentiert werden, keineswegs. Im Gegenteil herrscht eine, man kann sagen, schrankenlose Grossmannsucht, gepaart mit – doch davon später – geradezu boshaft eingesetzter Kleingeistigkeit gegenüber dem „Erbe". Dazu steht in eigenartigem Widerspruch das leicht sentimentale und bürgernah klingen sollende „Salzburgerische", das von der Regierung gepflegt und quasi angeordnet ist, indem nämlich jedes vom Land bzw. von nach geordneten Stellen der Verwaltung hinausgehende Schriftstück mit „Für unser Land" schwungvoll gekennzeichnet ist. Was leicht lächerlich wirkt, wenn es sich bei dieser Post um einen Strafbescheid etwa einer Bezirkshauptmannschaft wegen eines in diesem Papier festgehaltenen Verkehrsdeliktes und um den daran geknüpften Ausspruch einer Bestrafung des Adressaten („Für unser Land") handelt.

Von der Hybris, die sich in dem Monstervorhaben eines Bahnhofsvorplatzes (der eigentlich „Südtirolerplatz" hiesse) niedergeschlagen hat, habe ich Dir schon in meinem letzten Brief berichtet. Seither sind nochmals zwei Jahre ins Land gegangen, bis er endlich „eröffnet" wurde, und das auch noch mit vielen Fehlern behaftet, sündteuer durch diverse unpraktische Ingredienzien und dennoch nicht schön. Statt - wie geplant - durch einen unterirdischen Park- und Wendeplatz den öffentlichen und privaten Verkehr zu gliedern, spielt sich die Bus- und die Taxizufahrt jeweils vor den Seitenflügeln des Bahnhofs ab. Tritt man durch den Hauptausgang auf den Platz, findet man ihn leer und ungenutzt vor: Salzburgs Vorstellung von imperialer Grösse à la „Königlicher Platz". Die Kronidee einer Weiterführung der Lokalbahn aus dem Flachgau unterirdisch bis zum Mirabellplatz, deren erster Ansatz im Bahnhofsbereich hunderte Millionen gekostet hat, ist völlig unausgegoren und, da bisher alle Anbindemöglichkeiten fraglich sind (wer freut sich schon, wenn er als Endstation nur zum Mirabellplatz kommt), wohl auch unausführbar. Jedenfalls ist für private Personenkraftwagen die Zufahrt zum Bahnhof trotz seinem grossen Vorplatz derzeit noch immer nicht möglich. (Nur im „Untergrund" gibt es für „Kiss and ride" die Möglichkeit eines Fünf-Minutenhalts!). Lauter Ungereimtheiten, deren Beseitigung, sofern sie einmal ins Auge gefasst werden sollten, gewiss die ohnedies schon drei- bis vierfache Kostenexplosion noch vergrössern werden. Inzwischen wird der Bürger weiterhin doppelt belastet, einerseits durch die letztlich von ihm aufzubringenden Mittel für die kostspieligen, fehlerhaften Planungen, und zweitens durch die geradezu unglaubliche, wirklich beispiellose Unbequemlichkeit, mit der er sich – wahrscheinlich sogar gegen Entgelt - infolge der Vereitelung persönlicher Vorfahrtsmöglichkeit und Hilfestellungen beim Gepäcks- und Personentransport am Bahnhof abfinden muss.

So wird man sehen, wie der seit langem in Planung befindliche Ersatzbau für das derzeit bestehende Bahnhofs-Jugendstil-Ensemble in Zukunft aussehen und funktionieren wird. Bis dato misstrauen die Freunde der jetzigen Gestalt dem Vorhaben eines seelenlosen Glas-Beton-Riesenbaus, der nach Demolierung des derzeit eine Art von Grosszügigkeit und Behaglichkeit aufweisenden historischen Speisesaals so etwas wie Flughafen-Atmosphäre ausstrahlen würde.
Dass es mit dessen Realisierung mangels Geldmittel nicht so rasch gehen werde, ist kein übermässiger Trost: Denn hierzulande kommen plötzlich von irgendwo her Finanzspritzen, die hochfliegende Pläne oft also rasch und fast überstürzt einer Wirklichkeit zuführen, die man später beklagt und bedauert. Aber vielleicht bietet die dazwischen liegende Zeitspanne die Möglichkeit, doch das Gute am alten Zustand, der ja immerhin denkmalgeschützt ist, zu erkennen und eine Verbindung mit den neuen Optionen so zu schaffen, dass nicht alles an Vertrautheit und Beliebtem, kurz an Österreichischem verloren gehen muss.

Und doch: Bliebe es wenigstens beim Bahnhof, was Kostenbelastung und weitere Rücksichtslosigkeit gegenüber dem Bürger betrifft: Aber man bemüht sich auch anderweitig redlich: Vom Riesenvorhaben, mitten in die Neustadt den Riesenklotz eines neuen *Kongresshauses* zu setzen, habe ich Dir schon berichtet. Übrigens Wolfgang, meine seinerzeit Dir gegenüber gemachte Voraussage von Kostenexplosionen ist leider eingetroffen, Streitereien und Fehlplanungen waren an der Tagesordnung. Der Bau, ein mächtiger Kubus aus blauem Glas, ist recht hübsch für sich, aber an diesem Ort buchstäblich „fehl am Platz“. Als Krönung hat sich kurz vor der Eröffnung herausgestellt, dass man bei der Planung auf einen angemessenen Eingangsbereich vergessen hat. Man kam nämlich nachträglich darauf, dass der Eingang von der Strasse, wie er bisher ins alte Haus gewesen war, nicht möglich ist, also muss man vom Park her, der sich gegen das Mirabellschloss hin erstreckt, umplanen – mit der für jedermann vorstellbaren Folge, dass hier wieder Natur, vor allem also Bäume, geopfert werden müssen, von den Umplanungs- und Durchführungskosten ganz zu schweigen.
So manch einer der Befürworter des neuen Kongresshauses wird sich, sofern er aufrichtig ist, doch fragen, ob die (in meinem ersten Brief geschilderte) Lösung des „Winkler“-Ausbaues am Hang des Mönchsbergs nicht zu einem besseren Kongresszentrum in Lage und Gestaltung geführt hätte. Die Stadtväter ignorierten auch hier jede Alternative, die allerdings kompetenzmässig dem Land zugefallen wäre. Dieses aber hielt entgegen zahlreichen Expertenmeinungen an einem Museum moder-

ner Kunst am Berg, am Mönchsberg (anstelle des bisherigen Cafè-Winkler-Baues) eisern fest und verhinderte die Errichtung eines „Guggenheim-Museums" im Berg – wohl endgültig. Wenn ich dies alles so niederschreibe, befällt mich wie schon so oft das Bedürfnis, diese Kritik einzustellen und dem offenbar nicht aufzuhaltenden Verfall des Stadtlebens zuzusehen.

Es gibt ja auch gute Gründe dafür, sich der Ecken und Kanten bewusst zu werden, an welche die implizit vorhandene Forderung gerichtet ist, es anders zu machen: Der Lenkung durch die „Stadtväter", die Einschränkung wirtschaftlicher Ausuferung, das Vergnügen zahlloser Menschen, die einfach den Sinn und den Geschmack nicht haben, das Negative am „Wachstum", wie es sich in der hieraus ergebenden Aufblähung der Wirtschaft (auch im kleinen) manifestiert, zu erkennen.

Ökologie (auch als geistiger Begriff) zu predigen, ist ein gefährliches Unterfangen, wenn die *übermächtige Ökonomie* mit Gründen des Überlebens im materiellen Sinn dagegen Einspruch erhebt und – vor allem – wirkt. Es gilt ja auch in diesem Belang der unleugbare Widerspruch zwischen Ökologie und Ökonomie, der kaum durch ein Rezept etwa im Sinn der Versöhnung oder des Sieges einer der beiden Gruppen zu bannen ist. Das grösste Problem für die Ökologie ist, dass sie *Besinnung* verlangt, und zwar als innerem Prozess, was bei der Ökonomie nur für die äusserlichen Vorgänge der Fall ist. So wäre in Salzburg die Szenerie an allen Ecken und Enden dazu angetan, Besinnung zu fördern, denn hinter den prächtigen Bauten und prachtvoll angelegten Plätzen steht ja wohl ein gewaltiges *„Memento"*!

Auf es zu hören, wäre die erste und ständige Aufgabe für die in dieser Stadt Regierenden als entsprechende recht handfeste Anweisung, die sie befolgen sollten, infolge der bezwingenden Überzeugungskraft im bekannten Wort des grossen österreichischen Dichters *Josef Weinheber*, der auf die Frage eines nationalsozialistischen Ministers, was man denn für die ostmärkische Kultur machen könne, antwortete „in Rua lassen, Herr Minister".

Dass solch ein Rat in Salzburg so wenig offene Ohren und Herzen findet, liegt offenkundig daran, dass die Stadt und ihre Werte den Menschen, die zu Veränderung Macht und Geld haben, nicht bekannt sind. Die hektische Sucht in dieser Stadt, möglichst alles anders werden zu lassen und mit unnötigen und unsinnigen Dingen anzureichern (wir haben den Hanuschplatz mit einem Stuhl, der auf mehreren Meter hohen Beinen steht, noch nicht besucht!), müsste abgebaut, der Drang, durch ungezügelte Werbung noch mehr Menschenladungen in diese überfüllte Stadt zu ziehen, gebändigt werden.
Nun scheinen sich aber doch Überlegungen zum Thema „Festivalisierung" zu regen, zumindest in Graz, wo nach dem grossen Erfolg 2003 als Kulturhauptstadt der nächste *Stierische Herbst*

2005 einem *„Diskurs über Urbanität*“ gewidmet werden soll. Dabei geht es um die Untersuchung von *urbanen Prozessen*, von Tendenzen der *Musealisierung* und *Eventisierung*.

Ein wenig wäre auch zu bedenken, dass *„Hurra-Bauten*“ ,wie das oben kritisierte *Fussballstadion*, Folgekosten verursachen, deren Tragung nicht auf die leichte Schulter genommen werden kann, wie wir jetzt eben an der Problematik der Erhaltung des (man wagt kaum, es auszusprechen) Mozarteums (neu gebaut und inzwischen abgerissen) offenbar wurde.

Die Stadt, das Land und die Festspiele sollten erkennen, dass der augenblickliche Hochstand des Erfolges (trotz Fehlen einiger Millionen für das „Haus für Mozart“) leicht an den Tatbestand der *Hochstapelei* streift, die noch zu keiner Zeit ein guter Boden für solide Entwicklungen war.

Weil all diese Überlegungen den Menschen des „Fortschritts“ („der Mensch schreitet immer weiter fort von sich“ sagt der kluge *Herbert Rosendorfer*) nur schwer in die Köpfe verantwortlicher „Macher“ eingeht, wirst wohl auch Du, Wolfgang, pessimistisch sein.

Ich bin es auch. Das muss aber der Kritiker, dem der Durchblick in den Verhältnissen im grossen wie im kleinen zum Auftrag chronistischer Aktivität wird, ertragen können.

Fußnote:

* Kurzvita: Humanistische Ausbildung in Kremsmünster, Jusstudium in Wien, 1964 Gründung eines Naturschutzbüros in Linz, Staatsanwalt und Richter in Salzburg. Konsulent in Sachen Nationalpark Hohe Tauern, Befassung mit naturkundlichen Studien (Botanik) und Abfassung von Naturschutzgutachten. „Salzburger Schmierbüchl“,2. Band, work in progress.

Literaturhinweise

Sedlmayr, Hans, Die demolierte Schönheit, Salzburg 1965

Sedlmayr, Hans, Stadt ohne Landschaft – Salzburgs Schicksal morgen? Salzburg 1970

Brandner, Birgit/Kurt Luger, Ingo Mörth (Hg.), Kulturerlebnis Stadt – Theoretische und praktische Aspekte der Stadtkultur, Wien 1994

Zaisberger, Friedericke, Geschichte der Stadt Salzburg, Salzburg 1998

Paumgartner, Bernhard, Erinnerungen, Veröffentlichungen zur Salzburger Musikgeschichte, Band 7, mit CD, Zweite, revidierte Auflage, Salzburg 2001

Dezember

Kunst und Wissenschaft, Dialog und Motivation oder: Der Geist ist willig, aber das Fleisch ist schwach.

Von Ulrich Müller *

"Weihnachten ist ein Fest der Hoffnung:
Man sollte den Glauben an das
'Prinzip Hoffnung' nie aufgeben."

Es ist zwei Tage vor Heiligabend 2004. Am frühen Nachmittag ist es auch auf dem so oft überfüllten Weihnachtsmarkt vor dem Salzburger Dom erträglich. Die Geschenke sind eingekauft, ausständig ist noch ein letzter Besuch im Lesesaal der Universitätsbibliothek: Ein Kollege in China braucht unbedingt innerhalb von wenigen Tagen ein Vorwort zu einem Buch über neue Literaturnobelpreis-Laureata Elfriede Jelinek, das er eben für einen Verlag in Shanghai zu Ende geschrieben hat. Das nahende Jahresende gibt Anlaß, in einem Rückblick etwas Bilanz zu ziehen - der Herausgeber des Bandes hat mir vorgeschlagen, mich des Themen-Komplexes Kunst und Wissenschaft anzunehmen. Das kommt mir sehr zupaß, denn hier habe ich einiges auf dem Herzen. Und das hängt sogar mit der Anfrage aus China zusammen.

Allerdings muß das Ganze etwas assoziativ bleiben, und es ist selbstverständlich "streng subjektiv" , um eine treffende Formulierung des deutschen Autors Dieter Kühn aufzugreifen. Auch kann und will ich mich auch nur zu denjenigen Bereichen äußern, wo ich über Wissen und Erfahrung verfüge.

Kunst und Kultur in Salzburg

Zuvor einige Bemerkungen zum Bereich Kunst und Kultur, in dem ich nun schon viele Jahre sozusagen ein Gast bin, natürlich nicht als Sänger, Schauspieler oder Maler, sondern als Wissenschaftler, der die Verbindung dazu sucht. Hier hat mir Salzburg fast traumhaft gute Möglichkeiten geboten, denn von den schweren Sorgen der hiesigen Kulturszene bin ich als Besucher existentiell nicht betroffen. Seit etwa fünfzehn Jahren, gibt es für mich, insbesondere zusammen mit meinem Freund und Kollegen Oswald Panagl, hier eine schöne, ja geradezu freundschaftliche Zusammenarbeit mit dem Salzburger Landestheater (bis zum Ende der Intendanz von Lutz Hochstraate im Sommer 2004) sowie, gleichfalls sehr intensiv, mit den Salzburger Festspielen (u.a. durch eine alljährliches Symposion seit 1989).

Geärgert haben mich immer wieder zwei Dinge, die aber leicht abzustellen wären. Zum einen die Tatsache, daß viele das letztlich nicht so richtig schätzen, was sie haben - oder nicht erkennen. Man kann zur sog. 'Hochkultur' stehen wie man will: Unbestreitbar ist aber, daß Österreich als eines der kleineren Länder wirkliche Weltgeltung durch seine vielfältigen Kulturleistungen hat, ja hier sogar so etwas wie eine 'Großmacht' ist (man denke an Elfriede Jelinek) - und daß Salzburg dabei einen guten Anteil hat. Besucher aus der ganzen Welt bringen ihr Geld nicht primär wegen der Kirchen, der barocken Gebäude und der Alpen-Landschaft nach Salzburg - das gibt es auch anderwo. Sie kommen vielmehr, weil Salzburg zusätzlich den Flair des Besonderen in Sachen Kultur besitzt:

- in erster Linie mit den Festspielen im Sommer und dann zu Ostern (ohne die Salzburg eine hübsche Provinzstadt geblieben wäre); das färbt auf das Image der Stadt ab, auch bei denjenigen, die keine Aufführungen dort besuchen oder sich gar nicht dafür interessieren;
- ferner ganz allgemein mit seiner staunenerregend vielfältigen Musik-Szene das ganze Jahr über;
- dann natürlich als Stadt, in der Mozart geboren wurde und aufgewachsen ist ungeachtet der Tatsache, daß er später an seine Heimatstadt keine besonders positiven Erinnerungen hatte;
- sowie schließlich mit dem sanft-freundlich-romantischen Bild, das durch den Film "The Sound of Music" weltweit verbreitet wurde und wird und wo Musik wieder eine zentrale Rolle spielt.

Aus alledem (und noch einigem mehr in Sachen Kultur und Kunst) entwickelte sich ein positives Image, das andere und inzwischen aus Tourismus-Gründen 'kultursüchtig' gewordene Städte auch mit einem Millionen-Aufwand an Werbung wohl nie auch nur annähernd erreichen können. Mit diesen Pfunden könnte man noch viel mehr und besser 'wuchern' als bisher: Ich meine damit keine weitere Kommerzialisierung, sondern einen Wandel hin zu einem noch stärkeren Bewußtsein um die eigene Geschichte und Kultur - das stärkt das Selbstbewußtsein und damit die Attraktivität!

Aufgefallen ist mir, damit zusammenhängend, des weiteren die Vorliebe für oft übertriebene, raffiniert hämische Intendanten-Polemik, besonders in einem Teil der Presse, und dies nicht nur aus der östlichen Bundesmetropole. Es ist etwa schlicht unredlich, den Intendanten der Festspiele und auch des Landestheaters ihre wirtschaftlichen Erfolge, wie geschehen, fast zum Vorwurf zu machen, das im Rahmen des Möglichen wirklich Außergewöhnliche ihrer Arbeit gering zu schätzen und schon zur Hälfte der Arbeitsperiode mit der Demontage beginnen zu wollen.

PISA und andere Befunde

Wirklich hautnah miterleben konnte ich die Krise an den verschiedenen Schulen, von der Volksschule bis zu den Universitäten. Alle leiden natürlich unter den Finanznöten, die sich speziell auf dem Personalsektor auswirken. Und wie ein Donnerwetter ist vor kurzem die neueste PISA-Umfrage bezüglich der Basis-Kompetenzen der Schülerinnen und Schüler in Österreich über das Land hergefallen. Reihum gibt es Schuldzuweisungen - schuld seien:

- die Eltern, die sich angeblich zu wenig um ihre Kinder kümmern und nur an Konsum denken;
- die Schülerinnen und Schüler, die vor lauter Fernsehen das sinnvolle Lesen verlernen würden, und hier zumal diejenigen, deren Muttersprache nicht das Deutsche ist und denen man vorhält, das statistisch erfaßte Niveau zu drücken;
- und natürlich die Lehrkräfte.

Hier ist auf eine eklatante nationale Fehlleistung hinzuweisen, die primär nicht mit dem knappen Geld sondern mit Psychologie und Selbstwertgefühl zu tun hat: Ich war und bin immer wieder erstaunt, mit welcher Einmütigkeit das zuständige Ministerium und große Teile der Presse seit Jahren auf den Lehrerinnen und Lehrern herumhackchen, ja sie förmlich demontieren und damit der Öffentlichkeit ein extrem ungünstiges Bild von einem ganzen Berufsstand vermitteln - dies gilt nicht nur für Salzburg, sondern republikweit. Alle Kritiker übersehen, bei den notorischen Hinweisen auf die langen Ferien und die angeblich wenigen Unterrichts-(=Arbeits-)Stunden, daß der Lehrberuf extrem anstrengend und fordernd ist, daß er in allen Fällen arbeitsmäßig über die Anzahl der Unterrichtstunden hinausgeht, ja hinausgehen muß, wenn natürlich auch in unterschiedlichem Ausmaß. Denn: Unterrichtszeit ist keineswegs gleich gesamte Arbeitszeit - man denke nur an die notwendigen Vorbereitungen, die vielen Korrekturarbeiten oder die stetig wachsende Belastung durch Administratives.

Vor wenigen Tagen konnte man in der Zeitung lesen, der Direktor einer Wiener 'Elite-Schule' habe festgestellt, daß die Qualität einer Schule maßgeblich mit der Motivation der Lehrenden zusammenhänge. Diese erreicht man aber nicht primär durch das Geld - obwohl man gerade an der Ausbildung, einer extrem zukunftsbestimmenden Investititon, am wenigsten sparen sollte. Österreich ist aber in den vergangenen Jahren zu einem Musterbeispiel dafür geworden, wie man von oben einen wichtigen Berufsstand, eben die Lehrerinnen und Lehrer, denunziert und demotiviert - ein, wie man zynisch anmerken muß, sicherer Weg zur Verschlechterung der Ausbildung.

An einem kleinen Beispiel möchte ich zeigen, wie hier Theorie und Praxis, öffentliche Forderung und tatsächliche Durchführung auseinanderklaffen: Landauf landab kann man - völlig zu Recht - hören und lesen, daß dauernde Fortbildung immer wichtiger und unverzichtbar werde (wichtig und notwendig war dies allerdings auch bisher). Aber immer wieder erfahre ich, wie schwierig es ist, solche Fortbildungskurse für Lehrer/innen einzurichten, und welche administrativen Hürden von denjenigen oft zu überwinden sind, die daran teilnehmen wollen.

Natürlich bin ich nicht so naiv zu meinen, es gäbe keine schwarzen Schafe, es gäbe niemanden, der das bestehende System nicht zu seinem Vorteil unverhältnismäßig ausnützen würde: Nichts auf der Welt ist, so banal es klingen mag, wirklich vollkommen, und man muß eben einen Anteil von 'Reibungsverlust' als unvermeidbar akzeptieren.

Notwendig wäre es, die alles entscheidende Motivation jeder/s Einzelnen zu hätscheln, zu pflegen, zu unterstützen und zu fördern - denn Unterrichten ist kein reiner Brotberuf, sondern es fordert mehr als sonst die ganze Persönlichkeit. Dies teilt sich unweigerlich auch den Schülerinnen und Schülern mit (wie ich als Vater und jetzt Großvater gut beobachten konnte und kann): Ein/e motivierte/r Lehrer/in, weckt in jedem Fall Interesse an der jeweiligen Sache, und Motivierung der Schüler/innen ist in jedem Fall wichtiger als bloße Wissensvermittlung.

Auch möchte ich hier eine Lanze für eine möglichst breite Allgemeinausbildung brechen: Der Ruf nach berufsspezifischem, unmittelbar verwertbarem Fachwissen vergißt völlig, daß dieses immer schneller veraltet, daß es aktualisiert und ergänzt werden muß. Nicht veralten wird hingegen die motivierte Fähigkeit, die früher erworbenen Kenntnisse zu erweitern und durch Neues zu ergänzen, Probleme erkennen und lösen zu können.

Geld spielt hierbei natürlich eine wichtige Rolle. Entscheidend wichtig aber, ich wiederhole mich, ist die Art und Weise, wie man mit den Betroffenen umgeht, daß man die Freude am Lehren und Lernen (und beides ist anstrengend!) fördert und nicht behindert, ja zerstört. Und hier hat sich bei mir in Jahrzehnten auch ein Mißtrauen gegenüber den Schlagworten und Patentlösungen einiger Fachvertreter/innen der Pädagogik und Didaktik herausgebildet: Hochgestochene, oft wechselnde Terminologie mag eindrucksvoll klingen, sie vernebelt aber oft die Probleme und trägt kaum etwas zur tatsächlichen Lösung bei.

Wissenschaft und Forschung

Am besten kann ich mich - natürlich - zum Thema 'Universität' in Salzburg äußern. Auch hier kann ein Blick in die Geschichte kein Fehler sein: Eine Universität wurde 1622 durch Erzbischof Paris-Lodron begründet; dominierend waren dabei Lehrende aus dem Orden oder Umkreis der Benediktiner, und diese Salzburger Universität erwarb sich schnell einen guten Ruf. Nach den Napoleonischen Kriegen, als das bis 1805 dahin selbstständige Land Salzburg 1810 an Bayern fiel, wurde die Benedektiner-Universität auf ein Theologisches Lyzeum reduziert, und die Donaumonarchie, deren Teil Salzburg dann 1816 wurde, hatte sichtlich kein Interesse an einer Revitalisierung der ehemaligen Universität. Im Kontext der europaweiten Neugründungswelle von Universitäten wurde schließlich auch diejenige in Salzburg 1962 neu begründet, nicht als geistliche Universität (wie von manchen gewünscht), sondern als 'normale' staatliche Hochschule. Salzburg ist dadurch zwar bis jetzt im allgemeinen Bewußtsein noch zu keiner wirklichen 'Universitäts-Stadt' geworden trotz der Universität Mozarteum (früher Hochschule) sowie der jungen Privat-Universität. Aber die staatliche Paris-Lodron-Universität ist - teilweise in der Öffentlichkeit unbemerkt - inzwischen zum größten Arbeitgeber der Stadt geworden.

Als ich 1976 in Salzburg mein Ernennungsdekret ausgehändigt bekam, hatten die österreichischen Universitäten eben eine neue gesetzliche Struktur bekommen: Unter dem Eindruck der 68er-Bewegung sollte - um es schlagwortartig zu formulieren - der alte Typ der Ordinarien-Universität, wie er bis dahin im gesamten deutschsprachigen Raum (und nicht nur dort) üblich gewesen war, durch die Gruppen-Universität mit Mitbestimmungsmöglichkeiten aller Beteiligten abgelöst werden. Vorbild für Österreich war das deutsche Hochschulgesetz, doch wurden die dort später notwendigen Änderungen nicht übernommen - obwohl sie, nach meiner Meinung, auch hier notwendig gewesen wären. Dennoch funktionierte die neue Ordnung zunehmend gut, und da es damals keine drückende Mittel-Knappheit gab, gab es auch erheblich weniger Streitpunkte.

In den neunziger Jahren brach dann in unserem zuständigen Ministerium die Reform-Wut aus. Anstatt aber bestehende Mißstände, die es zweifellos gab, durch Reformen zu optimieren, gab es eine ausgiebige Polemik gegen die Einrichtung Universität und mehr oder minder pauschal gegen alle Lehrenden, dann die Verordnung von neuen Gesetzen, und dies gleich zweimal in kurzen Abständen. Die Universitäten, und so auch die beiden staatlichen Hochschulen in Salzburg, wurden in die Autonomie entlassen. Das war grundsätzlich ein Vorhaben mit etlichen Vorteilen, diese wurden aber mehr oder minder vernichtet, weil es mit der etwa gleichzeitig und durchaus notwendigen finanziellen Kürzungsaktion kam: Ergebnis für die Universitäten war, daß sie nun den neuen Mangel selbst verwalten durften, ohne wirklich für die neuen Aufgaben einer autonomen Verwaltung gerüstet zu sein.

Hinzu kam etwas weiteres, nämlich die allenthalben festzustellende Tendenz, sich an dem Vorbild Amerika zu orientieren. Von dort sollte plötzlich das Heil kommen, mit dem wirtschaftlichen Neoliberalismus, mit der durchaus aus egoistischen Gründen forcierten Globalisierung, und so eben auch mit einer erneuten Universitätsreform. Allerdings hatte ich bald, nachdem ich eine ganze Menge von US-Universitäten und auch das dortige System etwas kenne, den dumpfen Verdacht, daß hier teilweise Leute am Werk waren, die nicht so recht wußten, wie das vielzitierte amerikanische Universitäts-System aussah.

Die oft angeführte Effizienz der dortigen Universitäten, die zu den vielen Nobelpreisen führt, erklärt sich ja aus verschiedenen Ursachen; dies sind:

- die enorm große Anzahl von Universitäten und Studierenden;
- eine bis in die Anfänge der Vereinigten Staaten zurückreichende Tradition von Privat-Universitäten oder Sponsoring, unterstützt, ja ermöglicht durch eine entsprechende Steuergesetzgebung;
- ein dadurch beförderter Wettbewerb unter den Universitäten,
- und vor allem reichliche finanzielle Mittel.

Es ist ja kein Zufall, daß es wegen der dortigen Arbeitsbedingungen lange Zeit einen brain-drain in die USA gab, daß Studierende und Wissenschaftler aus vielen Ländern der Welt dorthin zogen, dort bessere Arbeitsbedingungen fanden und schließlich dort blieben. Viele herausragende wissenschaftliche Leistungen wurden und werden in den USA von solchen akademischen Immigranten bewirkt.

Für die manchmal paradieshaften Arbeitsbedingungen nur ein einziges Beispiel: Bei einem meiner verschiedenen Besuche in Harvard zeigte mir ein Kollege die dortige Bibliothek, und da konnte man nur staunen: Eine Bibliothek, die zumindest damals für sich in Anspruch nahm, alle auf der Welt erschienenen Bücher und Publikationen von wissenschaftlichem Niveau zu besitzen; mit Öffnungszeiten bis spät in die Nacht, teilweise auch sonntags; mit der Möglichkeit, jedes Buch sofort selbst aus dem jeweiligen Regal holen und benützen zu können. Wir beide kramten, als Versuch, die abgelegensten wissenschaftlichen Buchtitel unseres Fachgebiets aus unserem Gedächtnis: Alle, mit einer einzigen Ausnahme (nämlich der zweiten Auflage einer alten Edition) waren im Katalog der Harvard University Library zu finden.

Für die Studierenden an dieser privaten Universität gab und gibt es vielfältige Möglichkeiten für Stipendien und universitäre Jobs. Und dann trügt natürlich der Ausdruck: “Privatuniversität”. Solche Universitäten, von denen einige zur Elite gehören, sind langsam gewachsene Unternehmen, ähnlich einem Konzern oder einer großen Stiftung, die von dem angesammelten und oft riesigen Besitz lebt; dann von den Unterstützungen zumeist ehemaliger Studierender (wobei die Summen in die Millionen gehen können); und schließlich auch von den Studiengebühren, die im US-System von Anfang an üblich waren, welche aber die Gefahr heraufbeschwören, hinsichtlich Bildung und Ausbildung eine Klassengesellschaft zu produzieren. Aber auch von dem deutschen, von Wilhelm von Humboldt nach den napoleonischen Kriegen in Preußen konziperten Universitätsmodell hatte und hat man etliches übernommen, so etwa die Einheit von Forschung und Lehre, das Prinzip des forschenden Lernens, und zwar in der 'Oberstufe' (also im post-graduate-Studium).

Mit raschen Gesetzen war derartiges in Europa, wo es ja weitgehend eine andere Tradition gab, nicht so schnell nachzuahmen, zumal man gerne nur die 'billigen' Teile übernahm, nicht aber diejenigen, die langfristige Anstrengungen und viel Geld erfordern würden.

Dazu kam, im Kontext meines Fachgebietes, etwas weiteres: Nämlich eine zunehmende Polemik gegen die Geisteswissenschaften (engl. humanities), denen Nutzlosigkeit für die Gesellschaft (sprich: Wirtschaft) vorgeworfen wurde, ein bequemes Verweilen im vielzitierten Elfenbein-Turm, ein mangelnder Praxis-Bezug. Es ist natürlich auch hier nicht zu bestreiten, daß tatsächlich einiges im Argen lag. Aber wiederum: Statt das Bestehende, das ja in der Vergangenheit sehr erfolgreich gewesen war, zu reformieren, versuchte man es zu demontieren und wollte Neues schaffen, ohne dazu wirklich imstande zu sein, ja auch nur die Mittel dafür zu haben. Man vergaß völlig, daß die großen Forschungsleistungen der deutschsprachigen Universitäten, auch und besonders in den Naturwissenschaften, auf der Grundlage einer breiten Allgemeinbildung durch die verschiedenen Schulen und durch ein von großen Freiheiten gekennzeichnetes Universitäts-System gemäß Humboldts Reformen bewirkt und offenbar verursacht wurden. Nach dem durch das nationalsozialistische Regime verursachten akademischen Aderlaß, von dem sehr viele US-Universitäten profitierten, hätte man nach dem Weltkrieg vorsichtig reformieren müssen. Dies wurde mehr oder minder durch die neue Massenuniversität verhindert, und als man dann mit Reformen begann, war es oft zu spät. Doch auch hektische Aktivitäten von oben oder die der Versuch, fremde Vorbilder eilends nachzuahmen, brachten nicht das Heil.

All dies zusammengenommen bewirkte, daß die Universitätslandschaft Europas nicht nur im deutschsprachigen Raum, in eine Krise schlitterte, aus der sie nur schwer und nur durch langfristige Anstrengungen wieder herauskommt. Und hier hat man, wie ich meine, einen ähnlichen Fehler gemacht wie in den Schulen: Man hat einen Großteil der Beteiligten, der durchaus Willigen und zu Veränderungen Bereiten demotiviert: Resignation und Zynismus ist derzeit unter Lehrenden und Forschenden nicht selten. Hier helfen keine Gesetze, keine Planungen (die oft an diejenigen im vergangenen Ostblock erinnern!): Solange es nicht gelingt, den Universitäten ein durch hohe Motivation bewirktes Selbstvertrauen zurückzugeben, sind - so fürchte ich - alle Anstrengungen vergebens. Ein früherer Rektor der Salzburger Universität antwortete auf die Frage, was die Universitäten hierzulande benötigen würden, vor etlichen Jahren ganz schlicht: Ein bißchen (!) mehr Geld und Ruhe zum Arbeiten.

Forschungsleistungen lassen sich im Bereich der Geisteswissenschaften, und letztlich wohl auch im Bereich der Naturwissenschaften, nur zu einem kleinen Teil wirklich planen - und wer weiß, ob das, was man heute plant, morgen oder übermorgen dann auch wirklich wichtig sein wird. Insofern ist es auch eine Augenauswischerei, wenn behauptet wird, man könne kurzfristig 'Elite-Universitäten' planen: Das klingt zwar nach Aktivität und Wille zur Maximierung und Optimierung, verkennt aber das Wesen von Forschung und Lehre.

Lehre und Ausbildung sind lebensnotwendige Investitionen in eine nicht ganz nahe Zukunft, und zwar in ganzer Breite und ohne Schielen auf eine schnelle Verwertbarkeit. Kurzfristig gesehen sind Bildung und Ausbildung, und zumindest auch die nicht auf ein praktisches Ziel gerichtete Grundlagenforschung nicht gewinnbringend, und sie können kurzfristig nicht nach dem wirtschaftlichen Prinzip von Input/Output bewertet werden. Die Reformen müssen vorsichtig angegangen werden, im stetigen Kontakt mit allen Betroffenen, die in ihrem positiven Veränderungswillen zumeist viel besser als ihr von den Medien verbreiteter Ruf sind. Um es zu wiederholen: Das System der Schulen und Hochschulen, mit ihrer Betonung einer breiten und allgemeinen Ausbildung, hat in der Vergangenheit Enormes hervorgebracht - nicht umsonst war lange Zeit Deutsch eine weltweit angesehene Wissenschaftssprache. Das hat sich verändert: Aber Besserungen sind durch blinden Eifer und Zerstören alter Strukturen nur dann zu erreichen, wenn man wirklich etwas Besseres anbieten kann. Es mag sein, daß mir das Alter den Blick trübt: Aber ich kann derzeit in eine solche Richtung nur wenig Positives sehen.

Unerwähnt blieb bisher ein ganz wichtiger Teil der universitären Hochschulen, nämlich die vielen Studierenden, die wir ausbilden. Sie sind in den Jahrzehnten meiner eigenen Universitätserfahrung (zuerst als Student, dann als Assistent, Dozent und Professor) zwar sehr viel anders geworden, aber bestimmt nicht schlechter. Hier findet man unverändert viel Interesse und Motivation - denn wie wäre es sonst zu erklären, daß nach wie vor angeblich 'brot- und nutzlose' Fächer studiert werden, vor denen abzuraten sogar eine Hochschul-Ministerin zeitweise nicht müde wurde. Es scheint ein echtes Bedürfnis zu bestehen, sich mit Gegenständen zu beschäftigen, die menschliche Einsichten und Werte, Informationen über uns selbst vermitteln. Hier könnte ich verschiedene unserer Senioren-Studenten anführen: Lebenserfahrene Personen, die in Wirtschaft, Verwaltung und Politik erfolgreich waren, und die jetzt sich mit etwas beschäftigen wollen, was - um es sehr altmodisch auszudrücken - 'Sinn' macht und 'Sinn' vermittelt.

Was man im Einzelnen noch tun könnte ....

Abgesehen von meinem zentralen Anliegen hinsichtlich der Wichtigkeit von Motivations-Steigerung auf allen Ebenen, läßt sich an den reformbedürftigen Universitäten, und so auch in Salzburg, durchaus viel verbessern. Damit meine ich nicht deren Veränderung im Sinne einer Kommerzialisierung und neoliberalen Globalisierung (was immer das auch heißen kann), nicht ihre Unterwerfung unter das hier zerstörerische Input/ Output-Prinzip. Die Universitäten sollten ein Ort der ineinander verbundenen Forschung und Lehre, also der Wissenschaft, sein. Dabei muß die Lehre je nach Fachgebiet durchaus unterschiedliche Ziele haben, und zwar von spezifischer, praxisorientierter Ausbildung bis hin zu einer breiten Bildung, eingebettet in Kompetenzen wie Fähigkeiten zu selbstständigen Problem-Lösungen und zum selbstverantwortlichen Umgang mit neuen Tendenzen.

Der im Herbst 2001 neugewählte Rektor der Universität Salzburg, Heinrich Schmidinger (mit seiner Kombination von Philosophie und praktischer Erfahrung in der Führung eines Betriebes ein wahrer Glücksfall für Salzburg) stellte in seiner Antrittsrede ganz entsprechend fest: "Ich will, daß die Universität ein Ort der Wissenschaft bleibt" - eine Aussage, der ich (natürlich) voll zustimme und die gar nicht oft wiederholt werden kann. Dazu gehört, daß die Universitäten sich mehr Gedanken über die präzisen Ziele ihrer Arbeiten machen, nicht - wie schon erwähnt - im Sinne einer zentralen Planung, sondern mit Blick auf Notwendigkeit, Bedarf und Möglichkeiten. Oft gebrauchte Schlagworte sind in diesem Zusammenhang: Team-Arbeit, Interdisziplinarität, Internationalität - alles völlig richtig und notwendig, aber hier wurde bisher immer wieder heftig gesündigt, keineswegs von allen und auch nicht von der Mehrheit, aber doch von genügend Personen. Mich irritierte und ärgerte der offenbare Gegensatz zwischen Forderung und Realität: Es geht nicht an, um nur zwei Beispiele zu nennen, daß man Interdisziplinarität und Team-Arbeit fordert, daß dann aber (frühere) Institutsleiter - wie tatsächlich geschehen - bei Einstellungsgesprächen etwa Team-Kooperation mit einem großen Theater als sachlich unerheblich und als Beweis für mangelnde Selbstständigkeit abqualifizieren, oder - noch schlimmer - Jüngeren damit drohen, daß die Nicht-Beachtung von Fachgrenzen bei der nächsten Verlängerung des Dienstpostens hinderlich sein könnte.[2]

Doch sind die Universitäten keineswegs ein hoffnungsloser Fall, und der ständige Hinweis auf die angeblich sehr viel effizenteren Strukturen in 'der Wirtschaft' scheint auch eher eine Wunschvorstellung zu sein. In der Heilig-Abend-Ausgabe 2004 der "Salzburger Nachrichten" (Verfasser: Bernhard Schreglmann) konnte man unter dem Obertitel 'Karrieren' erfahren, daß laut einer "globalen Produktivitätsstufe von 'Czipin & Proudfoot Consulting'" [...] "fast 40% der Arbeitszeit in österreichischen Unternehmen [..] mit unproduktiven Tätigkeiten verbracht" wird, und zwar durch "Fehler und Schwächen vor allem im mittleren Management". Und ich habe ganz große Augen bekommen, als ich dann bezüglich einer Therapie unter anderem lesen konnte: "Produktivität und Motivation stehen in einem engen Zusammenhang" - Da fiel mir nur ein: 'Behaupte ich das nicht seit langem'?

Nun sind Wirtschaftsbetriebe mit einer Schule oder Hochschule nicht - wie ausgeführt - wirklich zu vergleichen, weder in den Strukturen noch gar in der Arbeitsweise. Aber eine möglichst hohe Motivation aller Beteiligten, mit einem "Klima des Vertrauens" (so laut dem genannten Artikel), ist unbedingt notwendig, ja vielleicht sogar eine der möglichen 'Zauberformeln'. Unverzichtbar ist in diesem Zusammenhang Gesprächsbereitschaft und der Dialog auf allen und mit allen Ebenen - bloße Kommandos, Befehle und Anweisungen 'von oben' bewirken das genaue Gegenteil, nämlich Demotivierung in jeder Hinsicht, sei es beim Produzieren und Verkaufen oder beim Forschen, Lehren und Lernen.

Ausblick

Was hat dies aber alles mit Salzburg zu tun? Ich meine: Sehr viel. Die Zukunft wird zum großen Teil davon abhängen, was wir Kindern und Kindeskindern vermittelt haben. In einer Stadt wie Salzburg und einem Land wie Österreich gehört dazu: Kenntnis der Vergangenheit, um daraus Selbstwertgefühl für Zukunftsaufgaben zu gewinnen, um daraus die Gegenwart, das uns Umgebende, besser verstehen zu können. Ich weiß nicht mehr, von wem der Aussage stammt: Ein Land, das seine Geschichte (und damit seine Kultur sowie schließlich seine Identität) vernachlässigt oder verliert, verspielt letzten Ende auch seine Zukunft. Auch hier sind Kooperation und Dialog notwendig, und zwar zwischen Kunst, Kultur und Wissenschaft sowie mit der Öffentlichkeit - Versuche und Ansätze dafür sind durchaus vorhanden.

Epilog: Erinnerungen angesichts einer Baulücke

Wenn ich mir jetzt kurz vor Weihnachten 2004 die Baulücke neben dem Großen Festspielhaus anschaue, überkommen mich Erinnerungen: Nicht nur an viele, oft sehr eindrucksvolle Aufführungen im Kleinen Festspielhaus, sondern auch an Gelegenheiten, wo dort ein Dialog zwischen Kunst und Wissenschaft möglich war: Etwa in der Saison 2003, als Oswald Panagl und ich als Dramaturgen bei der Produktion von "Die Liebe der Danae" (Richard Strauss/ Joseph Gregor) tätig waren, oder im vergangenen Sommer, als ein Absolvent unseres Instituts, Kurt Arrer, meine Kollegin Siegrid Schmidt und ich eine Ausstellung über den österreichischen Komponisten Erich Wolfgang Korngold konzipierten und realisierten - den Ort dafür, nämlich das Orpheus-Foyer gibt es nicht mehr, aber solche Erinnernungen zeigen, daß bei entsprechender Motivation auf beiden Seiten ein solcher Dialog durchaus funktionieren kann.

Literatur:

Fuchs, Christian M. (Redaktion): Theaterzauber. Salzburger Landestheater: Die Ära Hochstraate 1986-2004. Salzburg 2004

Kammerhofer-Aggermann, Ulrike/ Alexander G. Keul (Hrsg.): The Sound of Music zwischen Mythos und Marketing. Salzburg 2000 (= Salzburger Beiträge zur Volkskunde 11)

Kyrer, Alfred, Der wirtschaftliche Nutzen von Festspielen, Fachmessen und Flughäfen am Beispiel der Region Salzburg, Regensburg 1987

Kyrer Alfred und Wolfgang Roscher (Hrsg.): Genießen, Verstehen, Verändern - Kunst und Wissenschaft im Gespräch, Interuniversitäre Ringvorlesung der Hochschule Mozarteum und der Universität Salzburg, Anif/ Salzburg 1994

Schmidinger, Heinrich: Inauguration (19.11.2001); in: Information des Büros für Public Relations der Universität Salzburg vom 20.11.2001

Schmidt, Konrad: Wozu sind die Universitäten da? Erinnerung an ein Ideal, in: Neue Zürcher Zeitung vom 25.10.2004, S.17

Schreglmann, Bernhard: Teure Managementfehler, in: SN vom 24.12.2004, S.33 ('Karriere')

Zu den Salzburger Festspielen siehe zusammenfassend die alljährlich erscheinenden Almanache (Residenz-Verlag, Salzburg)

Die Sammelbände zu den seit 1989 alljährlich in Zusammenarbeit mit den Salzburger Festspielen durchgeführten Internationalen Symposien zu Themen des Musiktheaters, hrsg. von Peter Csobádi, Gernot Gruber, Jürgen Kühnel, Ulrich Müller, Oswald Panagl, Franz Viktor Spechtler, erscheinen jeweils in der Reihe "Text und Musik. Salzburger Akademische Beiträge" (Anif/Salzburg; http://www.mueller-speiser.at)

Fußnoten:

* Kurzvita: Der Verfassser ist in Schwaben/ Deutschland geboren und aufgewachsen; hat an der einzigen Universität studiert, die für die Ausbildung von Schwaben zählt (nämlich in Tübingen); war ab 1973 Gastdozent und ist seit 1976 Ordinarius für deutsche Literatur des Mittelalters an der Universität Salzburg, hat der "lande viel gesehen" (um Walther von der Vogelweide zu zitieren) und beschäftigt sich - nicht nur zur Freude mancher Kollegen - immer wieder mit Themen, die (scheinbar) außerhalb seines Fachgebietes liegen. – Zum Einzelnen siehe die Home-Page: http://www.sbg.ac.at/ger/people/muelleru.htm

[2] Hinweise, ich solle doch gefälligst bei meinem (akademischen) Leisten bleiben, habe auch ich mir schon anhören müssen: Zum Glück aber bin ich in einer Lage, daß ich solche Ansinnen schlicht ignorieren kann - was für Jüngere eben nicht gilt.

13. Monat

Soziale Politik in Salzburg oder: Verdrängen ist leichter als Bewältigen

von Peter Wandaller *

Des Satans Fangnetz in der Welt
Hat keinen andern Nam´ als Geld
(Schuldknecht im Jedermann)

Einleitung : Ein dreizehntes Monat ?

Seit wann gibt es denn dreizehn Monate? Juvavum hatte im Glanze des römischen Reiches nur 12 Monate. Damals gab es aber keinen Sozialstaat und schon gar nicht 14 Gehälter, die für den Salzburger bzw. Österreicher auch nicht mehr wegzudenken sind. Eine Abschaffung dieser Errungenschaft ist sicher nur durch eine Revolution zu haben. Der Staat spart zwei Zusatzgehälter für uns und bei besonderen Anlässen - Urlaub oder Christi Geburt - lässt er sie uns fürsorglich und steuerschonend zukommen. Wir würden das Geld nämlich sofort verprassen und stünden zu Weihnachten und in Urlaubszeiten ziemlich blöd da. Insofern ist der Dreizehnte ein Segen.

Aber warum wird die Sozialpolitik in dieser Publikation erst im dreizehnten Monat abgehandelt? Die frühgeschichtlich bereits erwähnte Unglückszahl "Dreizehn" für die Sozialpolitik reservieren ? Ein böses Omen. Die Salzburger sind doch zurecht stolz auf die sozialen Errungenschaften. Warum also nicht der Jänner oder der März ? Oder weiss der Herausgeber, dass 90% der sozialen Sicherung auf Bundesebene entschieden wird und der Rest nicht von so grosser Bedeutung ist? Oder glaubt er, dass die fetten Jahre vorbei sind, wie es fast alle Leitartikler vorgeben zu wissen?

Braucht eine reiche Stadt Sozialpolitik ?

Sozialpolitik ist der verzweifelte Entschluss an einem Krebskranken eine Hühneraugenoperation durchzuführen. So sah es noch Karl Kraus. Sozialpolitik ist das Konkurrenzunternehmen zum "freien Markt". Deshalb hat sie zurzeit keine gute Presse. Diese ist mehrheitlich der Meinung, dass zuviel Sozialpolitik nicht gut ist. Der Mensch wird dann faul, der Staat bricht zusammen, die Kommune wird (ist?) bankrott. Dabei ist die Sozialpoltik nur die Reparaturwerkstatt des freien

Marktes.Wenn die Autos nicht mehr so toll laufen, ist dann die Autowerkstatt schuld ? Sind sie kaputt, wird natürlich über die hohe Reparaturrechung geschimpft. Gliedert der freie Markt Menschen aus, dann soll gefälligst die Reparaturanstalt "Sozialstaat" diese auffangen. Aber teuer soll das selbstverständlich nicht sein.

Die schrankenlose Freiheit des Marktes bedeutet, dass es dem Starken freisteht, den Schwachen zu tyrannisieren und ihn seiner Freiheit zu berauben. Das ist der Grund, warum der Staat die Freiheit in gewissem Masse einschränkt. Die sozialen Institutionen sollen die wirtschaftlich Schwachen vor den wirtschaftlich Starken schützen. "Freiheitliche" Menschen sollen jetzt nicht verzweifeln. Die soeben gelesenen schönen Worte stammen von Karl Popper[1] . Der zum Adel erhobene österreichische Philosoph, Thatcherliebling und immer wieder von Haider falsch Zitierte, ist nicht zufällig erwähnt. Alle berufen sich auf ihn, deshalb soll seine Definition von der Notwendigkeit des Sozialstaates den Marktschreiern eine Lehre sein.

Aber warum brauchen das die Salzburger? Die 145.000 Einwohner in der Stadt Salzburg sind auf 94.000 Arbeitsplätzen überdurchschnittlich fleissig (hohe Erwerbsquote), erwirtschaften ein enormes Wirtschaftsprodukt und bringen dadurch auch mehr Steuern als andere auf. Die Kaufkraft ist gross, Salzburg hat viele Einkommensmillionäre. Arbeitslose gibt's bei uns fast nicht: nur 2.4% oder 2.400 im Jahresdurchschnitt finden keine Arbeit. Und drei Viertel von ihnen, sind nicht länger als drei Monate arbeitslos. Die Städter verdienen auch mehr : der Durchschnittsmann verdient mit 27.000 (12 mal im Jahr) um 1.700 mehr als im Landesschnitt, die Durchschnittsfrau mit 18.550 immerhin noch um 1.000 ATS[2].

Man wird nicht viele Städte in Europa finden, die solche Wirtschafts- und Sozialdaten vorweisen können. Und trotzdem stöhnt diese Stadt jahrein, jahraus unter den angeblichen Soziallasten. Zeitweise - besonders im Herbst, wenn die Ressortansprüche im Budget angemeldet werden - wird die Sozialdebatte ausgesprochen hysterisch. Ständig "explodiert" irgend ein Sozialtopf und jeder Politiker, der in liberalistischen Zeiten etwas auf sich hält, stösst kräftig in dieses Horn. In Österreich explodieren höchstens Briefbomben, aber das ficht die tapferen, politischen Kämpfer weiter nicht an. Die kriegerische Sprache lässt sich auch auf dem Schlachtfeld der Sozialpolitik recht wacker anwenden. Spekuliert wird mit dem Nationallaster, Neid und uneigennütziger Gemeinheit, die nach Friedrich Heer[3], dem grossen Kulturphilosophen Österreichs, zu unserem Hauptcharakterzug gehören. Individuell gefragt, antworten 90% der Salzburger, es gehe ihnen gut. Vor Publikum dreht sich das schnell um: man jammert, weil man kennt zumindest einen, dem es besser geht. Dieses Wissen macht bekanntlich krank.

Nicht die Wirtschafts- und Sozialpolitik ist in der Krise, sondern das Gerede darüber. Wie wird in dieser Stadt erst diskutiert werden, wenn es tatsächliche konjunkturelle Verschlechterungen in der Zukunft geben sollte. Zwar weisen

(noch) alle Hochrechnungen im Land auf "weiter wie bisher", aber bereits 1995 wird Salzburg nicht mehr so erfolgreich mit seinem Wirtschaftswachstum sein, wie die vergangenen Jahrzehnte davor .

Noch ist es nicht soweit. Trotzdem werden die sozialen Kosten bereits heute als unerträglich bezeichnet. Wer braucht Hilfe und welche Kosten fallen nun für die Kommune an ?

Wer braucht die Hilfe der Gemeinschaft ?

Jeden Tag trat ich in die Vorhölle ein, die
von der Salzburger Stadtverwaltung für ihre
Ausgestossenen gebaut worden ist (Thomas Bernhard, Der Keller)

95% der Salzburger erhalten von der Kommune keine sozialen Stützungen. Die absolute Mehrheit verdient entweder genug oder erhält von der Sozialversicherung genügende Transfers, sodass sie die kommunalen Haushalte weiter nicht brauchen. Viele von ihnen kommen auch in den Genuss von Wohnbauförderungen, dies scheint aber nur im Landeshaushalt auf. Dafür werden 2.8 Milliarden pro Jahr ausgegeben, also wesentlich mehr als für die eigentlichen Sozialausgaben, aber weil diese Förderung eher von begüterten Haushalten in Anspruch genommen werden, hält sich die Kritik an diesen Staatsausgaben in Grenzen.

4.5% der Salzburger bezogen 1994 eine Sozialunterstützung von der Kommune.
Die Hälfte von ihnen braucht Hilfe weil sie zuwenig verdienen oder die teuren Wohnungen nicht bezahlen können bzw. weil sie arbeitslos sind. Ein Drittel sind Pensionisten. Der Rest fällt auf Kinder und Sonstige. Dieser Personenkreis erhält Sozial- und Behindertenbeihilfe, Jugendhilfe und Seniorenbetreuung. Soziale Dienste werden in allen Bereichen von freien Trägern angeboten.

Die Anzahl der Betroffenen stellt lediglich eine Momentaufnahme dar. Wie lange sie diese Hilfen beziehen, wissen wir nicht. Könnten wir aber wissen, wenn Politiker das wissen wollten. Stattdessen machen sich die Experten von Land und Stadt übereinander lustig. Sie werfen sich die angeblich falschen Statistiken gegenseitig um die Ohren. Längsschnittuntersuchungen wären deshalb wichtig, weil wir dann wissen, wie Personen in die Sozialhilfe kommen, wie lange sie dort verweilen und wodurch sie wieder unabhängig wurden. Für die Arbeitslosenstatistik eine Selbstverständlichkeit.

In der Bundesrepublik gibt es diese Untersuchungen und die kommen zu folgenden Ergebnissen : 70% brauchen nie Sozialhilfe, 20% verweilen in der Sozialhilfe ein bis zwei Jahre und 10% sind drei Jahre und länger davon abhängig.[4] Die Zweidrittelgesellschaft gibt es also nicht einmal in der BRD. In

Salzburg, wo es wesentlich weniger Sozialhilfeempfänger und daher weniger Ausgaben in diesem Bereich gibt, schätze ich das Verhältnis auf 80% (brauchen nie Sozialhilfe),15% (vorübergehend), 5% relativ lange. Diese Verhältnisse können sich bei Zunahme von Arbeitslosigkeit schnell ändern. In Deutschland sind immerhin schon 44% der Arbeitslosen über ein Jahr arbeitslos (im europäischen Durchschnitt sind es 48%), in Österreich sind es erst 17%, im Land Salzburg 7% und in der Stadt Salzburg 11.5%.(495 Personen)[5]

Die zunehmende Deregulierung seit 1980 hat in Europa deutliche Spuren hinterlassen. Schlanke Staaten und deregulierte Arbeits- und Finanzmärkte blenden die davon betroffene Armutsbevölkerung aus ihren Überlegungen aus. Österreich konnte sich eigentlich bis 1995 in weiten Bereichen dieser Entwicklung entziehen. Die Zeichen stehen aber auch bei uns auf Sturm. Der Wohlfahrtsstaat ist angeblich unfinazierbar geworden. Auch wenn diese These einhundert Jahre alt ist, wird sie in den nächsten Jahren so oft wiederholt werden, bis die nötigen Löcher im Sozialnetz auch spürbar werden. Diese nationale Tendenz - in ganz Europa ablesbar - wird sich auch auf Länder und Kommunen auswirken.

Was zahlen die Salzburger für die Wohlfahrt ?

Dein Reichtum bin ich halt, dein Geld,
Dein ein und alles auf der Welt
(Mammon im Jedermann)

6.170 Schilling zahlte jeder Salzburger 1994 oder 905 Millionen. Jeder fünfte Schilling (19.8%) der Stadtausgaben wird für Wohlfahrt verwendet .1990 waren es erst 16.5%. Die Einnahmen - in Pensionistenheimen bzw. für soziale Dienste - von 268 Millionen abgezogen, ergeben sich Nettoausgaben von 636 Millionen. (das sind13.9% der Gesamtausgaben;1991 waren es13.1%! und1983 12.1%) Oder : In den letzten fünf Jahren brauchte die Stadt jedes Jahr 40 Millionen mehr.

Die höchsten Ausgaben liegen übrigens beim Personalaufwand: 345.7 Millionen oder 41% der Gesamtausgaben kostet das Personal der städtischen Institutionen bzw. Sozialdienste. Allein 166 Millionen kostet das Personal in den Pensionistenheimen und 179 Millionen in den Kindergärten. Die Transferzahlungen an bedürftige Bürger bewegen sich seit fünf Jahren gleichbleibend bei 39% aller Sozialausgaben. Die Wohlfahrtsämter (Sozial- Jugend- Seniorenämter), die privaten und öffentlichen Pensionistenheime, Kindergärten und Jugendeinrichtungen brauchen den Löwenanteil. Die oft gescholtene "freie Wohlfahrt", also die Unterstützung von gemeinnützigen Vereinen, die Lücken im Wohlfahrtsstaat abdecken, erhalten seit Jahren immer weniger. Den 61.3 Millionen stehen hier Einnahmen von 23 Millionen gegenüber. Auf sie entfallen lediglich 7% aller Ausgaben. Oft vorgeschlagene Einsparungen in diesem Bereich werden keine budgetwirksamen Folgen haben, dafür soziale Infrastruktur zerstören.

Ein kleiner Blick in die Ausgabenstruktur zeigt, dass Sparen sehr schwer ist. Die allgemeinen Sozialhilfetransfers (Summe:234 Millionen) stagnieren ohnehin schon und wären nur zu reduzieren, wenn es weniger Arbeitslose oder höhere Arbeitslosenversicherungsleistungen geben würde. Die Kosten für Wohnungsunterbringung sind nur bei anderen Prioritäten der Wohnbauförderung zu reduzieren. Bei Pensionisten kann man nur sparen, wenn die Lasten noch mehr auf die Familien überwälzt würden. Oder will man den amerikanischen Weg gehen und Müttern mit Kindern (2.100 Kinder beziehen Sozialhilfe in Salzburg) die Sozialhilfe streichen? Das wird sich ja hoffentlich niemand trauen.

Sozialpolitik ist hauptsächlich nur mehr strukturkonservative Finanzpolitik. Es ist ein allgemeiner Volkssport um Kürzungen der Budgets ausgebrochen. Neue, alternative Ideen, Verbesserungen der Familienstrukturen, Stärkung der natürlichen Ressourcen, von der die Gemeinschaft noch immer lebt (z.B. Pflege in der Familie), eine andere Wohnungspolitik, langfristige Investitionen in Infrastruktur (z.B. Kindergärten) um eine höhere Erwerbsquote und damit mehr Finanzmittel für die Kommune zu erreichen, kreatives Ausnutzen der Pensionisten für städtische Hilfssysteme, werden aus Ideenmangel nicht einmal mehr angedacht.
Dass dies für eine kommunale Sozialstaatsstrategie immer dringender wird, zeigt ein Blick auf die unmittelbare Zukunft.

Zukunftsblockaden

Kein Mensch kann einem andern die Beschäftigung ersetzen ,wenn man ihm Arbeit und Beschäftigung nimmt, geht er ein und ist in kurzer Zeit tot. (Thomas Bernhard, Der Keller)

a) ideologische Blockierungen

Die bisherige These lautete: trotz relativ guter Wirtschaft-und Arbeitsmarktdaten in Österreich und speziell in Salzburg haben wir dieselbe Sozialstaatsdebatte wie im restlichen Europa. Womit die Anschwärzung des Sozialstaates hierzulande als reine Ideologie bezeichnet werden kann. Wer den Unterschied in der empirischen Gegebenheiten nicht mehr ausmachen kann, pfropft Ideologien auf die Realität so lange auf, bis sie der Wunschwirklichkeit entsprechen.

Die grossen Ideen einer besseren Gesellschaft für möglichst viele werden heute heruntergemacht. Von diesen Ideen lebt aber die Sozialpolitik. Dieser Wunsch nach besserer Zukunft sei "vergeblich"[6] so eine zentrale konservative These. Aber auch diese These ist sehr alt. Schon der grosse Kritiker der französischen Revolution - Edmund Burke - oder Malthus bzw. Tocqueville äusserten sich höhnisch über die Armengesetze im 19. Jahrhundert. Die Gesetze waren für sie an der Armut schuld, so wie heute der Sozialstaat an der noch immer vorhandenen Armut. Freie Bahn dem Markt und der internationalen Industrie. Auch wenn die globalen Ressourcen rapide schwinden, die Armut weltweit zunimmt und die Verteilung der Güter immer ungerechter wird, so liegt das nicht an ungerechten Produktionsstrukturen, sondern an der Medizin dagegen, dem Sozialstaat.

Diese Ideen werden seit zweihundert Jahren immer nach langen Reformschüben gesellschaftsfähig. Nach der französischen Revolution, am Anfang unseres Jahrhunderts nach den ersten Sozialversicherungsgesetzen und seit 1975 nach der langen Ausbauperiode des Wohlfahrtsstaates in Europa. Heute ist eben der Wohlfahrtsstaat dem Markt im Weg. Dieser ist angeblich immer im Gleichgewicht und der Staatseingriff stört nur die natürliche Harmonie.[7] Diese Theorie ist immerhin zweihundert Jahre alt und wird seit über 100 Jahren in der Realität nicht befolgt. Seit den späten siebziger Jahren unseres Jahrhunderts tritt sie aber wieder mit religiöser Unfehlbarkeit auf.

Neue Formen von Sozialpolitik werden in diesem ideologischen Klima nicht mehr für möglich gehalten. Deshalb diskutieren ja fast alle über Finanzen, statt über die Ursachen, warum die Menschen Hilfe von der Gemeinschaft bedürfen. Auch wenn die Sozialbudgets in Salzburg in den letzten Jahren noch gestiegen sind, neue Ideen und vorausschauendes Planen hatten keinen Platz mehr. Die ideologischen Blockierungen hemmen also jegliche Sozialstaatsreform.

b) strukturelle Blockierungen

Die zunehmende Erosion der Normalarbeit und der Familie sind vermutlich irreversibel. Der Sdatus quo oder die Antworten des 19. Jahrhunderts sind in Zukunft daher nicht gangbar. Die Flexibilisierung der Normalarbeit führt bei vielen Haushalten zu geringeren Einkommen, die Rationalisierung zur Erhöhung der Gewinne von Einzelakteuren am Markt und zu höherer Arbeitslosigkeit. Beides erhöht den Bedarf an sozialstaatlicher Absicherung. Die Auflösung der Familienstrukturen vernichtet Pflegepotential für Kinder und alte Menschen. Wiederum ist der Sozialstaat der "Lückenbüsser" und nicht die Ursache des Problems. Die konservative Antwort: das Zurükkdrehen der Uhren würde nur auf Kosten der Frauen gehen. Die Vorwärtsstrategie: gerechtes Aufteilen der neu enstehenden Lasten, sowohl der Arbeit, als auch des Reichtums.
Heute stecken wir in einem Vakuum: die Vorwärtsstrategie ist blockiert durch die Marktideologie und die konservative Antwort ist nur mit einer Zerstörung der Gesellschaft zu haben. Die allgemeine Lähmung äussert sich bei vielen Bürgern in Verzweiflung über die Politik und durch Radikalisierungen. Vertraute Institutionen, die an überholten Strukturen festhalten, leiden an Legitimationsschwund, neue Institutionen und politische Kräfte der Veränderung sind noch zu schwach.

c) wirtschaftliche Blockierungen

1996 oder 1997 könnte eintreten, was niemand für möglich hält. Seit 30 Jahren erwirtschaften die Salzburger mehr pro Jahr als andere Bundesländer. Bei ersten Hochrechnungen für 1995 liegt Salzburg beim Wachstum des Bruttosozialprodukts weit hinter dem österreichischen Durchschnitt. Der goldene Entwicklungsschub der Salzburger Wirtschaft - amerikanische Besatzung und ein überproportionaler Dollarregen bzw. der günstige EFTA-Standpunkt - fallen seit dem EWR bzw. EU-Beitritt weg. An der Grenze zwischen EG und EFTA kam Salzburg 1956 -1969 in den Genuss von über 900 ausländischen Betriebsgründungen. Die Ostgeschäfte werden in Zukunft von Wien aus getätigt, der österreichische Markt wird im jeweiligen Bundesland abgewikkelt, das die besten Produktionsbedingungen aufweist. Die Abwanderung von Betrieben aus der Stadt Salzburg - u. a. wegen der hohen Grundstückskosten - ist ja seit einigen Jahren im Gang. Seit 1981 ging z.B. die Anzahl der Industriebetriebe um 10% zurück.(1991:154 Betriebe mit knapp 8.000 Beschäftigten).[8]

Trotzdem ist die wirtschaftliche Bedeutung der Stadt enorm: zwei Drittel des Steueraufkommens Salzburgs werden hier erarbeitet; 60% davon kommen aus der Lohn- und Umsatzsteuer. Einkommens-, Körperschafts- und Vermögenssteuer sind in den letzten zehn Jahren gesunken. Dies sei ein kleiner Hinweis zur Gerechtigkeit: während Unternehmenssteuern sinken (die Vermögenssteuer wurde ganz abgeschafft) werden die städtischen Einnahmen immer mehr von "Massensteuern" der Lohnabhängigen geprägt. Das untere Drittel der Lohnabhängigen ist es ja auch, die vorwiegend die Sozialleistungen in Anspruch nehmen. Der Sozialstaat ist ja kein Geschenk, er wird hauptsächlich von der Mehrheit der Arbeitnehmer selbst finanziert. Geringeres Wachstum, Abwanderung von Betrieben, weiterhin hohe Betriebsgrundstückskosten, stagnierende Lohnsumme, veränderte strukturelle Wirtschaftsbedingungen, verminderte Steuereinnahmen durch nationale Steuerreformen, vermehrte Kosten durch die Einbindung in die EU und verschärfte Konkurrenzbedingungen durch die globalisierte Wirtschaft werden in naher Zukunft der bisher ohnehin spärlichen Reformdebatte im Sozialbereich die Luft abschnüren. Die sich dadurch negativ veränderten Wirtschafts- und Arbeitsmarktdaten werden verschärfte Sozialabbaudiskussionen zur Folge haben.

Die zunehmende Individualisierung wird die Haushalte verkleinern und den Druck auf den Wohnungsmarkt weiterhin hoch halten. Das Hauptthema der Salzburger - die Wohnungsnot : zuwenig und vor allem zu teure Wohnungen - wird bis zum Jahr 2000 auch Hauptthema bleiben. Den Stadtpolitikern ist diese Tatsache zumindest seit 1982 bewusst. Auch wenn man ein Problem ganz genau kennt, muss man es sozialpolitisch noch lange nicht zum Positivem wenden.

Bausteine für einen Sozialen Masterplan oder: Was könnte man tun?

Auch wenn der Spielraum für eine lokale Sozialpolitik sehr eng ist, gibt es doch zahllose Möglichkeiten den betroffenen Bürgern das Leben zu erleichtern. Ein kleiner Überblick aus dutzenden Studien soll das unterstreichen. Detailliertere Vorschläge befinden sich in den angegebenen Studien.

Sozialplanung:

Die bestehende Planung ist verwaltungslogisch. Sie will vor allem Ansprüche abwehren. Zukunftsorientierte Planung muss alle Schnittstellen der Sozialpolitik erfassen : Arbeitsmarkt - Sozialversicherung - Sozialpartner müssten in einem Sozialbeirat- unterstützt von der Universität - zusammengefasst werden. Sozialindikatoren werden im Beirat erwogen, Gutachten von Sozialpartnern bzw. Sozialversicherungsträgern oder Arbeitsmarktservice erwogen. Es gibt genügend Detailwissen, dieses wird aber nicht im Zusammenhang analysiert. Die Sozialverwaltung in der Stadt ist nur eine Speiche im sozialpolitischen Rad.Eine Sozialplanung kann aber nur innerhalb einer deklarierten Sozialpolitik tätig werden. Die Sozialpolitiker machen ihre Politik in einem stillen Kämmerlein, anstatt eine bezirksnahe, demokratische Sozialpolitik gemeinsam mit der Bevölkerung zu gestalten. Dies wäre wohl der erste und wichtigste Schritt. Wer das nicht tut, wird auch in Zukunft nur Abwehrkämpfe gegen Sozialabbauvorschläge zustande bringen.

Sozialhilfeentlastung:

Wenn die Kommune selbst wieder bauen oder die Genossenschaften verpflichten würde günstige Mietwohnungen zur Verfügung zu stellen, könnten dutzende Millionen gespart werden. Dieser Vorschlag wurde schon 1982 gemacht. Was zahlreiche Kommunen im In- und Ausland zusammenbringen, wird wohl auch in Salzburg möglich sein. Hierzulande wird lieber mit Grund und Boden spekuliert und dafür gesorgt, dass Wohnbaumilliarden an Begüterte gehen. Dies hat allerdings seit 1860 Tradition: der Eisenbahnbaron Carl Schwarz erhielt für unentgeltliche Regulierung der Salzach Bauland entlang dem Giselakai (Schwarzstrasse). Dies wurde mit der Wohnungsnot begründet. Die "Bodenspekulation war immer schon Motor der Salzburger Stadtentwicklung."[9] Modellprojekte für billiges Bauen könnten die Bauherren in Salzburg schön ins Schwitzen bringen. Auch dies wird in vielen europäischen Städten schon längst durchgeführt.

Eine städtische Beschäftigungsgesellschaft für Sozialhilfeempfänger, die eventuell nicht mehr zu 100% einsetzbar sind, aber einer sinnvollen Beschäftigung zugeführt werden könnten, müsste gemeinsam mit dem Arbeitsmarktservice durchgeführt werden. Professionell geführt, könnte diese Gesellschaft ausgelagerte Arbeiten des Magistrats von Arbeitslosen und Sozialhilfeempfängern durchführen.

Soziale Dienste:

Koordinierende Sozialstationen, bezirksweise organisiert, unter Einbindung der Bevölkerung und Ausnutzung von brachliegenden Ressourcen z.B. von Pensionisten wurde bereits vor zehn Jahren vorgeschlagen. Es waren zwar alle wichtigen Politiker und Beamte in Dänemark, alle waren begeistert, aber danach war der Reformschwung weg. Soziale Dienste müssten auch mehr präventiv vor allem im Jugend- und Familienbereich eingesetzt werden, um Fehlentwicklungen zu verhindern. Noch heute sind Sozialdienste relativ schwach in die städtische Sozialpolitik eingebunden. Sie werden hauptsächlich als lästige Subventionsempfänger wahrgenommen. Durch fehlende Kindergärten und Krabbelstuben sind tausende Frauen am Arbeitsmarkt "schwer vermittelbar".

Die beste Familienförderung kann ein zweites Einkommen nicht verhindern. Jede Armutsstudie weist nach, dass mit einem zweiten Einkommen die Armutsquote gegen Null geht. Was hier an Investitionen versäumt wurde und wird, schwächt auch die Wirtschaftskraft und die materielle Selbstständigkeit von Haushalten.

Altenwohngemeinschaften:

Die Förderung von Altenwohngemeinschafen, Alten-Clubs, altengerechten Wohnungen und Altentagesstätten mit Teilpflege könnte tausende Familien zumindest teilweise entlasten. Drei Viertel der Pflegeleistungen werden noch immer in den Familien von Frauen erbracht. Es wird zwar über den Tod der Familie gejammert, eine wirkungsvolle Hilfe für die pflegenden Angehörigen wird von der Kommune aber nicht organisiert.

Es liessen sich noch viele Problemebereiche auflisten, wo wenig passiert Behindertenförderung, Alkoholversorgung, psychosoziale Versorgung, fortschrittliche Gemeinwesenarbeit, soziale Probleme von Studenten usw.

Auch wenn viele Erkenntnisse bereits vorliegen, einige noch erforscht werden müssten, so liegt das Problem woanders. Sozialpolitik ist nicht das Ergebnis von noch so genauen Untersuchungen, sondern das Resultat von verschiedenen Interessenskämpfen.

Ausgewählte Literatur:

Amt der Salzburger Landesregierung (Hg.), Neue Wege in die Sozialpolitik, Salzburg 1987

Amt der Salzburger Landesregierung (Hg.), 10 Jahre Sozialhilfe 1975-1985, Salzburg 1986

Amt der Salzburger Landesregierung (Hg.), Wohnungsbau und Wohnbaufinanzierung im Bundesland Salzburg seit 1945, Salzburg 1986

Amt der Salzburger Landesregierung (Hg.), Psychosoziale Versorgung im Land Salzburg, Salzburg 1985

Amt der Salzburger Landesregierung (Hg.), Wohnungsdefizit und Wohnungsbedarfsprognose für das Bundesland Salzburg und ausgewählte Teilbereiche 1993 -1998, Salzburg 1993

Amt für Statistik der Landeshauptstadt Salzburg (Hg.), Statistische Jahrbücher 1985 - 1993

Amt für Statistik der Landeshauptstadt Salzburg (Hg.), Gebäude, Wohnungen, Grundstückspreise 1990, 1991, 1992, 1993, 1994
Amt für Statistik der Landeshauptstadt Salzburg (Hg.), Ausgewählte Wirtschafts- und Finanzdaten 3/1993
Amt für Statistik der Landeshauptstadt Salzburg (Hg.), Volks-Häuser /Wohnungs-und Arbeitsstättenzählung 1991 -Strukturdatenvergleich für die Stadt und die städt. Zählbezirke 2/ 1995
Amt für Statistik der Landeshauptstadt Salzburg (Hg.), Das Wohlfahrtswesen im Jahre 1994. Salzburg in Zahlen 5/1995
Christoph H./ Löffler S., Die potemkinsche Stadt. Salzburg: Ist sie gekreuzigt von ihren Widersprüchen - oder an einem Kreuzweg, profil Nr. 31, 30.7.1990
Dollinger F.(Hg.), Grundlagen für das Sachprogramm "Wohn- und Betriebsstandorte für den Salzburger Zentralraum", Salzburg 1993
Eiersebner F.E./Lettner, Richtlinien für die Errichtung von pflegegerechten Altenwohnhäusern, Salzburg 1989
Eiersebner F.E., Bericht über die Altenhilfe im Bundesland Salzburg, Salzburg 1990
Geldner N./ Pinter J. , Salzburg im grösseren Binnenmarkt, Wien 1990
Gutmann R./ Schoibl H./ Pluntz L., Fallstudie Stadt Salzburg im Rahmen des europäisch vergleichenden Projekts "The shift in the welfare mix - a challenge under conditions of a changing reality of work", Salzburg 1985
Handeslkammer Salzburg (Hg.), Wem gehört die Stadt Salzburg? Grundbesitz in der Stadt Salzburg, Salzburg 1992
Kammer für Arbeiter und Angestellte (Hg.), Jahrbücher 1985 - 1995
Kammer für Arbeiter und Angestellte (Hg.),Soziale Sicherheit 2000, Salzburg 1991
Kammer für Arbeiter und Angestellte (Hg.), Jugendarbeitslosigkeit -Wege aus dem Abseits ?, Salzburg 1987
Kammer für Arbeiter und Angestellte (Hg.), Die regionale Dynamik des Salzburger Arbeitsmarktes, 1991
Kammer für Arbeiter und Angestellte (Hg.), Integration statt Ausgrenzung. Ausländerpolitik in Salzburg, Salzburg 1995
Krammer N., Sozialhilfe in Salzburg, Phil.Diss., Salzburg 1992
Fischer E., Wissenschaftliche Grundlagen zum Seniorenplan der Stadt Salzburg; herausgegeben vom Magistrat Salzburg, Salzburg 1989
Nagl-Pickerle,B. Kompendium der psychosozialen Versorgung in Salzburg, Salzburg 1985
Novotny G., Infrastrukturbedarf und regionale Finanzwirtschaft für die Stadt Salzburg, Salzburg 1975

Oberndorfer G., Organisationsstudie im Bereich Pflegestationen, Salzburg 1990
Radlegger, W., Auf die Zukunft setzen. Ideen und Skizzen für ein Salzburg in anderen Ansichten, Salzburg 1987
Scheuringer B., Die Sozialstruktur im Bundesland Salzburg, in:Dachs, H.(Hg.), Das politische, soziale und wirtschaftliche System im Bundesland Salzburg, Salzburg 1985
Wandaller P./Schoibl H., Sozialpolitik in Salzburg. Analyse, Struktur und Perspektiven, Salzburg 1987
Wandaller, P. Sandler, Penner und Schmarotzer - Viel Armut und wenig Romantik, in : Verein Treffpunkt (Hg.),Abgeschoben...Bilder zur Obdachlosigkeit, Salzburg 1987
Wandaller P./ Pluntz L., Ausgrenzung und neue Armut inmitten einer reichen Gesellschaft: Salzburger Beispiele für eine gesamtösterreichische Tatsache, in: Bauer,I.(Hg.), 100 Jahre Sozialdemokratie. Von der alten Solidarität zur neuen sozialen Frage. Ein Salzburger Bilderlesebuch, Salzburg 1988
Wandaller P. Analyse und Struktur der sozialen Dienste in Salzburg (MS), Salzburg 1988
Wandaller, P. Armut in Salzburg, in: H.Dachs /R.Floimaier (Hg.), Salzburger Jahrbuch für Politik 1989, Salzburg 1989
Wandaller P./ Gahleitner K., Randgruppen in Salzburg, in :H.Dachs /R.Floimaier (Hg.), Salzburger Jahrbuch für Politik 1991,Salzburg 1991
Wandaller P./ Bischofer,W./Raos J./Schmidt G., Der Salzburger Ballungsraum. Entwicklungstendenzen- Entwicklungsgrenzen, Salzburg 1992
Wandaller, P., Wohnungsnot und Wohnungspolitik, in: Betrifft. Zeitschrift des Arbeitskreises Psychiatrie Salzburg, Salzburg 1992

Fußnoten

* Der Beitrag entstand 1995. Dr. Peter Wandaller war zum damaligen Zeitpunkt Referent in der Grundlagenabteilung der Salzburger Arbeiterkammer. Er ist heute im Kommunikationsmanagement von SIEMENS Transportation in Wien tätig.

1 Popper Karl, Die offene Gesellschaft und ihre Feinde, Bd.2., S.145

2 Hauptverband der österreichischen Sozialversicherungsträger (Hg.), Verteilung der beitragspflichtigen Arbeitseinkommen nach Wirtschaftsklassen für die Stadt Salzburg im Jahre 1994, Wien 1995

3 Friedrich Heer, Österreich als dialogisches Zentrum.Thesen zur kulturellen Funktion Österreichs, in: Neues Forum 1/2 1968, S.51

4 Stephan Leibfried /Lutz Leisering, Sozialhilfe als Politikum:Mythen, Befunde, Reformen, in: Werner Fricke (Hg.), Jahrbuch Arbeit und Technik 1995. Zukunft des Sozialstaats, Bonn 1995, S. 92

5 Bundesministerium für Arbeit und Soziales, Personenbezogene Auswertungen zur Struktur der Arbeitslosigkeit in Österreich 1993, Wien 1994. Weiters : Statistische Informationen zur EU :Beschäftigungssituation in Europa 8/1995.

6 Albert O. Hirschmann, Denken gegen die Zukunft. Die Rhetorik der Reaktion, Frankfurt am Main 1995

7 Die Ideen der göttlichen Vorsehung und der natürlichen Harmonie (Leibniz) spielten im 18. Jahrhundert eine prominente Rolle bei der Theorie der "invisible Hand" des Adam Smith. Der Theoretiker der Martkwirtschaft ersetzte die göttliche Harmonie durch die Marktharmonie.

8 Magistrat Salzburg (Hg.) , Ausgewählte Wirtschafts- und Finanzdaten. Salzburg in Zahlen 3/93

9 Horst Christoph /Sigrid Löffler, Die Potemkinsche Stadt, profil Nr.31, 30.7.1990, S.70.

14. Monat

Ein Masterplan für Salzburg oder: Wie zähmt man den Salzburger Stier?

Von Alfred Kyrer*

" Tra il dire ed il fare c'è di mezzo il mare"
(Italienisches Sprichwort)

Vorbemerkung

Beim vorliegenden *Masterplan für Salzburg*[1] handelt es sich um ein *Pilotprojekt*, bei dem gezeigt wird, wie man - ressortübergreifend - durch Integration und bessere Koordination der einzelnen regionalen Politikfelder eine höhere *Effektivität, Effizienz und Nachhaltigkeit* der Regionalpolitik erzielen könnte.

Darüber hinaus könnte ein solcher Masterplan eine neue gemeinsame Basis für einen politischen *Dialog zwischen Stadt und Land Salzburg* abgeben. Es wäre ein Weg zu mehr *Professionalität* in der Regionalpolitik. Die Umsetzung den in diesem Masterplan angesprochenen Massnahmen bedarf freilich nicht unbeträchtlicher Anstrengungen, da Bremser und Bedenkenträger in allen politischen Lagern unterwegs sind.

A. Politische Ausgangslage in der Region Salzburg

● Die in Salzburg zu lösenden regionalpolitischen Probleme sind komplexer geworden. Statt der erhöhten Komplexität mit politischen Innovationen und einer besseren Koordination zu begegnen, flüchtet man in Salzburg in einen Pragmatismus, der sich durch punktuelle, kurzfristige und kurzsichtige Maßnahmen auszeichnet. Politik ist geprägt von „Feuerwehraktionen". Es wird nicht mehr nach einem Plan *agiert*, sondern nur mehr ad hoc *reagiert*. Politik besteht über weite Strecken nur mehr in „Schnellschüssen" aus der Hüfte, kurzfristig konzipierten punktuellen Eingriffen, wenn der „politische Hut" brennt. Politik degeneriert immer mehr zu dem, was Politologen *„optische Politik"* nennen: man tut so als würde man regieren. Und da viele Projekte unter Zeitdruck nicht professionell vorbereitet werden können, kommt es immer wieder zu sachlichen und zeitlichen Reibungsverlusten.

● Die regionale Wirtschaftspolitik tritt auf der Stelle, ist stark im *Ankündigungen* aber schwach im *Umsetzen* von politischen Programmen und Konzepten. Die in der Politik Tätigen (ich vermeide bewusst den Begriff „Politiker") sind so sehr mit der *Absicherung der eigenen Position und der Domestizierung der Wähler in der Gegenwart* beschäftigt (Versprechungen abgeben, Hände schütteln, etc), dass sie gar keine Zeit finden für eine Neuausrichtung der Politik, eine *bewusste Gestaltung der Zukunft.*

● Das politischen Leben in Salzburg wird stark geprägt von politischen *Vorfeldorganisationen* (Wirtschaftskammer, Arbeiterkammer, Landwirtschaftskammer, etc), die das *Werkzeug des Lobbyismus* beherrschen. Man weiss, wie man eigene Projekte durchboxt und die der politischen Gegner blockiert. Die Medien spiegeln die politische Situation perfekt wider bzw. überzeichnen diese sogar gelegentlich. Es dominieren Berichte über politische *Grabenkämpfe* innerhalb der Parteien sowie zwischen den Parteien. Zwar beschwörte man in den 90er Jahren bei jeder nur möglichen Gelegenheit das *„gute Salzburger Klima",* verfolgte aber - wenn es darauf ankam - nur seine eigenen politischen Interessen und kümmerte sich nur wenig um das *regionale Gemeinwohl.* Und so ist es auch nicht überraschend, dass immer mehr Interessengruppen und einflussreiche Unternehmen als „Nebenregierungen" das Feld beherrschen.

● Salzburg leidet auch darunter, dass das regionale *Leitbild* zu stark auf *Gruppeninteressen* zugeschnitten ist. Sowohl in der *Arbeitsmarktverwaltung* als auch im *Bildungssektor* ist man gerade dabei, sich den regionalen Kuchen und die damit verbundenen Ressourcen zu sichern und untereinander aufzuteilen.

● *Die Rekrutierung des „politischen Personals"* erfolgt nach Kriterien, die der parteiinternen „Hackordnung", nach dem Platz innerhalb der parteipolitischen „Warteschleife" erfolgt, egal ob der oder die Betreffende überhaupt beruflich die Voraussetzungen für diesen politischen Posten mitbringt. Alt-Landeshauptmann Dr. Hans Katschthaler, liess einmal – selbstkritisch - in einem Gespräch über die Neuordnung der Finanzen im Bundesland Salzburg die *Zivilberufe der Politiker* Revue passieren: Landwirte, Gewerkschafter, Lehrer, Schauspieler, Reporter, , etc. alles Berufe, denen *ganzheitliches, systemisches Denken* – was für gute Regionalpolitik unerlässlich ist - von Haus völlig fremd ist. Und so taumelt die Landespolitik von Fall zu Fall, von Falle zu Falle und wird zum Spielball der Medien, der Lobbies und der Beamten.

● Dazu kommt noch die starke Dominanz der *Banken* und der *Medien*. Die *veröffentlichte* Meinung war in Salzburg immer schon wichtiger als die tatsächliche *öffentliche* Meinung der Bevölkerung und *Personalprobleme* waren schon immer wichtiger als *Sachprobleme*. Und wenn

Salzburger Politiker – auch innerhalb der eigenen Partei - nicht miteinander können, dann gehen auch sehr gute wirtschaftspolitische Konzepte, den „Bach“ (besser: den Salzburger Almkanal) hinunter.[2]

● Die Salzburger *Regionalpolitik* entpuppt sich - bei näherer Analyse - als eine Summe von *„Insellösungen“*. Und so kann es vorkommen, dass *ein* regionaler Infrastrukturbereich unangemessen stark entwickelt wird, weil dahinter eine starke Lobby steht, während *andere* Infrastrukturbereiche grob vernachlässigt werden.[3] Ob neue Projekte überhaupt in den gesamtregionalen Zusammenhang passen, darum kümmert man sich nur selten. Dazu ein Beispiel: Starken Persönlichkeiten im Bereich der Medizin gelang es zwar immer wieder, finanzielle Mittel[4] für den *Ausbau des Landeskrankenhauses* zu mobilisieren, diese gewaltigen Investitionen können ihre Wirkung jedoch nicht voll entfalten und entpuppen sich als *„weißer Elefant“*, da die synergetisch dazu gehörige *staatliche* Medizinische Fakultät immer noch fehlt. Auf die Errichtung dieser Fakultät haben sich zwar seinerzeit alle politischen Parteien vordergründig geeinigt - ein für Salzburg typischer Pyrrhussieg - doch hat das Land Salzburg zu wenig Druck gemacht, um die Einhaltung der Zusagen durch den Bund zu erreichen.

● Notwendige *Strukturreformen* werden auf die sprichwörtliche „lange Bank“ geschoben, verdrängt oder hintertrieben. Der *gemeinsame politische Nenner* innerhalb der politischen Parteien ist sehr gering und es gibt daher auch wenig Gemeinsamkeit bei Sachfragen, bei denen Kooperation über Parteigrenzen hinaus gefragt wäre. Und so gibt es in *Salzburg* auch keinen neuen *„Spirit“*, dafür aber jede Menge *„Sprit“* für leere politische Kilometer und politische Schönfärberei.

● Politische Programme entstehen nicht mehr im Dialog mit der politischen Basis, sondern werden von Markforschungsinstituten und PR-Agenturen entwickelt. Politik degeneriert immer mehr zu einer "personality show". Nach amerikanischem Muster wird vor allem darauf Wert gelegt, *wer* etwas gesagt hat und nicht *was* eigentlich gesagt wurde.

● Dazu kommt, dass Beratungsfirmen und Experten für Stadt und Land laufend Studien und Gutachten erstellen, ohne dass die darin enthaltenen Vorschläge konsequent umgesetzt würden. Besonders schlimm ist dies im Verkehrsbereich.

B. Masterpläne als Werkzeuge der Regionalpolitik

Für jeden Bereich menschlichen Zusammenlebens, der von der Politik gestaltet werden soll, braucht man ein *Grundkonzept*, eine generelle Vorstellung dessen, was man in dem betreffenden Politikfeld überhaupt erreichen will. Mit anderen Worten: man benötigt *strategische Oberziele*, die die Grundlage für alles bilden, was in dem betreffenden Bereich geschehen soll. Ohne diese strategischen Oberziele verkümmert Politik zu einer Ansammlung nicht zusammenhängender Einzelmaßnahmen. Mögen die eingesetzten Werkzeuge noch so gut konzipiert sein, als isolierte Maßnahmen bringen sie keinen echten Erfolg.

Wichtig ist deshalb ein übergeordnetes, ganzheitliches System der Steuerung. Ein derartiges System bezeichnet man als *Masterplan*. Es ist ein Werkzeug, das unabhängig von politischen Trends und Modeerscheinungen, alle für eine bestimmten Infrastrukturbereich relevanten *Projekte* - ab einer bestimmten Grössenordnung erfasst - und diese in einen größeren Systemzusammenhang stellt und bewertet.

Im Ausland ist man längst dazu übergegangen, wirtschaftpolitische Entscheidungen im Hinblick auf kommunale, regionale oder gesamtwirtschaftliche Kompatiblität zu durchleuchten. Das Ergebnis dieser Analysen sind kommunale, regionale oder volkswirtschaftliche Masterpläne, in denen alle geplanten wirtschaftspolitischen Projekte ab einer bestimmten Grössenordnung (mit allen wesentlichen Daten und Fakten wie Technologiefolgenabschätzung, Folgekosten, Folgelasten, etc) angeführt sind.

Die Aufnahme eines Projektes in einen Masterplan erfolgt erst nach eingehender Überprüfung ("Machbarkeitsstudien"). Dabei werden nicht nur die Finanzierbarkeit des betreffenden Projektes kritisch geprüft und die Folgekosten des Projektes berechnet, sondern auch untersucht, wie sich das neue Projekt zu den bereits laufenden alten Projekten verhält, ob Ziel und/oder Mittelkonflikte auftreten könnten, ob man die festgelegte Prioritätenliste sachlich, zeitlich und finanziell ändern muss, etc. Durch Masterpläne erfolgt eine Integration der Politikfelder zwecks Optimierung, wobei zeitliche, sachliche und finanzielle Prioritäten gesetzt werden. Masterpläne werden laufend fortgeschrieben, grundlegende Änderungen in den nationalen und internationalen Rahmenbedingungen werden berücksichtigt. Da die Prüfung neuer Projekte Zeit in Anspruch nimmt, wird einerseits vermieden, dass Projekte, die von einer Lobby unterstützt werden, (vor) schnell in Angriff genommen werden und andererseits auch verhindert, dass einmal begonnene Projekte plötzlich gestoppt werden.

Eine weitere Aufgabe wäre die Überprüfung der Umsetzung von Regierungsprogrammen, einschliesslich der zeitlichen Zielgenauigkeit. Alle neuen wirtschaftspolitischen Konzepte wären vor ihrer Berücksichtigung im volkswirtschaftlichen Masterplan auf Durchführbarkeit (vor allem auf Finanzierbarkeit) hin zu überprüfen.

Masterpläne sind Werkzeuge der vierten Planungsgeneration. Sie unterscheiden sich von der bisherigen Planungskultur durch folgende Merkmale:

● Abrücken von der Leerformel „rationale" Planung und Erkennen der Komplexität der Planungsaufgaben. Früher lautete das Motto: There are no problems, only solutions! Heute hingegen weiß man: Behind every solution is a problem!
● Mehr Transparenz und bessere Kommunikation zwischen Beteiligten und Betroffenen.
● Arbeiten mit dem Modulprinzip: Definition überschneidungsfreier Bereiche, Beachtung der Schnittstellen zwischen den einzelnen Modulen
● Vernetzung aller Planungsbereiche und Arbeiten mit systemischen Verfahren, um Widersprüche und Beschränkungen („constraints") bereits in einem frühen Planungsstadium aufzudecken.

Ein *regionaler Masterplan* ist quasi die *akkordierte Willenserklärung einer Stadt bzw. Region.* Ihr Hauptzweck ist die wirtschaftliche *Optimierung* des Einsatzes der regionalen Ressourcen. Die Knappheit der Ressourcen zwingt die öffentlichen Haushalte zu einer kritischen Bedarfsprüfung, einer sorgfältigen Projektauswahl und konsequentem Projektmanagement.

Welche *Projekte* überhaupt in einen Masterplan aufgenommen werden, hängt vom jeweiligen regionalen Leitbild und den daraus abgeleiteten strategischen Oberzielen ab, wird also von *oben nach unten* („top down") gesteuert. Dabei legt die Politik vorweg sachliche, finanzielle und zeitliche Prioritäten fest, die im Zuge der Erstellung des Masterplanes gegebenenfalls zu modifizieren sind. Die Erarbeitung und Überprüfung der Einzelprojekte erfolgt hingegen von *unten nach oben* („bottom up").

Ein *Masterplan* vernetzt in einem ersten Schritt Projekte eines Politikfeldes, in der Folge geht es um die Überprüfung der Schnittstellen zu anderen Politikfeldern, um gegenseitige Beeinträchtigungen und unerwünschte *Nebenwirkungen* zu vermeiden. Der Fokus liegt auf der Fragestellung, ob und wie die einzelnen Projekte untereinander zusammenhängen bzw. ob Ziel- und/oder Mittelkonflikte bestehen.

Ein ganz wesentlicher Planungsgrundsatz bei der Erstellung eines Masterplanes ist, dass alle Projekte nach einem *einheitlichen Verfahren* entwickelt und überprüft werden müssen. Ansonsten können in der weiteren Folge keine *Prioritäten und Posterioritäten* festgelegt werden.

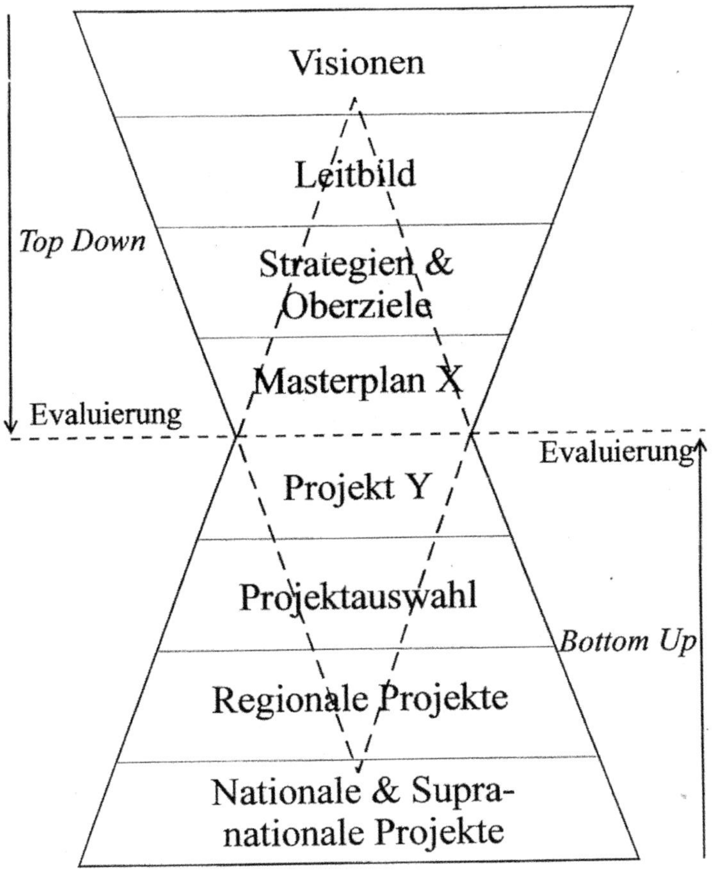

Abb. 1: Die Evaluation von Projekten und die Vernetzung mit bestehenden Masterplänen

C. Schritte auf dem Weg zu einem regionalen Masterplan

Schritt 1: Ausgangslage und empirische Diagnose

Erstellung der Stärken und Schwächen der regionalen Wirtschaftspolitik. Registrierung der vorhandenen Organisations- und Beziehungsmuster und Festlegung der Kernkompetenzen.

Schritt 2: Analyse des regionalen Umfeldes

Bevor man eine Vernetzung der einzelnen Politikbereiche vornimmt, sollte man die Struktur des Umfeldes untersuchen und eine Analyse der politischen Interessengruppen vornehmen. Dies Analyse führt zur Identifikation der wesentlichen Interessengruppen im Umfeld eines Projektes. In der Folge bedarf es einer Evaluation der Ressourcen und Restriktionen des Umfeldes und der Entwicklungsdynamik des Umfeldes.

Schritt 3 : Von Leitbildern zu strategischen Oberzielen

Bisweilen glauben Politiker, Politik bestünde einfach darin, *Leitbilder* zu formulieren. Viele regionalen Leitbilder, die in der Öffentlichkeit mit viel Getöse vorgestellt werden, entpuppen sich nämlich bei näherem Zusehen als *„Lightbilder“,* weil darin die in einer Region agierenden Interessengruppen ohne große Anstrengungen ihre „Wünsche an das Christkind“ untergebracht und für die nächsten Jahre festgeschrieben haben. Dabei bleibt aber völlig offen, ob und unter welchen Bedingungen bzw. unter welchen Einschränkungen („constraints“) diese Wünsche auch verwirklicht werden können. Vielfach kann man dann nur noch hoffen, dass irgendwann ein „Santa Claus“ auftaucht und das Ganze auch finanziert. [6] Und Leitbilder, die nicht wirklich in der Region gelebt werden, werden im Laufe der Jahre zu *„Leidbildern“*.

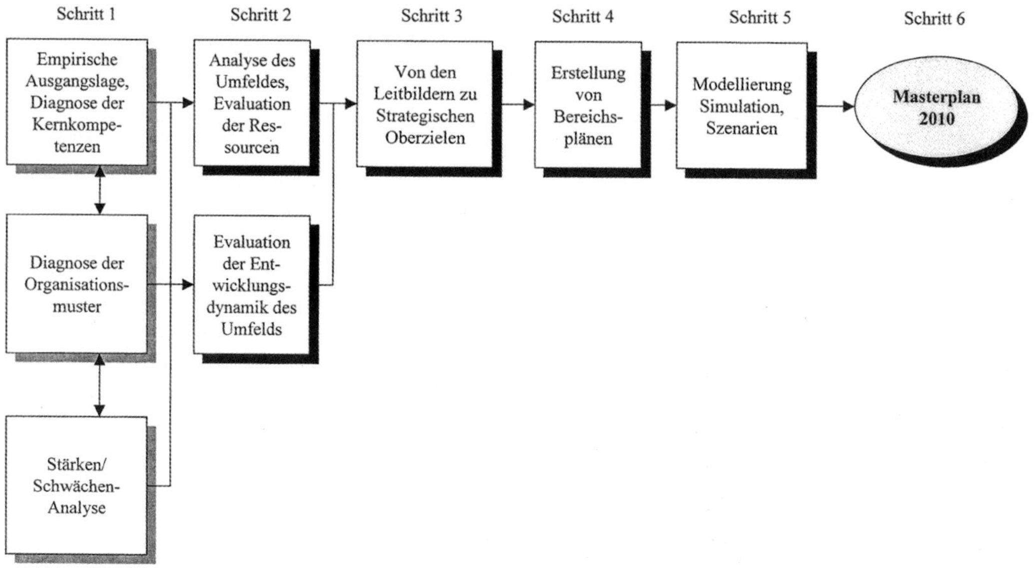

Abb. 2: Prozessschritte auf dem Weg zu einem regionalen Masterplan

Schritt 4: Erstellung von Bereichsplänen

Die Aufnahme eines neuen Projektes in einen Masterplan erfolgt erst nach eingehender Überprüfung („Machbarkeitsstudie"). Ob ein regionales Projekt in den Masterplan aufgenommen wird, hängt zunächst von den *strategischen Oberzielen* ab. Danach wird der *Finanzierungsbedarf* des betreffenden Projektes kritisch geprüft und untersucht, wie sich das neue Projekt zu den bereits im Masterplan enthaltenen Projekten verhält, ob Ziel und/oder Mittelkonflikte auftreten könnten, ob man die festgelegte *Prioritätenliste* sachlich, zeitlich und finanziell ändern muss etc. Die *Finanzierbarkeit* entscheidet sich erst nach dem Vorliegen aller Projekte und einer Prioritätenliste.

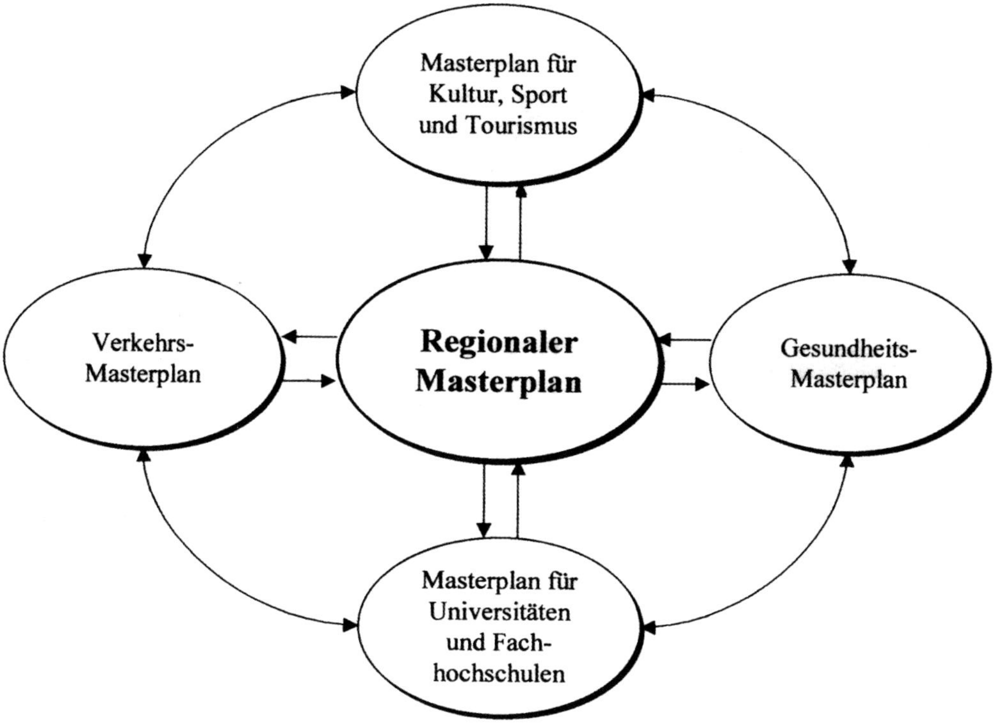

Abb. 3: Koordinierung von Bereichsplänen

Schritt 5: Modellierung, Simulation und Zusammenführung von bestehender Organisation und Umfeld.

Durch die verstärkte Berücksichtigung der Vernetzung der regionalpolitischen Einzelmaßnahmen können Verbundvorteile („economies of scope") genutzt werden. Darunter versteht man jene ökonomischen Vorteile, die durch Kooperation von Personen, Unternehmen oder Institutionen entstehen. Durch die bessere Vernetzung der bestehenden Infrastruktur werden Synergieeffekte möglich.

Schritt 6: Erarbeitung der Entwicklungsstrategie und Formulierung eines Masterplanes

Regionalpolitisches Management im Sinne der OECD erfordert nachhaltige Strukturen nach dem Motto: „structure follows strategy“. Um die Qualität der regionalen Wirtschaftspolitik zu verbessern, müssen daher regionale Koordinationseinrichtungen geschaffen werden, die über *sozialpartnerschaftliche „Stammtische“* hinausgehen. Dabei ist der strategische Fokus auszurichten auf *Kosten, Bürgernähe, Innovation und Kooperation.*

Je später strukturelle Reformen in Angriff genommen werden, umso schmerzvoller, konfliktträchtiger und teurer werden sie. Ein grundlegendes sozial-psychologisches Problem ist dabei, dass das Anspruchsniveau nur Schritt für Schritt auf das notwendige Ausmass zurückgeführt werden kann. Es müssen *neue "Spielregeln"* definiert und Wege gesucht werden, wie man durch kooperatives Verhalten bestimmte Gruppen zum “Aufgeben” von Vorteilen bewegen kann, die sie eigentlich gar nicht mehr bräuchten.

Dazu kommt noch, dass man sich in der Politik oft mit *Nebensächlichkeiten* abgibt und Prestige und Wirkung in der Öffentlichkeit wichtiger ist als harte Knochenarbeit an zukunftsweisenden Programmen und deren konsequenter Umsetzung. Die *Festivalisierung der Politik* trägt das ihre dazu bei. Feste, Events und sportliche Grossereignisse (Olympische Winterspiele, Weltmeisterschaften, etc.) eignen sich hervorragend als *politische Ablenkungsmanöver*. Echte und *für die Bevölkerung bisweilen unangenehme Reformen können dadurch weiterhin auf die lange Bank geschoben werden.*

D. Bausteine für eine neue politische Kultur in Salzburg

1. Elemente und Kernphasen einer neuen regionalpolitischen Kultur:

• Agenda Setting:
Probleme rechtzeitig erkennen und mittel- und langfristig benennen, Problemlösung anstreben statt polemisieren
• Ausgangslage:
Ressourcenpotential sowie Stärken und Schwächen der Region ermitteln
• Visionen, Leitbilder und regionale Ziele formulieren:
Wohin soll die Entwicklung der Region gehen?

• Strategie, Governance:
Masterplanerstellung, Systemische Vernetzung essentieller Politikfelder, Erarbeitung von Alternativen. Ermittlung der Nebenwirkungen, Folgekosten und Folgelasten von Grossprojekten. Regionale Kompetenz und Expertise einbinden, egal aus welchem „Lager" sie kommt. Wie können Ziele und Projekte erreicht werden, mit welchen Partnern?
• Öffentlichkeitsarbeit:
Problembewusstsein und Akzeptanz in der Öffentlichkeit für einen Masterplan herstellen, Arenen bilden in den einzelnen Stadt- und Landesteilen nach Tilburger Muster
• Politische Entscheidungen treffen
• Entscheidungen umsetzen:
Projekte in dem vereinbarten Zeitraum, zu den geplanten Kosten und in der geplanten Qualität verwirklichen.
• Monitoring, Evaluierung und Benchmarking:
Politikbegleitung und Projektcontrolling. Regionale, nationale und internationale Vergleiche, Suche nach der „best practise". Kontinuierliche Optimierung der Regionalpolitik - ohne Druck der Interessengruppen und der Medien!

2. Neue Diskussions- und Streitkultur.

Hier geht es vor allem um die Qualität der Kommunikation und den Dialog zwischen den politischen Gruppierungen und wie man mit Konflikten umgeht. Viele Politiker haben nie gelernt, dem anderen einfach zuzuhören! Dazu gehört auch die Bereitschaft, die Meinung von „Abweichlern" („dissenting opinion") in den eigenen politischen Reihen oder beim politischen Gegner zu berücksichtigen.

Gesellschaftliche Wechselwirkungen sind sowohl von gemeinsamen als auch von auseinander strebenden Interessen geprägt. Kooperations- und Konfliktpotentiale sollten besser im Auge behalten werden. Oft wird die Suche nach den gemeinsamen Interessen, die die Grundlage jeder Kooperation bilden, vernachlässigt. Zum Wesen des Politischen sollte es auch gehören, klare *Rahmenbedingungen mit verbindlichen Spielregeln* zu schaffen. Ohne diese Spielregeln gibt es keine stabile Kooperation in Wirtschaft und Gesellschaft.

3. Public Leadership und Entscheidungskultur.

Public Leadership ist keine Quadratur des Kreises. Sie besteht einfach darin, bestimmte *regionalpolitische Ziele* nachhaltig zu verfolgen und dabei auch die Effizienz zu berücksichtigen.

Wesentlich ist in diesem Kontext die Art und Weise, wie politische Entscheidungen vorbereitet werden, wer daran mitwirkt bzw. wie lange es dauert, bis brauchbare Entscheidungsgrundlagen (in Form von „Optionen") auf dem Tisch liegen. Dazu gehört ferner *Benchmarking* sowie *Monitoring*.

4. Öffentlichkeitsarbeit.

Hier sollten die wichtigen regionalen Probleme der Bevölkerung bewusst gemacht werden und die Öffentlichkeit systematisch und laufend darüber informiert werden, was „hinter den politischen Kulissen" läuft. Auch sollte berücksichtigt werden, dass die kurzfristig wirksamen Maßnahmen oft gut vermittelbar sind, für die *langfristig wirksamen Maßnahmen* hingegen nur selten Interesse besteht. Die mit bestimmten Projekten verbundenen, langfristigen Nachteile (z.B. Folgekosten und Folgelasten von Grossprojekten) werden oft verdrängt bzw. fallen „durch den Rost" und tauchen erst zu einem späteren Zeitpunkt wieder auf.

5. Kooperationen und strategische Allianzen.

Kooperation ist in diesem Zusammenhang als institutionalisierte Kooperation zu verstehen, die über komplexe Regelsysteme ermöglicht und stabilisiert wird. Sie erfolgt durch Unterstützung und Weiterentwicklung der Spielregeln, die die Zusammenarbeit zum gegenseitigen Vorteil nachhaltig fördern. Regionale Kooperation ist ein schwieriges Unterfangen. Gefordert ist die Fähigkeit, mit Interessenkonflikten umzugehen und sich bindenden Regeln zu unterwerfen. Die Spielregeln, über deren Durchsetzung die Politik entscheidet, müssen konsensfähig und ausreichend begründet sein.

Auf diesem Hintergrund wird deutlich, dass die Region Salzburg mehr Kooperation und Koordination sowie politische Innovationen dringend braucht. Für die Salzburger Regionalpolitik müssen robuste regionalpolitische Optionen erarbeitet werden, die einerseits die künftigen Auswirkungen von Großprojekten berücksichtigen und andererseits langfristige regionale Potenziale besser ausschöpfen.

Zum gegenwärtigen Zeitpunkt führt nur ein *gemeinsames Vorgehen von Stadt und Land Salzburg* aus der Sackgasse. Ein Masterplan, der die Interessen des Zentralraumes Salzburg berücksichtigt und auf dessen Basis Stadt und Land kooperieren könnten, wäre ein erster Schritt zu einer *Professionalisierung der Regionalpolitik.*

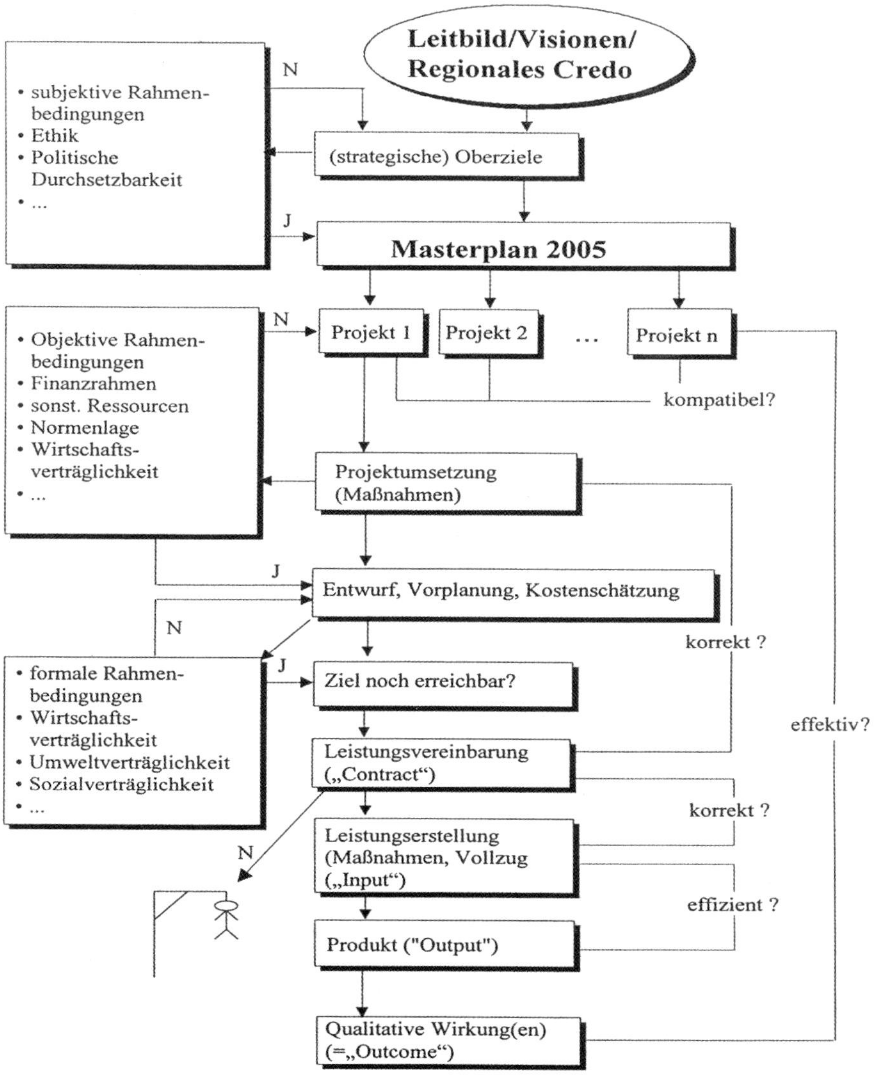

Abb. 5: Projektmanagement und Masterpläne

Die flächendeckende Einführung der Kosten- und Leistungsrechnung wäre ebenfalls ein wichtiger Schritt zu einer effektiven und effizienten Verwaltung. Nur so ist es möglich, die Produktkosten zu ermitteln. dazu gehört auch eine systematische Erfassung und Bewertung des Vermögens. Durch kalkulatorische Abschreibungen und kalkulatorische Zinsen muss der Werteverzehr verdeutlicht werden. In den Bereichen Gesundheit, Verkehr, Bildung, Kultur/Sport/Tourismus müssen die Basisziele festgelegt werden und eine Strategie entwickelt werden, wie man diese Ziele erreichen kann.

6. Monitoring:

Politikbegleitung und Fortschreibung einer „Buchhaltung der offenen Posten" und ständige Verbesserung von Strukturen und Prozessen. Anhand von ausgewählten Kennzahlen sollen jährlich die Fortschritte beim Rückbau des Staates gemessen werden (Bauverfahren, Anlagegenehmigungen etc).

E. Governance als regionale Innovationsstrategie

1. Die Schweiz als Referenzmodell

Ein Blick zum westlichen Nachbarn zeigt, dass eine *Bundesstaatsreform* mehr sein könnte als ein unerschöpfliches Thema für schöne *Sonntagsreden*. Die *Schweiz* hat im Jahr 1994 mit einer Verfassungs-, Verwaltungs- und Staatsleitungsreform begonnen, was in der österreichischen Öffentlichkeit kaum wahrgenommen wurde.

Bemerkenswert ist das Schweizer Reformpaket vor allem aus *drei Gründen:*
Erstens, dass man in der Schweiz seit der Mitte der 90er Jahre davon abgegangen ist, das bestehende System bloss punktuell zu verändern und nun eine sehr weitgehende *Vernetzung der Reformprojekte* anstrebt. *Zweitens*, dass man das Reformpaket *im Zeitraum von 1994 - 2004* umsetzen konnte. Dies ist vor allem auf das straffe Projektmanagement und den Willen der politischen Akteure zur Erneuerung der rechtlichen und politischen Rahmenbedingungen zurückzuführen. *Drittens*, dass man die *Reform der öffentlichen Verwaltung in der Schweiz* viel umfassender sieht und konsequent vorantreibt. Dies im Gegensatz zu *Österreich*, wo man seit zwei Jahrzehnten nur *Ankündigungspolitik* betreibt.

Die *Schweiz* hat es also innerhalb eines Jahrzehnts geschafft, die gesamtwirtschaftlichen Rahmenbedingungen des Landes umzukrempeln und damit die wichtigste Voraussetzung für eine positive wirtschaftliche Entwicklung geschaffen. Sie verfügt nunmehr über eine *schlankere öffentliche Verwaltung* (seit 1997), eine neue *Bundesverfassung* (seit 1999), über ein Konzept für eine *Neue Regionalpolitik*[1] (seit 2003) und nach dem Referendum im November 2004 auch über einen *neuen Finanzausgleich*. Damit ist in der Schweiz ab 2008 der Weg frei für eine weitgehende Entflechtung der Kompetenzen und Finanzströme zwischen dem Bund und den Kantonen. Zahlreiche Aufgaben werden künftig neu von den Kantonen allein wahrgenommen, andere Aufgaben wieder werden ausschliesslich zur Bundessache.

Das alles sind Dinge, von denen *wir Österreicher auf viele Jahre* hinaus nur *träumen* können. Eine echte Verwaltungsreform kommt nicht vom Fleck, vor allem in Wien wird gebremst, der Verfassungs-Konvent stockt und der alte österreichische Finanzausgleich wird alle vier, fünf Jahre einfach „geflickt" und verlängert. Die *Performance* der Regionalpolitik ist schlecht und hält einem internationalen *Benchmarking* nicht stand.

2. Notwendigkeit einer Neuausrichtung der Salzburger Regionalpolitik

Der Begriff *Governance* gehört – was die Häufigkeit der Verwendung anbelangt – zu den Top-10 von Internet-Suchmaschinen und hat den Begriff der *Globalisierung* bereits überholt. Dies ist auch der Grund, weshalb mit dem Begriff sorgsam umgegangen werden sollte.

Nach seinem Ursprung kommt der Begriff aus dem Bereich der Überwachung von grossen Unternehmen („Corporate Governance"), wird jedoch seit Anfang der 90er Jahre sehr oft ohne den Zusatz „corporate" verwendet, wenn es darum geht, Probleme der *Steuerung* vernetzte Systeme mit hohem Koordinationsbedarf anzusprechen. Malik[2] hat daher auch vorgeschlagen, überhaupt den Schritt zur *Organizational Governance* zu wagen. „Die Überlegungen zur Corporate Governance gelten in entsprechend adaptierter Weise prinzipiell für alle Organisationen – jene des Bildungs- und des Gesundheitswesens, des Wohlfahrts-, Kultur- und Mediensektors, für alle privaten Non-Profit-Organisationen und in erheblichem Umfang auch für die öffentliche Verwaltung, zumindest für den nicht-hoheitlichen Bereich. Nicht nur *Corporate* sondern *Organizational Governance* schlechthin wird wichtig sein."

Grundsätzlich beschreibt der Begriff Governance einfach den Umstand, dass eine Stadt, eine Region, ein Land etc. nicht hierarchisch von einer Gruppe von Akteuren gesteuert werden kann, sondern dass eine positive Entwicklung nur möglich ist, wenn es zu einem Zusammenspiel vieler

Akteure mit unterschiedlichen Interessen kommt und es gelingt *Netzwerke* zu entwickeln (und nicht Seilschaften!), die auf gegenseitigem *Vertrauen* aufbauen und nach bestimmten Spielregeln ablaufen.

Hinter dem Begriff *Governance* verbirgt sich letztlich die Suche nach *neuen Formen des politischen Regierens* auf lokaler, regionaler, nationaler, supranationaler und globaler Ebene und den damit verbundenen Koordinationsproblemen („Multilevel Governance"). Zur Verbreitung des Governance-Konzeptes hat in Europa vor allem das Weissbuch über „European Governance" aus dem Jahr 2001[3] und die Debatten über Neue Corporate Governance-Codizes beigetragen.

Die *Governance-Forschung* beschäftigt sich also mit der Erfassung und dem Umgang mit den Wirkungen, Wechselwirkungen und Nebenwirkungen in komplexen Systemen. Man untersucht, wie gross die Handlungsspielräume in diesen Systemen sind bzw. wie diese Systeme durch den koordinierten Einsatz von bestimmten Instrumenten in ihrer Leistungsfähigkeit („Performance") verbessert, „optimiert", werden könnten.

Auch *Österreich* und *Salzburg* haben das Governance-Konzept auf ihre politischen Fahnen geschrieben, Österreich im Regierungsprogramm für die laufende Legislaturperiode und Salzburg im Wissenschafts- und Forschungsleitbild.

Im eben erwähnten Leitbild des Landes Salzburg (Salzburg 2001, S. 12) wird Governance wie folgt definiert: „Organisations- und Steuerungsintelligenz einer Institution. Um die Qualität der Steuerung von komplexen Systemen zu verbessern, müssen Koordinationseinrichtungen und/oder Regelwerke geschaffen werden." *Renate Mayntz* vom Max-Planck-Institut für Gesellschaftsfragen geht es um die „Soziale Koordination kollektiven Handelns über Regel- oder Ordnungssysteme." (Mayntz 1993, S. 11) Und die *Commission on Global Governance* (1995, S. 4) hat folgenden definitorischen Ansatz gewählt. „Die Gesamtheit aller Wege, auf denen Individuen sowie öffentliche und private Institutionen ihre gemeinsamen Angelegenheiten regeln. Es handelt sich dabei um einen kontinuierlichen Prozess, durch den kontroverse oder unterschiedliche Interessen ausgeglichen werden und kooperatives Handeln initiiert werden kann."

3. Governance als neues Forschungsparadigma

Einen wichtigen Beitrag zur stärkeren methodischen Verankerung des neuen Forschungsparadigmas liefert die Systemanalyse. Statt Objekten werden Räume und Interdependenzen fokussiert. Man konzentriert sich auf Netzwerke, deren Interventionen und mögliche Synergieeffekte. Die in verschiedenen wissenschaftlichen Disziplinen4 auftretenden Probleme können besser gelöst werden, wenn es gelingt eine einheitliche, aber keineswegs starre Problemlösungstechnik anzuwenden.

Das *Faszinierende am Governance-Konzept* ist, dass zunächst - ohne verbindliche Zentralperspektive - eine offene Plattform geschaffen wird, auf der ein *Dialog aller Beteiligten und Betroffenen* möglich wird. Governance beinhaltet ein grosses *integratives Potential* und kann wichtige Werkzeuge, die über ein weites Feld verstreut sind, zu einem größeren systemischen Ganzen zusammenfassen. Dabei wird vor allem bei neuen Projekten überprüft, ob diese in den bestehenden *strategischen Systemzusammenhang* passen.

In diesem Zusammenhang hat *Clemens Grießenberger*[5] die *7 K der Governance* herausgearbeitet:

- *Kontext* (Effektivität, Effizienz und Nachhaltigkeit)
- *Koordination* (der Ziele und Instrumente)
- *Kohärenz*[6] (zur Aufdeckung von Widersprüchen)
- *Kooperation* (der öffentlichen und privaten Organisationen im Rahmen von Public Private Partnerships zwecks besserer gemeinsamer Zielerreichung etc)
- *Kommunikation* (über Wirkungen und mögliche Nebenwirkungen und Probleme der Umsetzung gegenüber allen Beteiligten und Betroffenen)
- *Konfliktbewältigung* (durch Mediation und strategisches Verhandeln bei Interessenkonflikten)
- *Kontrolle* (der Umsetzung von Projekten und Programmen anhand eines Sets von Kennzahlen).

4. Regional Governance

In der einschlägigen Literatur[7] der letzten Jahre finden sich *viele Erklärungen* dafür, warum *Governance in der Regionalpolitik* laufend an Bedeutung gewinnt:

- Der Staat als „Mitspieler" in Wirtschaft und Gesellschaft hat an Bedeutung verloren und möchte verlorenes Terrain durch *Kooperation* wieder wettmachen.
- Nunmehr sind *Vernetzungen* statt Insellösungen gefragt, neue „Player" und „Partner" bieten sich an.
- Die Neurorientierung der Gebietskörperschaften zum kooperativen Ermöglicher (*„Enabler")* gewährleistet eine bessere Zielfindung und Zielvereinbarung
- Die *modulare Organisation* vermeidet Überschneidungen und ermöglicht die Berücksichtigung von Schnittstellen sowie die Bildung von Netzwerkinitiativen, Clustern etc
- Die Koordination der einzelnen Handlungsbeiträge fokussiert *gemeinsame Projektziele.*

• Durch bessere *Verhandlungen und Mediation* kann man der Komplexität bestimmter Probleme besser gerecht werden
• Bei einer konsequenten Anwendung des Governance-Konzeptes wird eine *Prioritätensetzung* im Zuge von Evaluierungen möglich
• Governance fokussiert *integrativen Lösungen* (Technik, Ökologie, Finanzierung, etc)
• Governance-Denken wird der Sachlogik des jeweiligen Problems besser gerecht, da es keine Lösungen „von der Stange" gibt.

Regionale Governance ist eine politische Form der Beeinflussung, die vor allem über Netzwerke, Verträge/Selbstverpflichtungen und allgemeine gesellschaftliche Normen operiert. Oft entsteht die Notwendigkeit einer *Kooperation* bei regionalen Großprojekten (wie etwa bei Olympischen Winterspielen), die *im Alleingang,* von einem politischen Akteur, nicht abgewickelt werden können. Governance kann - gemeinsam mit *innovativem* Wissensmanagement - dazu beitragen, vorhandene Produktivitätsreserven zu mobilisieren und eine *höhere Performance* der Region Salzburg zu erreichen.

5. Balanced Scorecard und Masterpläne

Die Notwendigkeit für *Good Governance* in der Regionalpolitik ergibt sich vorrangig aus horizontalen und vertikalen Koordinationsdefiziten. *Good Regional Governance* schlägt sich in Masterplänen (siehe Abschnitt B.) nieder. Ein Masterplan soll die wichtigsten Politikfelder untereinander vernetzen, um gegenseitige Beeinträchtigungen rechtzeitig zu erkennen und zu vermeiden.

Auch das Konzept der Balanced Score Card (BSC), das in seiner Grundform auf *Kaplan* und *Norton* zurückgeht, ist ein wichtiger Schritt in Richtung Governance-Denken. Die BSC betrachtet ein Unternehmen, eine Organisation oder eine Region aus verschiedenen Zielperspektiven und versucht, diese Perspektiven zu koordinieren. Es bietet für die Regierenden in der Region die Möglichkeit, die bisher verschiedenen Fachplanungen in einem Gesamtkonzept zu verknüpfen und das gegebene Beziehungsgeflecht darzustellen. Darüber hinaus geht es darum, die regionalpolitischen Ziele messbar zu machen. „Insbesondere in der Regionalpolitik werden viele Ziele definiert und Strategien als wichtig erklärt, es bleibt jedoch alles vage und verschwommen, wenn kein Masstab besteht, die Erreichung der Ziele, ihre Inhalte und den Grad der Umsetzung zu messen."[8]

Es ist sinnvoll, einen regionalen Masterplan aus einer Regionalen Balanced Score Card und den darin festgehaltenen Perspektiven zu entwickeln. Die BSC ist in besonderem Masse geeignet, die empirische Ausgangslage, das Umfeld, die Analyse und die Vernetzung von Politikfeldern darzu-

stellen. Der Masterplan sollte nach *Richard Schmidjell* vor allem vier *Funktionsbereiche*[9] abdekken, nämlich

- Funktionsbereich Raum (Raumordnung und Standortmarketing)
- Funktionsbereich Wirtschaftsförderung und Service
- Funktionsbereich Bildung und Qualifikation
- Funktionsbereich Forschung, Technologie und Innovation

Der Hauptgrund, warum die bereits erwähnten *Initiativen der Wirtschaftskammer Salzburg*[10] in Richtung *Masterplan 2006* nicht aufgegriffen wurden, sind einerseits darin zu suchen, dass diese Vorschläge von der Wirtschaftskammer kamen und andererseits, dass das Land um seine eigenen politischen Handlungsspielräume fürchtete. Sobald ein *verbindlicher regionaler Masterplan* vorliegt, kann man nicht mehr *improvisieren* und seine *politische Klientel* nicht mehr mit Sonderwünschen bedienen. Nur *Masterpläne* liefern der Wirtschaft einer Region jene eindeutige *Planungsgrundlagen*, auf die sie ihre Sachinvestitionen und die Beschäftigung von Arbeitskräften ausrichten können. Gerade aber diese Bindungswirkung ist es, auf welche die regionale Wirtschaft wartet. Hier geht es darum, eine neue *Vertrauenskultur* zwischen Wirtschaft und Staat aufzubauen. Masterpläne sind eine längst fällige *Bringschuld* gegenüber der Wirtschaft. Sie sind zugleich die Basis für regionales Wachstum.

Solange wir nicht über *griffige Masterpläne* verfügen, dürfen wir uns in Salzburg nicht wundern, wenn viele Projekte (mit einer Lobby im Hintergrund) in Angriff werden, die eher problematisch sind und andere sachlich dringendere Projekte (ohne Lobby) unterbleiben. Oft werden Grossprojekte sogleich in Frage gestellt, sobald sich die *politische „Farbenlehre"* ändert oder ein Politiker von seiner Partei ausgetauscht wird. Die damit verbundene Verunsicherung „kostet" Arbeitsplätze und Wachstumsraten, auch wenn dies immer wieder geleugnet wird.

Salzburg ist derzeit *auf der Suche nach einem neuen wirtschaftlichen Koordinatensystem*, das ein Überleben im Europa der Regionen ermöglicht. Mit *akkordierten Masterplänen* stünde der jeweiligen Landesregierung, der Opposition und der Öffentlichkeit ein robustes, aber keineswegs zu starres *Koordinatensystem* zur Verfügung, innerhalb dessen *alte bereits beschlossene Projekte in angemessener Form abgewickelt*, aber auch *neue regionale Projekte* angegangen werden könnten. Grundlegende Änderungen in den nationalen und internationalen Rahmenbedingungen wären zu berücksichtigen. Darüber hinaus wären Masterpläne rechtlich so abzusichern, dass sie über die Grenzen einer Legislaturperiode hinausreichen. *Motto: Politiker gehen, Masterpläne bleiben!*

Literaturhinweise:

Benz, Arthur (Hrsg.), Governance – Regieren in komplexen Regelsystemen. Eine Einführung, Wiesbaden 2004

Bieger, Thomas, Lassen sich Standorte und Regionen wie Unternehmen managen? In: IDT blickpunkte, Nr. 11, Dezember, St. Gallen 2004

Bovelet, Rainer, Vision für eine Region. Konzept für Partnerschaft und Zusammenarbeit der Kommunen an Rhein und Ruhr. Wege und Modelle einer Kommunikationsstrategie, Aachen 2002

Europäische Kommission, European Governance – A White Paper, Brussels 2001

Fürst, Dieter, Regional Governance in: Benz, Arthur (Hrsg.), Governance – Regieren in komplexen Regelsystemen. Eine Einführung, Wiesbaden 2004

Gmachl, Wolfgang, **Richard Schmidjell**, Masterplan 2006 - Vorschlag zur Neuorientierung der Wirtschafts- und Technologiepolitik in Salzburg, Salzburg Februar 2000

Grießenberger, Clemens, Governance aus systemischer Perspektive, in: Governance und Wissensmanagement als Produktivitätsreserven, Frankfurt/M. 2005.

Hiess, Helmut, Der Masterplan Verkehr 2003 – im Spannungsfeld von Kontinuität und Innovation, in: PERSPEKTIVEN, Nr. 1, 2004

Hill, H., Klages, H., Good Governance und Qualitätsmanagement – Europäische und Internationale Entwicklungen, Speyer 2000

Hinterberger, Klaus, Masterplan 2009 für die Stadt Salzburg. 5-Jahresprogramm für die Funktionsperiode bis 2009 im Rahmen des Parteienübereinkommens, Salzburg 2004

Hinterberger, Klaus, Local Governance – Eine Zwischenbilanz am Beispiel der Stadt Salzburg, in: Governance und Wissensmanagement als Produktivitätsreserven, Frankfurt/M. 2005.

Invent/Institut für regionale Innovationen, Clusterentwicklung als neues Instrument der Struktur- und Regionalpolitik, Wien 1997

Invent/Institut für regionale Innovationen, Innovationssysteme für regionale Wirtschaften, Wien 2000

Invent/Institut für regionale Innovationen, Regionalmanagement in Österreich, Wien 1998

Jekel, T., Regionalmanagement und Regionalmarketing, Salzburg 1998

Kaplan, Robert S., **David P. Norton**, Balanced Scorecard – Strategien erfolgreich umsetzen, Stuttgart 1997

König, Klaus, Governance – Economic Governance – Corporate Governance, Deutsche Hochschule für Verwaltungswissenschaften, Speyer 2002

Kyrer, Alfred, Studie zum Standortranking der Bundesländer Steiermark, Oberösterreich und Salzburg, Graz 2004

Kyrer, **Alfred**, Ein Masterplan für die Salzburger Universitäten und Fachhochschulen, in: Governance und Synergie im Bildungsbereich in Österreich, Deutschland und in der Schweiz, Edition TIGRA, Band 1, Wien 2002

Land Salzburg, Wirtschaftsleitbild - Leitlinien für eine aktive Wirtschaftspolitik und Umsetzungsprogramm, Salzburg 1998

Land Salzburg, Wissenschafts- und Forschungsleitbild für Salzburg, Salzburg 2001

Maier-Rabler, **Ursula**, Die Stadt als Medium. Annäherungen an eine kommunikationswissenschaftliche Theorie der Stadtentwicklung im Informationszeitalter, in: Medien Journal 1/1995

Malik, F., Strategie des Managements komplexer Systeme, 4. Auflage, Bern - Stuttgart - Wien 1992

Malik, F., Führen, Leisten, Leben. Wirksames Management für eine neue Zeit, Stuttgart und München 2000

Malik, F., Die Neue Corporate Governance, 2. Auflage, Frankfurt 2003

Mayntz, **Renate**, Governance Theory als fortentwickelte Steuerungstheorie? Vortrag auf der Konferenz „Governance-Forschung: Stand und Entwicklungslinien", Berlin 2004

Renner, **Andreas**, Kooperation, nicht Korporatismus. Liberale Standpunkte zu neuen Formen der Governance, Institut für Organisationskommunikation, Salzburg 2002

Rhodes, R.A.W., Understanding Governance.- Policy Networks, Governance and Accountability, Buckingham and Philadelphia 1997

Rothschädl, **Volker**, Braucht Salzburg einen Masterplan für den Verkehr? Salzburg 2001

Schmidbauer, **Thomas**, Masterplan einer regionalen Gesundheitsversorgung – Thesen und Strategien am Beispiel Salzburg, Salzburg 2001.

Schmidjell, **Richard**, Bausteine für ein Regionalmanagement (Balanced Regional Scorecard-Modell), Salzburg Februar 2000

Schmidjell, **Richard**, Mehr Governance in der Regionalpolitik, in: Governance und Wissensmanagement als Produktivitätsreserven, Frankfurt/M. 2005.

Schreiner-Koscielny, J. (Hrsg.), Unsere einzigartige Region. Ein Leitfaden für praktisches Regionalmarketing, Neu-Isenburg 1999

SECO, Staatssekretariat für Wirtschaft Bern, Neue Regionalpolitik (NRP). Schlussbericht, Zürich 2003

Seyr, **Bernhard**, Governance im Hochschulwesen, Edition TIGRA, Band 3, Wien und Graz 2002

Wagner, Gertraud, Masterplan für das Tiergesundheitswesen und die Lebensmittelssicherheit betreffend tierische Lebensmittel, unveröffentlichtes Manuskript, Salzburg 2001

Willke, H., Systemisches Wissensmanagement, Stuttgart 1998

Willke, H., Systemtheorie, 3 Bände, Stuttgart 1998

Fußnoten:

* 1970 Professor für Volkswirtschaftslehre an der PLUS, 1988 Dekan der Rechtswissenschaftlichen Fakultät der PLUS, 1991 Rektor der PLUS, 1996 Gründung des FORUM Voltaire (mit Dieter Proske), 1998 Think tank TIGRA (mit Eckart Moser), 2002 - 2003 Wissenschaftlicher Leiter der PEF Privatuniversität für Management, 2004 Freier Journalist und Information Broker in Salzburg.

1 SECO, Staatssekretariat für Wirtschaft Bern, Neue Regionalpolitik (NRP). Schlussbericht, Zürich 2003

2 *Malik*, F., Die Neue Corporate Governance, 2. Auflage, Frankfurt 2003, S. 319.

3 Das Weißbuch über „European Governance" ist eine Art Kommunikationsplattform und befasst sich mit der Art und Weise, wie die Union die ihr von den Bürgern übertragenen Befugnisse ausübt. Die in dem Weißbuch vorgeschlagenen Massnahmen beruhen auf fünf Grundsätzen: Offenheit, Partizipation, Verantwortung, Effektivität und Kohärenz. Die *European Commission* sieht bereits die Notwendigkeit, entschlossen auf die Kohärenz und Nachhaltigkeit hinzuwirken. „The Commission will reinforce attempts to ensure policy coherence and identify long-term objectives."

4 *Brunnengräber, Achim, Dietz Kristina, Hirschl, Bernd, Walk, Heike, Interdisziplinarität* in der Governance-Forschung, Zentrum Technik und Gesellschaft, Berlin 2004

5 *Grießenberger, Clemens*, Governance aus systemischer Perspektive, in: Governance und Wissensmanagement als Produktivitätsreserven, Frankfurt/M. 2005.

6 *Kohärenz* ist der inhaltliche Zusammenhang von Zielen, Verfahren und Verhaltensweisen in einer Organisation. Interne Kohärenz: gemeinsame Vision, Wissensmanagement und Umsetzung von Projekten und/oder Strategien. Externe Kohärenz: verstärkte Berücksichtigung der Stakeholder, also der Interessen und Ziele der Gesellschaft, der Umwelt, Kunden, Lieferanten, Mitarbeiter. Interne Kohärenz ist die Grundlage für externe Kohärenz, führt aber nicht zwangsläufig zu einer solchen (aktuelles Beispiel: die röm.-kath. Kirche als Organisation). Kohärenz könnte man auch als „Abstimmung von Programmaktivitäten mit der Wirtschaftspolitik auf den verschiedenen Hierarchieebenen" definieren.

7 Stellvertretend für das umfangreiche Schrifttum seien hier nur *Dieter Fürst*, Regional Governance in: Benz, Arthur (Hrsg.), Governance – Regieren in komplexen Regelsystemen. Eine Einführung, Wiesbaden 2004, *Richard Schmidjell*, Mehr Governance in der Regionalpolitik, in: Governance und Wissensmanagement als Produktivitätsreserven, Frankfurt/M. 2005 angeführt.

8 *Richard Schmidjell*, Mehr Governance in der Regionalpolitik, in: Governance und Wissensmanagement als Produktivitätsreserven, Frankfurt/M. 2005.

9 Richard Schmidjell, Mehr Governance in der Regionalpolitik, in: Governance und Wissensmanagement als Produktivitätsreserven, Frankfurt/M. 2005.

10 *Gmachl, Wolfgang, Richard Schmidjell*, Masterplan 2006 - Vorschlag zur Neuorientierung der Wirtschafts- und Technologiepolitik in Salzburg, Salzburg Februar 2000

11 Kaplan, Robert S., David P. Norton, Balanced Scorecard – Strategien erfolgreich umsetzen, Stuttgart 1997

Glossarium oder: Mir fehlen die Worte ...

Alternativen
Handlungsmöglichkeiten, die die Basis für politische Entscheidungen sind. Andere Bezeichnung: Optionen.

Arena
Kommunikationsplattform in den Niederlanden zur Erläuterung von politischen Programmen. Der Begriff wurde im Zusammenhang mit dem Tilburger Modell der Reorganisation der öffentlichen Verwaltung bekannt. In Salzburg ist proRegioNova eine derartige Arena.

Benchmarking
Sehr frei übersetzt: „Lernen von den anderen". Die Suche nach Vergleichsmassstäben und Leitwerten zur Reorganisation von privaten und/oder staatlichen Organisationen.

Benchmarks
Vergleichsmasstäbe, „Messlatten", an denen man die Leistungsfähigkeit eines Systems, einer Organisation, einer Region etc. ablesen kann.

Best practice
Man vergleicht regional, national oder international und sucht nach der besten Lösung für ein bestimmtes Problem. Siehe auch Benchmarking.

bottom up
Problemlösung von „unten" nach „oben"

BSC
Abk. für: Balanced Score Card. Werkzeug zur Umsetzung von Regional Governance. Ermöglicht prozessorientiertes Controlling.

Effizienz
Wirtschaftlichkeit einer Organisation bzw. ihrer Leistungen. In Geld ausgedrücktes Verhältnis von Leistung („Output") und Ressourceneinsatz („Input„). Kurzformel: Die Dinge richtig tun, d.h. zu wirtschaftlich vertretbaren Kosten. Siehe auch Effektivität.

Effektivität
Wirksamkeit einer wirtschaftlichen oder politischen Organisation. Sie gibt Auskunft darüber, ob eine Organisation die richtigen Ziele anstrebt und auch erreicht. Kurzformel: Die richtigen Dinge tun, d.h. die richtigen Ziele verfolgen und - nach Möglichkeit - auch erreichen. Siehe auch Effizienz.

Evaluierung
Bewertung von Projekten sowie Leistungen von Personen, Personengruppen oder Organisationen.

feedback
engl. Rückkoppelung. Reaktion auf eine erhaltene Nachricht.
GATS
Abk. für General Agreement on Trade in Services. 2003 wurde im Rahmen der WTO über ein Dienstleistungsabkommen verhandelt, dass im September 2003 hätte beschlossen werden sollen. Darin sollte der "Freihandel" mit Dienstleistungen wie z.B. Krankenversorgung, kulturellen Dienstleistungen sowie Dienstleistungen im Bildungswesen international geregelt werden. Der Entwurf wurde noch nicht beschlossen.
GATT
Abk. für General Agreement on Tariffs and Trade.
Governance
Systemische Beeinflussung von Prozessen. Löst den Begriff „Strategisches Management" allmählich ab.
Komplexität
Vielschichtigkeit, Vernetzheit und Folgelastigkeit eines politischen oder wirtschaftlichen Entscheidungsfeldes.
Kontext
Viele sozialwissenschaftlichen Begriffe erlangen erst dann ihre konkrete Bedeutung, wenn sie in einen bestimmten Zusammenhang, eben „Kontext" gebracht werden.
Lobby
Gruppe von Personen, die versucht, auf politische Entscheidungen Einfluss zu nehmen. Allgemeine Zielsetzung: Durchsetzung von Interessen.
Management
Operative Umsetzung von Governance.
Masterplan
Die zeitlich gestaffelte akkordierte Willenserklärung einer Organisation, Region, Nation (z.B. Agenda 2010) etc
Monitoring
Überwachungs- und Beratungsaufgabe, meist im Zusammenhang mit der Leistungserbringung von öffentlichen und/oder privaten Organisationen sowie der Tätigkeit von Regierungen.
Nachhaltigkeit
Ein System ist dann nachhaltig, wenn es über einen längeren Zeitraum die Kriterien der Effektivität und der Effizienz erfüllt. Siehe auch unter Effizienz und Effektivität.
Networking
Vernetzung von Personen, Unternehmen und öffentlichen Einrichtungen zur besseren Bearbeitung bestimmter komplexer Aufgaben („Projekte")

NGO
Abk. für Non Governmental Organization. Nicht Regierungsorganisation.
NPM
Abk. für New Public Management. Konzept zur Neuorganisation der öffentlichen Verwaltung.
NPO
Abk. für Non Profit Organisationen. Sammelbegriff für Anstalten, Wirtschaftsverbände und Betriebe, deren Tätigkeit – normalerweise – nicht auf Gewinnerzielung ausgerichtet ist.
Nullsummenspiel
Begriff aus der Spieltheorie. Bezeichnet einen Sachverhalt, bei dem sich die Gewinne und Verluste von zwei Spielern gegenseitig aufheben. Allgemeiner formuliert: Der Macht- und Einflussgewinn einer Gruppe geht zu Lasten oder zugunsten einer anderen Gruppe.
Optionen
Handlungsmöglichkeiten, die die Basis für politische Entscheidungen sind. Andere Bezeichnung: Alternativen.
Paradigma
Das jeweils vorherrschende Denkmuster in einem Fachgebiet. Hilfsmittel der Forschung, das die Erklärung und Beeinflussung bestimmter Sachverhalte erleichtern soll. Es ist ein System von Annahmen und Ideen, das die Handlungen der in diesem System tätigen Personen weitgehend beeinflusst, ohne dass dies den betreffenden Personen immer zum Bewusstsein kommt. Es ist quasi der „Filter" durch den wir einen bestimmten Ausschnitt der Wirklichkeit betrachten.
Paradigmenwechsel
Wenn ein Paradigma ein bisher dominierendes Paradigma ablöst. Siehe Paradigma.
Performance
Leistungsfähigkeit eines Systems, einer Organisation, einer Region etc.
ProRegioNova
Salzburger Denkfabrik. Schwerpunkt der Tätigkeit: Salzburg wieder zu einer einzigartigen europäischen Region machen, die über ein eigenes unverwechselbares Profil verfügt. Es ist eine Parteien übergreifende, kommunikative Plattform für alle Personen, Institutionen und Unternehmen in der Region, mit dem Ziel die regionale Wirtschaft effizient, effektiv und nachhaltig zur fördern. Insbesondere sollten

- bestehende regionale Synergieeffekte und Kooperationspotentiale erkannt und genutzt werden
- das Technologie- und Innovationsmanagement gefördert werden
- eine offene Kommunikation - ohne politische Filter - zwischen Institutionen und Unternehmen in der Region in Gang gebracht werden
- eine vorausschauende Planung im Hinblick auf die zukunftssichere Gestaltung der Region etc. unterstützt werden

ÖROK
Abk. für: Österreichische Raumordnungskonferenz.
PR
Abk. für: Public Relations. Öffentlichkeitsarbeit für Personen, Produkte, Projekte und Programme.
REK
Abk. für: Räumliches Entwicklungskonzept.
School of Governence
Hochschulen bzw. Fachhochschulen, die Führungskräfte für die Politik ausbilden, z.B. in Berlin, Frankfurt an der Oder sowie in Erfurt.
Speed kills
Politischer Sager, demzufolge grosse Projekte Zeit brauchen. Jedoch: Auch Langsamkeit kann töten.
Steuerung
Lineare Beeinflussung von Prozessen.
System
Ganzheitlicher Zusammenhang von Elementen, deren Beziehungen untereinander quantitativ intensiver und qualitativ produktiver sind als ihre Beziehungen zu anderen Elementen.
Think tank
Denkfabrik. Systemisches Wissensmanagement zur besseren Vorbereitung unternehmerischer und/oder politischer Entscheidungen.
Tilburger Modell
New Public Management in den Niederlanden.
Top down
Problemlösung von „oben" nach „unten"
USP
Abk. für: Unique Selling Proposition. Bezeichnung für den wesentlichen Vorteil einer Organisation gegenüber anderen Organisationen.
work in progress
Angefangenes Projekt in Kultur und Politik, dass der Fertigstellung harrt. Manche Projekte werden in Salzburg jedoch nie fertig.
WTO
Abk. für World Trade Organization. Gründung 1994 mit dem Sitz in Genf. Aufgaben: Weiterverfolgung der GATT-Prinzipien bei der Weiterentwicklung des internationalen Handels.

naturairlebnis
airport
CAUTION
ENGINE START
www.salzburg-airport.com

Der Chef will
Geschenk-Ideen
Kugelschreiber "Blackwood"
aus hochwertigen Grenadillholz
74.-
LAMY
2x in Salzburg • Europark • Gebirgsjägerplatz
Der Chef will
abraham

BERLIN & PARTNER

RECHTSANWÄLTE

Wir freuen uns

Univ. Prof. Dkfm. Dr. Alfred Kyrer,

den ehemaligen Rektor der

Paris Lodron Universität Salzburg,

in dankbarer Verbundenheit

bei der Verwirklichung dieses für Salzburg

wichtigen Buchprojektes unterstützten zu dürfen.

Galaktische Gaumenfreuden

Individuell und überschaubar- mit viel Liebe zum Detail - so präsentiert sich die Luna Café Bar im stilvollen, historischen Gewölbe, das bereits seit 1750 besteht. Im Innenhof des Sternbräu-Gastgartens in gemütlicher Bar- Atmosphäre und einem Musikmix aus aktuellen Hits und Oldies verführt das ungezwungene Ambiente Nachtschwärmer zum Plaudern und Tanzen bis spät in die Nacht. Das Getränkeangebot reicht vom heimischen Bier vom Fass bis zu Weinen und Cocktails. Hausgemachte Snacks und Torten für den kleinen Hunger, die durchgehend angeboten werden, machen die Luna Cafè Bar zu einem Treffpunkt der guten Laune. Bei Schönwetter lädt der kleine aber feine Gastgarten zu italienischen Illy Kaffee- Spezialitäten ein. Für geschlossene Gesellschaften (35-40 Personen max.) wird nach Vorabsprache ein kaltes Buffet vorbereitet. Stimmungsvolles Flair und perfekter Service garantiert einen gelungen Abend.

Luna Cafe . Bar

Getreidegasse 34
(Innenhof Sternbräu) 5020 Salzburg,

Tel: 0664/2507090
e-mail: luna39@gmx.at
Öffnungszeiten: Mo - Do 12:00-24:00 Uhr
Fr .& Sa. 15:00-02:00 Uhr

ZAPFHÄHNE WISSEN:
Es muß EIN Stiegl sein.
SALZBURGER STIEGL. Braukunst auf höchster Stufe.
Salzburger
Stiegl
Seit 1492
Demner, Merlicek & Bergmann

Gut speisen im einmaligen Ambiente

Quo Vadis - das Restaurant im Marmorsaal

Das Restaurant Quo Vadis im Marmorsaal am Salzburger Hauptbahnhof wartet nicht nur mit einer exzellenten Küche auf, hier wird der Gast auch in einem einmaligen Ambiente verwöhnt. Das mag auch der Grund sein, warum immer mehr Salzburger hier vorbeischauen. Sei es zum gemütlichen Frühstück, zum Mittagstisch oder am Abend zu einem netten Beisammensein mit Freunden zum Speisen und Genießen. Für Stammkunden gibt es die Aktion „Elfmal speisen zum Preis von zehn". Fragen Sie einfach beim nächsten Besuch im Quo Vadis nach dem Stammkundenpass. Noch ein Tipp: All jene, die die Salzburger Schmankerlküche lieben, können in den gemütlichen Salzburger Stuben „Bier und mehr" genießen...

QUO VADIS
Das Restaurant
im Marmorsaal

Alles für den Gast

am Hauptbahnhof

CAFE INTERTREFF

Salzburger Stuben
BIER UND MEHR

caffè bar Stazione

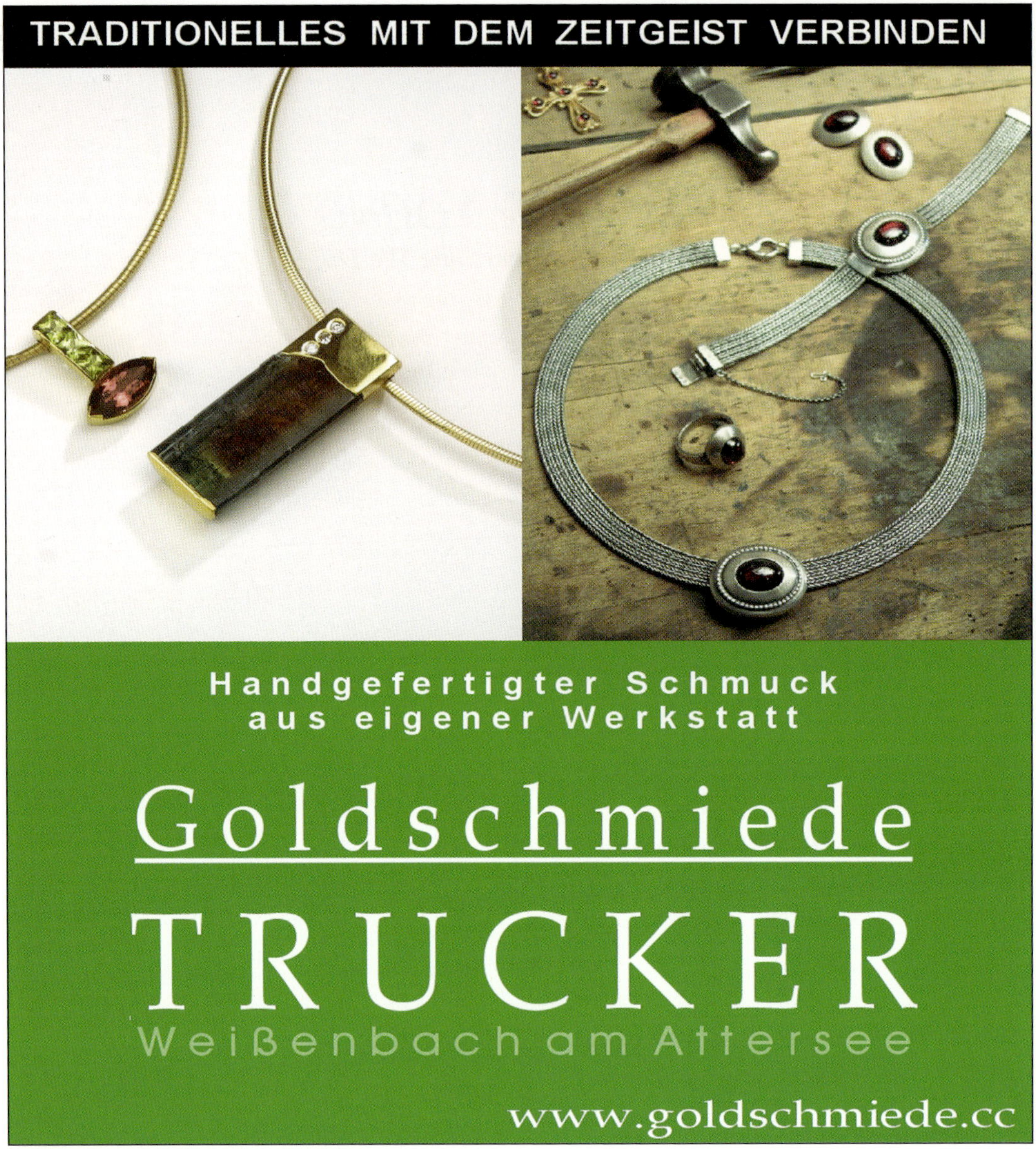
TRADITIONELLES MIT DEM ZEITGEIST VERBINDEN
Handgefertigter Schmuck
aus eigener Werkstatt
Goldschmiede
TRUCKER
Weißenbach am Attersee
www.goldschmiede.cc

Woerles Emmentaler Mild – der Käse der Österreicher

WOERLE´S EMMENTALER MILD

Über 100 Jahre Erfahrung in der Herstellung von erlesenem Emmentaler liegen der Erzeugung von **„Woerle´s Emmentaler Mild"** zu Grunde. Dieses Wissen, gepaart mit bestem Rohstoff, ist ein wesentlicher Grundstein für herausragende Qualität. Woerle´s Emmentaler wird ausschließlich aus tagesfrischer Rohmilch der Salzburger- und Mondseeland Region nach dem **„Woerle Reinheitsgebot anno 1889"** hergestellt – dieses garantiert, dass nur Milch von Kühen aus artgerechter Haltung verwendet wird, die im Sommer frisches Gras und im Winter bestes Heu erhalten.

WOERLE 1889
100 JAHRE KÄSEKULTUR

Natur Genuß Österreich

www.woerle.at